U0528142

有一种力量,叫文学;
有一种美好,叫回忆;
有一种感动,叫青春;
有一种生命,在鲁院!

鲁迅文学院·百草园文集

尘劳

嘉男 ◎ 著

这里有爱、欲望、纠结、痛苦、愤怒、绝望、觉醒……纷纷扰扰！人的三观多在人世间的尘劳中，大多数人的一生也都在尘劳中沉浮翻滚，因而演绎出不同的你我他。

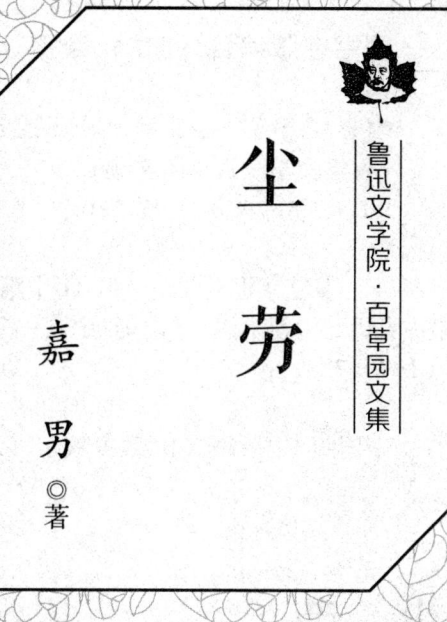

CHEN LAO

知识出版社

图书在版编目（CIP）数据

尘劳/嘉男著. --北京：知识出版社，2017.1
（鲁迅文学院百草园文集）
ISBN 978-7-5015-9375-0

Ⅰ.①尘… Ⅱ.①嘉… Ⅲ.①中篇小说-小说集-中国-当代②短篇小说-小说集-中国-当代 Ⅳ.①I247.7

中国版本图书馆 CIP 数据核字（2017）第 009584 号

尘　劳

出 版 人	姜钦云
责任编辑	易晓燕
装帧设计	游梽渲
出版发行	知识出版社
地　　址	北京市西城区阜成门北大街 17 号
邮　　编	100037
电　　话	010-88390659
印　　刷	北京一鑫印务有限责任公司
开　　本	787mm×1092mm　1/16
印　　张	14.5
字　　数	280 千字
版　　次	2017 年 2 月第 1 版
印　　次	2020 年 2 月第 2 次印刷
书　　号	ISBN 978-7-5015-9375-0

定　价　39.00 元

版权所有　翻印必究

目录 Contents

安详之道……………………………… 1
大　雾………………………………… 41
尘　劳………………………………… 56
伸手向上……………………………… 69
康复锻炼……………………………… 81
新冷空气……………………………… 91
三　不………………………………… 134
婚礼的安排…………………………… 149
和尚的灵魂…………………………… 161
鲜花次第开…………………………… 179

安详之道

1

在跟老蒲结婚的第十五年的一天早晨,万芬突然又想起了《婚姻规则》中的最后一条,可内容已经模糊了,知道是针对什么而言的,具体条文却说不清了。算起来,整整五年没有想这码事了。

是时,老蒲的儿子——小蒲,刚下火车,又上汽车,正在归家的路上,还有半个小时就要进家门了。万芬和老蒲,正吵得冒烟。

事后万芬真想扇自己的嘴巴,好事做了,功德却叫这张嘴给败坏了,还惹得老蒲跳起脚来。可事情从头捋一捋,她认为争吵的责任,还在老蒲。

对即将面对的生活,万芬满是愁闷。她准备努力去适应,去调整,要在心里腾一个地方,容纳小蒲。她一大早就起来练瑜伽。一向爱睡懒觉的老蒲,也早早起来,因为儿子要回来了,有点兴奋。他站在一旁,看万芬双膝跪地,身体后弯,两手放在脚后跟上,他笑嘻嘻地说:"哈哈,儿子回来了,我又活了。"万芬本来还能挺一会儿的,听到这话,提早收身,向前匍匐下去,两手在垫子上努力向前伸,可是,已经无法体会胸部、肩肘肌肉和筋脉的抻拉感了,因为心里又郁闷起来。结束骆驼式,她开始做起重机式,两膝跪在大臂上,两脚悬空收起,这需要专注、臂力还有平衡的能力。她可以坚持一分钟,却听老蒲又说,儿子回来,先在家住上半年再说。万芬终于无法保持平衡了,猛地,她双脚落地,嘴里喷出火来。

"你们是一对不讲信誉的父子!"

原来老蒲答应,小蒲回来工作,不住家里,租个地方住。

老蒲拉着脸说:"现在房租贵,工资低,怎么去租房?再说,没有自己的空间,不行。"

"家里就有空间吗?"

"你们家这个来住,那个来住,自己的儿子怎么就不能住?"

"那是一回事吗?"

万芬坐在瑜伽垫上,看着自己的脚生气。最近一两年,老家的父亲、弟弟、妹妹,陆续来投奔她,都在这五十几平的小房子住过,但那都是临时的,而小蒲作为老蒲的儿子回来,一旦住下来,那很可能是遥遥无期的。她了解小蒲,他对父亲的依赖,简直令人费解。她平时也用玩笑的口吻对老蒲说过,我这辈子,算栽在你们姓蒲的这俩人手里了。对这两个人,起先她是充满希望的,可随着老蒲的逐渐老去和小蒲的长大成人,一个仍是碌碌无为,日子含混;另一个老大不小了,仍是脱不了手。她越来越失望,多少陈芝麻烂谷子,都在眼前飘起来,飞舞着,搅得她头晕,找不到自己,更对自己的人生不满起来。她冲口而出:"如果不是学佛,我早就去自杀了。"

老蒲跳起来:"什么?你想自杀?至于吗?就为这事你就要自杀?孩子现在遇到困难,怎么就不能帮帮他?"

"我怎么不帮他,不帮他,我会给他找工作吗?会让他回来吗?你还想不想让我带他去上班了?"

"不用,不去了!"

老蒲一屁股坐在客厅的桌前,把电话也拿了过去,却一直在犹豫着,没有打。

"你根本就不明白我,我能因为这事自杀吗?我是因为自己这辈子过得很失败,我讨厌自己!"

万芬喊叫了一句,哭了。但她及时地想起,一会儿还要带小蒲去给那家单位的领导看看，两眼红肿着怎么见人呀！她的哭声戛然而止，显得刚才的哭假模假式的，老蒲肯定不能充分感受到她的哀伤。但也顾不了这个了，再说小蒲也差不多到了，她收起瑜伽垫，坐在电脑前，打开了电脑。防盗门响了一下，她知道老蒲去路边接儿子去了。她一边看着网上的新闻，一边在想，等会儿小蒲进门，她该摆一副什么样的脸色？她不会虚的那一套，心里正乌云翻滚，难啊！

也就五六分钟的样子，蒲氏父子进门了。万芬听到了响动，但满腹的阴云压得她想站也站不起来，她只好装作没听见，眼睛仍盯在屏幕上。小蒲走到书房门口："妈，我回来了。"口气是勉力而为的那种。

万芬只得抬起头，把被悲伤拖长的脸急剧地向两边拉，挤出一点笑。"回来了？挺快的。快去洗个澡。"她装作很忙，眼睛又盯在屏幕上。

小蒲去洗澡，老蒲去准备早餐，万芬仍在电脑前坐着。要不是老蒲跟她吵架，她也会笑吟吟地站在门口迎接小蒲的。这个早晨，会是一个欢乐祥和的早晨，至少是平静安宁的。可事情一下子来了个急转弯儿，小蒲不会以为她不欢迎他回来吧？万芬感到窝囊，一颗好心，做了好事，却得罪了人，自己还窝了一肚子火。自己到底是一个怎样的人呀！她半辈子，的确一直在与自杀倾向做斗争，一切都是那么不如意，她经常觉得自己活得没有价值。要不是一年前，在网上看到一个老法师的佛学讲座，多少有些醒悟，开始参究佛学，明白了人为什么不能自杀，否则她还会在这个问题上打转。

小蒲一向能磨蹭，老蒲一个劲儿地催，所以，小蒲历史上第一次，很快出了洗手间，坐下来吃早饭。万芬也不得不坐在桌前，面对小蒲了。这个二十五岁的大小伙子，身条儿也就是个初中生，饭量却特别大，也不知都吃哪儿去了。事情来得太突然。女友裴琳珠有天晚上约万芬散步的时候，说起年轻人找工作难的问题，裴琳珠提到某事业单位工资太低，不然就让老蒲的儿子去干，她的好朋友在那儿负责。那天晚上，万芬回到家没有跟老蒲说起这事，她知道，老蒲正为小蒲的着落暗自上火。毕业这一年，小蒲找不到工作，老蒲叫他在一个外地朋友的公司里混,小蒲早就待够了。万芬早就跟老蒲说过,小蒲毕业后要在外地找工作,家里住不开,她受不了一个懒散没出息又没有眼色的大小伙子在狭小的家里晃。但是万芬若无其事地睡了一夜,第二天早晨,老蒲又为小蒲的事叹息的时候,她还是绷不住了。这一年,她读了几部佛经,也时常上网,看一些佛学讲座,心里宽敞多了,早已为小蒲腾出了地方,她只是希望小蒲在外面多受些锻炼,要是找到出路,不必回来依赖父母,不是更好吗?愿望是终于破灭了呀。老蒲当然希望小蒲回来,裴琳珠的那个朋友办事麻利,小蒲就这样很快回到父母的翅膀底下了。

万芬喝着老蒲从楼下小摊上买来的小米粥,做出平静的样子,配合老蒲,给了小蒲许多的叮咛。迟钝的小蒲,没有看出父母刚吵过架。准备出门的时候,万芬让他带上简历,他竟然没有。万芬心里又火起,忍不住说了一句:"毕业这么长时间了,这么重要的事还没准备!"小蒲的脸色立刻沉下来。小蒲就是这样,从来就说不得。

出了家门,在楼下走了没几步,万芬忽然想起忘带手机了,她反身回来,老蒲已来到楼道里,伸手将手机递给她。她明白,老蒲一直站在窗口,看着她和小蒲呢。她一声不吭,接过手机,扭身就走。万芬自己也奇怪,她跟小蒲一起走着的时候,就如同亲生母子,感到自己尽了一项伟大的责任,她并不恨这个不更事的小子。但老蒲就不一样了,一切的根都在他身上,他本可以把事情处理好,可他太奇怪了,就是不肯多教育一下儿子,就是不懂万芬的心理。

她恨他!

2

谁都没想到,事情能快到这个地步,裴琳珠那个朋友带小蒲去见过上司,紧接着就送小蒲到营业大厅里,正式上班了。交接工作的人,马上教小蒲电脑工作的程序,万芬不敢打扰,不放心地走了。这小子坐了两天的车,没休息,可别出娄子啊。

家里静静的，万芬坐下来，喘口气，被中断的恶劣情绪，像是一场暂时被麻醉的疼痛，又恢复了狰狞。她胸口堵得厉害，有什么东西在涌动着，寻找出口，那就只能是眼睛、鼻子和嘴巴了。她抽了一张餐巾纸，悲声喷薄而出，深切而富有冲击力，眼睛和鼻子立刻被伤感的分泌物占领了。从前被时间埋掉的怨恨，又钻出尘埃，毒蛇一样咬噬着她的心。

她反复想着老蒲的那句话：儿子回来了，我又活了。这让她周身发冷。难道小蒲不在家的这几年，他是死的吗？他的嘻嘻哈哈是装样子吗？她想，老蒲的前生，一定是小蒲的儿子，缘分未尽，这辈子又互换角色，粘在一起了。他们干什么都喜欢聚在一起，小蒲的一切事，老蒲都要大包大揽，弄得小蒲老大的人了，还像个十四五岁的孩子，什么都不会。万芬以前老觉得小蒲是碍事的第三者，现在她明白，自己是他们的第三者，父子俩过日子就行了，老蒲干吗又要结婚呢？就像多年前老蒲准备再婚的时候，还在上小学的小蒲劝父亲，爸，你为什么非得结婚呢？咱俩过不是挺好吗？老蒲说，他是男人，他需要女人。

是啊，他需要女人，从老家来到这个城市，遇到了她这个傻女人，真是他的运气。当时，万芬刚刚结束了一段短暂痛苦的婚姻。她喜欢他的活泼洒脱，还有宽容乐观。她没有在意他有个儿子，因为她打定主意，这辈子不要孩子。这辈子，她最怕的事，就是承担责任。她在五六岁的时候，就开始洗碗、抱柴、看孩子。家里的玻璃让邻居的孩子打碎了，弟弟妹妹的手指玩菜刀不小心伤了，母亲都要抓她暴打一顿，她被过早背负的责任吓怕了，对责任这码事，她甚至是痛恨。她跟老蒲结婚的时候，两人都很穷，她认为，不要孩子，正是一种负责任的做法。一个人过得好不好，父母至少有一半的责任，父辈们只凭生理本能，生了一大堆孩子，却不能给孩子一个很好的成长环境，绝不能说是负责的表现。她也不想让这个家庭变得那么复杂，她打定主意，与老蒲把小蒲培养成人就好。可小蒲那时已经十一二岁了，已经形成了自己的人格，外力无法入侵了。

也就是说，万芬跟老蒲就过了一年快乐的日子，就是小蒲还没有来的那一年。休假的时候，两人不是去爬山，就是去看海，一起做饭，一起散步，万芬逐渐淡忘了先前的痛苦。一年后，分了房子，老蒲回老家，把小蒲接来了。万芬万没想到：烦恼，也来了。她和老蒲一年总要吵上几次，当然都是因为他舍不得教育小蒲。小蒲不坏，不会故意跟她找茬，不会跟父亲搬弄是非，可是小蒲不懂礼貌，懒惰，自私，吃饭挑剔，酷爱看电视。高考的头一天晚上还在看，老蒲任由着他，结果只考上一个专科学校。万芬不是不讲理，不过是要求老蒲教育小蒲，要做与自己年龄相称的事，要完善自己，要努力，将来要自立。可她和老蒲什么都能说通，就是说到孩子的时候，永远不通，他的儿子永远对，再差也优秀。万芬的烦恼随着小蒲的长大，越来越难以承受。她原以为自己很伟大，但渐渐体悟到，这种反自然的事，做起来是多么难，自己受累不怕，受委屈才真要命。心被反复地切割，她当初的善良，都演变成惎恨了。烦恼像服刑，万芬的刑期是到小蒲高中毕业上大学。小蒲后来又读了专升本，毕业在外面晃了一年，所以，这五年里，万芬的心，总的说来算是舒展开了。当然，不包括小蒲假期回来又添的那些不快。

　　五年这么快就过去了，想不到小蒲一点志气一点血性都没有，二十多岁了，还要回来，插在父亲和继母中间，毫不顾忌可能造成的后果。万芬最怕的事，还是来了，她终于明白，她钻的是一个无期徒刑的套子。她突然发现，自己现在怎么做都不行了，被卡在一条岩石缝里，掉不下去，也爬不上来。

　　和过去每一次吵架一样，她想出走，想放逐自己，可又实在无处可去。

　　真是难言的悲哀啊。万芬本来有份体面的工作，在一个房产公司里做文秘，可是她厌恶上班，厌恶公司里那些人的勾心斗角，厌恶写那些毫无感情的公文。偏偏来了一个新老总，搞什么竞聘，又是一轮相互倾轧，她一向不喜欢竞争这回事，下决心辞职了。她喜欢读书，喜欢写，在家里做自由撰稿人。可是这样一来，她的空间，就单一而且狭小了，所有这个小空间里发生的事，她都要在这个小空间里承受。这个家，实在是太小，很多东西都已经盛不下了。她想去咖啡厅里坐着，让孤单去对抗悲哀，让他们父子二人回来，猜测她的去向。

可最终，万芬放弃了这一想法，那也要花钱的，而且很冤枉。她躺了一个下午后，还是爬起来，下楼去买了菜，做了晚饭。老蒲先回来，她没理他，小蒲回来才开饭。她问了小蒲上班的情况，她的表情正常，甚至还笑过。但是饭后，她一声不吭，带上手机和钥匙，一个人出门，去了不远处的一个小公园。

天还大亮的，小公园里已经聚满了人，在吵闹的音乐声中，有一片人在跳五禽操，屈膝钩手，左抓两下，右抓两下。万芬没有停下来看他们，她形神分离，沉默地走着，她又看到有人在健身器械上扭来扭去，有人在打羽毛球，有人坐在凳子或石阶上看热闹。她只是眼睛看到了这些，内心里，仍在咀嚼老蒲给她的苦果，以至于她跟一个人差点撞了个满怀，还在愣神儿。

"琳珠？"

"这么巧？"裴琳珠笑笑。

裴琳珠家也住在附近，平时，她和万芬两人，也经常互相约着，晚上出来散步。一般这样的时候，也是她们互倒精神垃圾的时候。她们并不相互安慰，只是各说各的烦恼，发发牢骚，共同感慨一番。两人找了个僻静处坐下来。

"孩子去上班了吧？"

"去了，先干着吧。"万芬想了想，还是忍住了，没有说出早晨跟老蒲吵架的事。

裴琳珠却开始倒垃圾了。"万芬你知道吗？我昨天晚上有应酬，回家晚了，一进门，老肖坐在沙发上，板个脸，怪我碗也不洗，家也不收拾，我又累又气，跟他吵了两句，他跑到厨房，抱起那些碗，就从窗户扔到楼下了呀！"

万芬吃惊："他怎么这样？太过分了。"裴琳珠和老肖，可是原装夫妻，虽然跋涉到中年，架也没少吵，也曾几次闹到离婚的地步，可老肖在外人眼里，真是老实的好人一个，怎么会这样呢？

裴琳珠说："我后来什么也没说，就去睡觉了，我太累了，我真的无语了。"

万芬这下找到了分心的事情做。她以一个冷静的局外人的姿态，替裴琳珠分析老肖的行为因素。最后两人认为，裴琳珠的单位好，事业发达，老肖在一个不景气的企业工作，又忙又累，收入却少，男人那莫名其妙的自尊心，导致他性情封闭古怪。在她们闲聊的间隙，万芬突然想起，那本叫《婚姻规则》的书，正是裴琳珠送给她的。六年前，万芬还在房产公司上班的时候，因为要写公司的年度总结，到销售部要几个统计数字，见办公桌扔着这本书，她顺手拿起来翻了一下。裴琳珠从外面回来，瞥一眼她和书："想看吗？"万芬反问："你的？"裴琳珠说："拿去吧，我看过了，不用还。"两人就此成为好友。那本书后来不知被万芬放在什么地方了，那最后一条规则是什么？内容好像正是针对她的问题而说的。

天在不知不觉中，黑了，两人的交谈形式变成叹气，你叹一声，我接一声。突然，万芬的手机响了，是老蒲。他说："时间不早了，我去接你吧。"万芬生硬地说："不用。我马上就回去了。"

两个女人在公园里走了一段路，分手。万芬的心又回到郁闷的状态。她悠荡着，慢慢地走，一点也不关心身外的事，也没有惧怕哪个角落里，会突然蹿出一个歹徒。快到楼下的时候，小卖店门前的灯影里，老蒲正站着，朝她来的方向望着。万芬瞥了他一眼，没说话，走自己的路，老蒲在她身后，默默地跟着。

3

早晨，老蒲和小蒲一起上班走了，万芬望着小蒲散在地上的行李，发呆。

夜里，她又没有睡好。她和老蒲的卧室，与小蒲的小屋是对门。本来，这套房子是不存在这样一个小屋的，是装修的时候，特意用木板和玻璃隔出来的。小蒲一直睡在里面，小蒲不在家这五年，是偶尔来的客人睡。天热，万芬和老蒲一向是开着门睡觉的，可小蒲也是要开着门睡觉的，他光着膀子，只穿短裤，大喇喇地躺在那里，万芬只好关了卧室门。结果太热了，睡不着。万芬奇怪，十五年前，跟老蒲结婚的时候，两人挤在一张单人床上，照样睡得香，现在的床，虽然只有一米五宽，好歹也是双人床，她却不能忍受同床共枕了，老觉得床小，两人睡着拥挤，再一热，就更睡不着了。她知道，一向擅长睡眠的老蒲，也没睡好。

万芬感到，自己脑袋里像灌满了水泥，还没凝固。小蒲的行李，也让她的眼睛像进了沙子。她这半辈子，一直希望有自己的空间，可小时候，是和妹妹们住一间屋，挤一张床，根本伸不开腰身；上大学住的是七八个人的集体宿舍，吵吵嚷嚷的；结婚后，这个梦想彻底破碎了，现在，又回来一个抢空间的，真叫人绝望。

小蒲的小屋，去了床和一个柜子，只有一窄条儿空地了。他的大箱子躺在地上，加上打开的盖子和上学时的书包，以及临时装东西的塑料袋，散乱地摊着，地上就没有空当了。他箱子里的衣物，也乱七八糟的。万芬想收拾一下，却无从下手，觉得还是不要乱动为好。明天是双休日，父子俩都休息，再一起收拾吧，要腾出一个柜子，给小蒲装衣服。

万芬有规律的生活乱了，心乱了。她一个字也写不出。坐在书房里，她又想起《婚姻规则》这本书。她来到阳台，这里有个破旧的小柜子，放着一些杂书。她蹲下去一阵翻，到底找到了。过去，她从不懂得婚姻也要什么规则。这是一个美国女人写的，她以专家的理性，为同在屋檐下维持天伦的男女们，列出了四十二条如何相处的规则，最后一条是"二次婚姻的规则"。内容不多，只有两个页码。万芬就想，这说明，二次婚姻不是婚姻的主流，不可能获得最大的关注；还说明，这是个比较麻烦的问题，专家也说不了太多的话。不过，有两页内容总比没有好，暂且当作一根稻草吧。

专家根据调查研究分析，三分之二的二次婚姻，都是因为孩子的原因而以失败告终。这美国专家，是一个二次婚姻成功的女人，她给出了一些具体的规则和建议，万芬用目光梳理了一下，归纳起来就是：如果你也带来了前一次婚姻的孩子，不要强迫丈夫同你的孩子之间，建立良好的关系，让它自然发展，顺其自然好了；如果你成了他孩子的继母，那你得小心行事才行，不要告诉丈夫，他该如何做好丈夫的角色，不要强迫自己，同他的孩子建立什么关系，也不要试图替代他们的母亲。还有，即使你们在争吵，也要把饭准备好放到饭桌上，还要同他继续做爱。如果你自己需要关照，那就去找个医疗师看看，和朋友说一说。

万芬"啪"地合上书，心里嘀咕：这是个不平等规则，如果女人真的能做到这些，那就不会有三分之二的二次婚姻失败了。实际生活中，二次婚姻的规则就是更加忍耐，多苦多委屈都要活该忍耐，因为你不想再离婚。她记起当年，她以这本书为由，给一家妇女杂志写过一篇稿，遂打开电脑，打开文件夹，找到了那篇文章。其实，她最想写的，是另一个版本的"二次婚姻的规则"，告诉男人们，不要强迫妻子与自己前妻所生的孩子，建立多好的关系，顺其自然好了；不要告诉妻子该如何做好后妈的角色，她无论怎么做，都代替不了原来的母亲；要理解妻子的心理感受，不要让她承受她不该承受的东西……可事实上，男人们根本不看这样的书，《婚姻规则》的作者，也是考虑到这一因素，才把第四十二条规则，写给了女人的吧。再说，男人大都是自私的，他们再婚的时候，大都是找初婚或者再婚不带孩子的，这本身就是一种男女婚配的不平等。在一个再婚家庭中，你能指望男人做什么呢？

万芬原以为，像美国那样开放自由的社会，大人也好，孩子也好，对再婚家庭的麻烦是不在意的，原来不是那么回事，这是人类共同的心理问题。原以为美国的男女平等问题，要比我们做得好，原来也是要女人做出努力，来维系婚姻。女人只要一味地奉献牺牲，任劳任怨地做贤妻良母，那么大家就皆大欢喜，可凭什么总是让女人奉献牺牲？就因为女人在性情上，比男人少一些自私？就因为女人以家庭为重？既然这差不多是个世界性的问题，那么改变它，就不是一天两天的事，女人能做的，还是如何把握自己。万芬在自己的文章里，对二次婚姻给出了这样的规则。

首先，尽量不嫁带孩子的男人，哪怕他很有钱，因为后妈生涯中，会有许多琐碎的难以预料的难过时刻。其次，当然，一定要嫁的，那就嫁吧，我们总不能一朝被蛇咬，十年怕草绳吧，毕竟有不少成功的范例，比如《音乐之声》里的女家庭教师，比如前面说的"二次婚姻规则"里，给出十条建议的那个成功的女人。你也许有驾驭老公和他的孩子的能力，你也许就是那个幸运者。最后，既然嫁了，发生什么，都是正常的，要练就一副绝顶超脱的本领，不要被负面的一切所左右，婚姻不管有几次，都是为了幸福。

"不要被负面的一切所左右"，空话！这么多年过去了，写这篇文章的作者自己都没做到，看这篇文章的读者做到了吗？万芬唯一的收获，不过是百来元的稿费而已。她食指狠狠地点着鼠标，关掉电脑，把那本书扔到阳台的一堆废纸壳中，准备当作废品卖掉。

这些事做完了，分岔的心又合拢来，重新感受到满屋弥漫的悲哀。万芬在家里到处走着，像走在火舌上，身心都无处安定。她看着小蒲的小屋，看着地上那杂乱的一摊子，心里烦着，躁着，要出走的冲动依然强烈，可又说不清要去哪里。满腹的闷气，这小房子，无论如何装不下，一定要去某个地方。十几年来，很多次这样的时候，她都希望自己能跳上火车，到达什么地方孤身游荡，再给找她找得气急败坏的老蒲，发个短信，说她很好。可她一直没有这么做，经济是一个原因，理性是更重要的原因。现在，她要战胜的仍是老问题——理性。还有，年岁带来的惰性，出走的冲动，比早年弱化了，不足以让她不顾一切。

突然，万芬想起了心中一直存有的一个设想——去做钟点工。

这个想法，当然不是出于喜欢，她是想看看，别人是怎么生活的，看看陌生人是怎么对待她的。这种短时的出离，倒是很可操作，她仿佛看到一个闪着白光的洞口，能把黑暗宣泄出去。她的负面情绪，有了一个出口。她立刻行动，收拾自己。

4

万芬不是一个时髦的女人，但通常，她会把自己收拾得很得体。衣服没有贵的，只有对的，发型永远是直顺的中长发，披着，再加一副眼镜，有点学院派风格。为了让自己像一个钟点工，她把头发拢在脑后，用皮套扎上了，穿上五分牛仔裤和白色短袖T恤，晃着一张素脸，出了家门。

等公交车的时候，她突然想到，戴着眼镜，不像做粗活的，便摘下来，塞进背包里。这样，万芬看到的街景倒还无碍，但每个人的脸却是模糊的。天阴沉着，天气预报说，第八号台风莫拉克要来了，她不明白，台风以前都叫小姐的名字，现在怎么叫先生的名字了？这个中小城市也免不了要受影响，说是要下中雨呢。她盼着雨快下来，太闷了。

就像你往日经常看到修鞋摊子，一旦要修鞋，却拎着鞋子茫然四顾，想不起去哪儿，万芬在等车的时候，也是想得头沉，才想起宝泉路上有个家政服务公司，只坐了十几分钟的车就到了。站在门前，万芬对它的门头可不陌生，她多次路过这里，看在眼里，都会想起自己的设想。但在进门前，她还是犹豫胆怯起来。自己竟沦落到这个地步了吗？这是一项隐秘行动，碰到熟人怎么办？相遇的人会怎么看她呢？门开着，里面的人已经望出来，已经起了疑惑，她只得一狠心，迈步进门。她告诫自己，她与别的女人，没有什么不同，那些女人出于生存的理由走进这里，而她，间接地说，也是因为要更好地生存才走进这里。女人和女人，表面上往往大相径庭，实质上都是一样的。

一位大姐接待了万芬。"你想找份什么工作？"

原来事情就是这么简单，并没有她事先设想的那些盘问。每一个来找工作的人，都有自己原有的身份，但与这大姐有什么关系呢？

"我想做钟点工，做饭洗衣打扫卫生，都行。"万芬没有想过当家教什么的，她只是想做简单的临时的事情。走近了，她才看清大姐的脸，是一张热情有耐性的脸。

大姐递给她一张登记表，要留下姓名、年龄、电话什么的，还要身份证复印件。这是万芬没想到的，她找出钱包翻找，幸好身份证就在里面。她照大姐的指点，到斜对面去复印了，回来大姐就对她说："你今天就能上班吗？有个老太太刚来电话，要个钟点工，不用做饭，只管打扫一次卫生，你去试试？"

万芬交了介绍费，记下老太太的电话和住址，直奔老人的家去了。当然要坐十五分钟左右的公交车。她站在车厢里，胡乱地想东想西，觉得这件隐秘的事，有点刺激，没有活儿的时候，她可以在家里写点小文混稿费，中午老蒲和小蒲都不回家，傍晚她做完工回来，仍可以做自己家的晚饭，这样，蒲氏父子就不会发现她做钟点工的事。她为自己拥有这一小小的秘密而兴奋，而感到生活的不同了。

一进门，万芬就看出，老太太是个特别挑剔的人，长得跟国产电影《我们俩》中的那个刁蛮的老太太差不多。老太太示意她换拖鞋，这个万芬自然知道，没想到，进厨房的时候，还要再换一双。进卧室的时候，当然还要换一双，万芬干脆不穿拖鞋就进去了，老太太紧盯着她的光脚说："下次来，你在家先把脚洗干净，穿棉袜子来。"大热的天，穿什么袜子！万芬心里忽地火起，觉得被污辱，被损害了，但还是忍住，没吭声。这辈子，万芬只请过一次钟点工，是她在职场上奔忙的年代，要过年了，没时间打理家里的卫生。她记得来了两个女人，带着工具包，有她们自己的工具，当时，她让她们用的是自家的抹布。今天，她没有任何准备，却并没慌张，果然，老太太也是要求用她自己的抹布。

做家务，万芬可是把好手，是从小练出来的。她十一二岁，就开始洗全家人的衣服了，寒暑假，要做全家的饭，甚至担水劈柴这样的重活都做过，所以，有了自己的家后，做什么都得心应手。老太太这点活，不在话下。她先擦了卧室与客厅的地板，又去厨房清理灶台和地面，最后收拾卫生间。她有点自虐似的，使着很大的力气，仿佛这样就能把内心的闷气，统统倒出去。每次跟老蒲吵架后，她也是选用力做家务活儿来消解怨气的。老蒲回来看到她这样勤劳持家，也就无话可说了，其实她明白，自己有点自虐。

老太太一直坐在客厅的沙发上，看着电视，这位置，万芬在哪里做活，她都能监视到，虽然她只是偶尔瞟上一眼。最后，万芬觉得她做过的活，应该无可挑剔了，擦干手，站在客厅对老太太说："阿姨，都收拾好了，您看看吧。"老太太并不动地方，只是瞟一眼万芬，又盯着电视屏幕说："马桶下水口里面，你擦干净了吗？"

万芬呆住:"那里面怎么擦啊?"

老太太怒道:"我就知道你没擦,干你们这行的,素质太差!"

"那你就另请人吧。"

万芬没多说一句话,匆匆穿上鞋就走了。不要再见,刁老太太!万芬边走边给家政公司的大姐打电话,说以后再不会来侍候这个老刁婆。大姐说,你是做工的,就得听雇主的,不要跟他们计较。万芬没有争辩,收起了手机。我不是做工的,我就是要挑剔雇主。在公交车上,她还在想着老太太的话,还有那张无比挑剔的脸。本来是带着郁闷出来的,又加上老太太的无理挑剔,心里又添了一层堵,只是她想起自己的定位时,心里才稍稍敞亮些。再说,不是想过吗,自己与那些做工的女人,并没有什么不同,她也在注意隐藏自己的不同。像老太太这样的顾主,总有人要去忍受。她不想忍受,是觉得自己没这个必要,她可以多走几家,多看看这个世道。

晚上,老蒲有饭局,万芬和小蒲一起吃饭。有件事,她一直想不通,小蒲做什么都动作缓慢,吃饭咀嚼的动作却很快,而且吧唧吧唧发着很大的声响,她听着就心烦。虽然她恨老蒲,老蒲此刻在家里,她也不会跟他说话,但她需要他隔在她和小蒲之间,填补因为小蒲的归来造成的气场裂痕。因为小蒲不爱说话,她也在气闷中不愿讲话,桌上是难堪的沉默。

小蒲倒是知道洗碗了。当年,他十四五岁的时候,他们教他洗过一次碗,那天,他像受了天大的委屈,哭了。虽然他干这点活,又费水,又费洗洁精,而且还不管炉灶和灶台,万芬也不必计较了。她有点累。

空气闷热,这个晚上如何过?万芬找出了被子,到书房打了地铺,她决意要在书房睡一阵子。其实,躲热是一种表象,她的潜意识里,还是想躲老蒲。

小蒲回来,客厅就是他的了,因为电视在那,电视从来就是他把持着。在他高中毕业离家前,万芬从没舒服地看过电视,总要为此郁闷。此刻,他又把电视开得山响,倚在沙发上不动了。万芬关了书房的门。回想第四十二条规则,除了"即使吵了架,也要把饭菜准备好端到饭桌上",别的好几条都做不到,尤其是,她做不到被老蒲伤害了,还能陪他睡觉。最后一条倒是可以参考,如果自己有问题需要解决,找个心理咨询师?她不会的,她不相信心理咨询师那一套。他们可不会免费开导你,况且他们自己本身也有心理疾病,甚至也有自杀的。一个人,依靠怎样的途径,来解决自己的心理问题,可能也是缘分。这一年来,万芬郁闷的时候,她就进入一个佛教网站,看一些文章,跟法师聊上两句,问几个问题,解决自己的疑惑,心就会安定许多。万芬想,自己真是大俗人一个,跟老蒲一吵,心性就大乱了,起了大烦恼,甚至忘记了佛陀的教诲。

可是,现在这大乱的心性,乱得她连电脑也无心打开,明知有一盏灯在那里,也无力去奔向那光明。她准备看看书,困了就早点睡。

老蒲回来的时候,万芬正坐在地铺上,看《弘一法师李叔同书信集》。这书在她的书架上,摆了好多年了,一直没看。老蒲开门看了看,问:"睡这能行吗?有蚊子咬。"万芬用眼球的一个角儿,瞟一眼老蒲,没有吭声。老蒲悄悄关上了门。

这一夜,万芬倒是好睡,虽然早晨起来看到,胳膊腿上有好几个蚊子叮出的红点儿。

5

大热的天,倒腾柜子,是很令人发憷的事。但必须要做!

小蒲回来的第三天,周六,父子俩都休息。早饭一结束,万芬就开始行动了。必须把老蒲放在小屋的衣服清理出来,安置妥当。必须把小蒲睡铺下的柜子,清理出一点地方,装进小蒲的衣服。这比较费事,万芬要跪在地上,身体趴下,才能看清柜子里的情况,热了一身汗。清理出来的旧衣服什么的,要送到楼外面每家一间的小储藏室去,无论什么东西,一旦送到楼下,就很难再想起了,所以,只要有点用处的东西,万芬一般不愿往那里放。现在,那地方,必须当作楼上的一个好房间来用了。

所以，万芬拿上储藏室的钥匙，抱了一包旧衣服，下楼去了。

回来老蒲告诉她，她的手机有个电话。她抓过一看，是家政公司的大姐打来的。当着蒲氏父子的面，她不好回过去，就开始梳洗打扮，准备出了门再联系。这时，老蒲准备带着小蒲出门了。

老蒲说："我们去看老爷子，你去不去？"

老爷子是指万芬的父亲，从老家来，一个人住在租来的车库里。逢年过节的时候，万芬和老蒲会买上东西去看望，但老蒲主动带儿子去，这还是头一次。万芬明白，这是老蒲在向她示好，是特定时期特定环境下的作秀。他本不是那种会挂虑老人的人，他连他自己的父亲，都时常忘记打电话问候，反倒是他的父亲，隔一阵子就给他打电话来。因此，万芬并不为此感动。

"不去，我一会儿要出去！"她语气生硬。

要在平时，老蒲会随便地问："干什么去？没事瞎跑什么？"但现在，老蒲只是"哦"了一声，不敢再说什么了。他和小蒲一起走了。

万芬舒了口气，家里只她一个人的时候，一切都安静下来，她感到身心的释放，精神也松散开来。老蒲和小蒲在家，家里显得密不透风，她浑身的触角都收着。他们一走，她伸展一下酸麻的神经，感到片刻的享受。可是，家政公司的大姐又来电话了，说又为她找了一户做工的人家。

这份工，路途有点远，公交车差不多跑了十站地。万芬来到一个新落成的小区。小区还有一个花园，她却顾不得欣赏里面的花草，心里打着鼓。这户人家的主人怎么样？会如何挑剔她干的活呢？他们住在带电梯的小高层里，生活条件该是不错的了。

进电梯，上升，出电梯，按门铃。令万芬惊诧而尴尬的是，来开门的是一个与小蒲差不多大的小伙子，身上只穿一条及膝短裤。"对不起，我可能走错了。"万芬转身要走。小伙子说："你是钟点工吗？没错，进来吧。"

万芬迟迟疑疑进了屋，更加惊诧，因为不大的屋子里，到处是鲜花，芳香浓得令她头晕。她的目光，被那些鲜花温柔的手拉着，带往各个角落。她瞥见卧室里，一个人影从床上起来了。面对这么多的鲜花，她忍不住要说点什么。"你有女朋友吗？这是为女朋友准备的吧？"这就是她的观念。是哪个女孩如此幸福？万芬这辈子，只收到过老蒲一枝玫瑰花，是十五年前，他们还没结婚的时候，那时中国人刚兴过情人节。

这时，卧室里走出一个二十岁出头的小伙子，万芬惊讶于他的漂亮，皮肤细白，比漂亮女孩还要惹人怜爱。开门的小伙子搂住他说："这就是。"万芬又吓了一跳，合不拢嘴。原来，自己一不小心，遇上了"断背山"。

万芬一边干活，一边极力去看鲜花，捕捉花香。幸好有这些鲜花，不然，她不知道自己如何能在这里待下去。但是，打扫卧室的时候，她还是产生了别扭的感觉。看电影《断背山》的时候，她也为那两个男人的爱情感动过的，也不想对他们有什么偏见，但想起他们的接吻，她还是觉得有点恶心。此刻，床上的两个年轻人，就是毫无顾忌地拥抱在一起，她努力忍着，匆匆打扫完赶快出来。这是谁家的孩子呀，父母知道他们这样，心该碎成什么样子！好在，他们对她的活不挑剔。

离开他们，一走出电梯，万芬就把电话打到那大姐的手上。"大姐，你知道吗？他们是同性恋！"不知道以后这大姐又会给她找到一户什么样的人家，她从没像现在这样，离人世间的千奇百怪这近。

快中午了，万芬不想回家，又给裴琳珠打了电话。"中午咱们到哪儿坐坐吧？"

裴琳珠说："我来了客人，你来帮我陪陪吧。"

一桌的女人。客人只有两个，一个是什么企业的会计师，前几年刚调到省城去的，这次是陪朋友来度假的。另一个客人，当然就是会计师的朋友了，一个身材略胖、脸色憔悴的女人。还有一位，也是来陪客的，是裴琳珠在本地新认识的，万芬也跟着叫她项姐。这项姐，白净红润的脸，一直笑眯眯坐在那里，沉静、安详、不说话，问她什么，才说一句，绝不多说。万芬顿生好感，特别是，她觉得项姐那张脸，叫人亲近，叫人心里欢喜。

会计师的话比较多，她的朋友也很活络，颇显几分豪气，她们给大家敬酒，干了好几杯啤酒。万芬有点心不在焉，这样的饭局，大家都是没话找话说，谁也不了解谁，尽量挑虚话好话说，有点累。万芬敬酒时说了几句话，再没怎么说，她喝可乐，跟喝白水的项姐碰过一次杯。裴琳珠让项姐说几句话，项姐说的最后一句话是："不管遇到什么情况，一定要保持安详，安详才会幸福。"万芬记住了这话。

大家散后，裴琳珠和万芬同行了一段路。这回，她们可以说知心话了。她问裴琳珠："你和老肖没事了吧？"

"他就那样的人，能有什么改变？"裴琳珠叹口气。

万芬说："平时看你穿着时髦，工作风光，又赚了些钱，谁知道你过得也这样苦啊，这世上真是没有一个人可羡慕。"

"你说对了，万芬，每个人都有自己难念的经，就拿刚才饭桌上的人来说，你知道吗？那个会计师，嫁给一个带孩子的男人，男人带的是女孩，两个女的争夺一个男人，你想那日子，够熬的吧？前两年，都把那女孩送上大学了，还是不行，她只好离了，调走了。"

"真是的，白累了那么多年。"万芬想起那女人打扮时髦的样子。

"再说她那个胖乎乎的朋友吧，"裴琳珠继续说，"她老公下岗多年，自己干也没挣到钱，性格又像木头似的，她老嫌老公没本事，死看不上他，没想到，最近，她老公跟一个有钱的女人，说是高中时的同学，一起开了个公司，坚决要跟她离婚，她却不想离了，闹得要死要活的。这不，朋友拉她出来散散心。"

"哦，是这样啊，这对她来说，是难以接受。"万芬说，"我看那个项姐，日子肯定过得舒服吧，你看她的脸。"

"项姐？"裴琳珠提高了声音，"你知道吗？项姐是中学语文老师，五年前，她女儿正上初中，不好好学习，又早恋，她把孩子狠批了一通，那孩子就离家出走了，她和老公把房子卖了做路费，全国都找遍了，也没找到，至今生死不明。现在，老公也跟她离了。"

万芬惊得站住不走了。"天呀……是真的吗？她怎么还能笑眯眯的，好像日子过得很富裕，很幸福？她是不是性格很温和，从不着急上火？"

"你错了,听说她以前是个火暴脾气,她老公请朋友到家里吃饭,她和老公吵嘴,都能当着客人的面,把桌子掀了。"

"真的吗?那她怎么变成现在这样子的?"

"学佛,修行,她现在是居士。"

"那她真是了不起,什么时候,我一定找她聊聊。"

"过段时间吧,最近她要出门,利用暑假,参加一个弘法活动。"

回到家,万芬见老蒲已经下班回来开始做饭了。小蒲正在看电视,对万芬视而不见。如今他依然离不开电视,从此就是白天简单上班,晚上看电视混日子。他还不如他的老子,他老子是凭着个人努力才走出农村,有了现在的工作。万芬瞥一眼小蒲,进卧室躺在了床上。白天的一幕幕,又显现在眼前。

这是什么世道啊。这一代的年轻人,要么气走继母,要么离家出走,要么搞同性恋,要么什么也不干,靠父母养着,听说有的还自杀,前两天,电视上的本地新闻还报道过,一个女孩,毒死了自己的母亲。所以,像小蒲这样,回来依赖着父母混日子的,父母还要为此庆幸呢,感谢他没有自杀,没有出走,没有杀死父母。所以,这样来想问题,小蒲还是不错的。可是,不管哪一代人,都有大量的优秀者,为什么不能拿他去跟优秀的人比呢?人们凡事向下比的时候,无非为一个心理平衡。如今,人们对年轻人的要求,降到了什么份儿上!这不是年轻人的失败,是上一代人的失败。

万芬有点头晕,迷迷糊糊,睡着了。

6

老蒲是不会跟儿子提出到外面租个单间的,小蒲更不会想这事。街上到处都是招租单间的小广告,万芬每次看到,心里都掠过一片阴影。

万芬改变不了老蒲,也改变不了小蒲,只有改变自己。要修心,要扩充心量。

这天一大早，万芬就坐下来打坐。打坐是上个世纪九十年代初，气功热那会儿学的，自然没有坚持下来。一年前，她在网上，看到一个著名老法师的访谈，老法师淡定的仪态和智慧的谈吐，让她突然找到了精神归宿，立意学佛，才又想起打坐，也是断断续续的。庸人打坐，其结果是自扰，当你企图控制自己的大脑，却更加明晰地察觉到大脑里的万马奔腾。开始的几分钟，还能勒住几匹马，可没到十分钟，万芬又起了恼恨。如果有大房子，家里会多一个小蒲吗？可是，老蒲似乎从不想这些，也没有任何改变现状的表现。

七点多了，老蒲和小蒲还在大睡。每天都是万芬早起，活动一会儿，做好饭，两人才起来。今天她一直待在书房里不出去，她看到他们睡懒觉就来气，就生出诸多的联想，越想越气恼。后来老蒲先起来了，上厕所发现没有卫生纸了，来向万芬要，万芬正烦着，"你自己去柜子里找。"老蒲在客厅的柜子里翻腾一气，又来了，"没有。"万芬烦上加烦，到客厅的柜子拿出一卷纸，不是递，而是扔给老蒲，又回到小书房。这男人本来是平静的，这下子也变了脸，步态生硬地去了卫生间。之后，小蒲也起来了，看看饭菜没有像往日那样摆上桌，也不理会家里的气氛，自己用微波炉热了一碗饭菜，吃了，走了。

等老蒲也走了，万芬去厨房一看，各人用过的碗都堆在水槽里，还有一点剩饭剩菜在灶台上，她拿到微波炉里，热了，边吃边想，没有女人把饭菜端上桌，男人也都各自解决了问题，为什么一定要等女人来伺候呢？

虽然这样想，万芬还是把水槽里的碗都洗了。她是个爱干净的女人，见不得残败脏乱的事物和场面。然后，她擦干了手，把座机拿到沙发上，打电话给裴琳珠，问项姐回来没有。裴琳珠说："刚走几天呀，你耐心等着吧。"

这时，家政公司的电话又来了，说是青城小区有个雇主，刚搬到一个租住的房子里，要个人下午去收拾屋子，活儿多，给工钱也多。青城小区，万芬想，那是富人居住区，雇主定不一般吧。她要把自己收拾得像样才行。为了干活方便，她依然穿着那条五分牛仔裤，为了像样子，她套了一件短袖长款碎花薄衫，头发像时下流行的那样，在脑后绾一下，俏皮地翘着。万芬发现，自己一下子年轻了，心里有了一些薄亮。想到雇主是刚搬家，想必过日子的东西不全，她找了一个帆布休闲包，装进一条做抹布用的化纤白毛巾，一副胶皮手套，一个钢丝球。

果然，雇主的家里乱七八糟。地板落着一层灰，还散着一些纸片和扭结的塑料袋什么的。客厅有电视、沙发和茶几，却显得空荡，没有生活气息。卧室有衣柜，有床，床上有一条毛巾被，胡乱地堆着。厨房呢，灶具和油烟机都沾着厚厚的油垢，几个盘子和碗，在灶台上散放着，显得无精打采。

这样混乱的局面，主人却只有一个。一个中年男人。

他虽然在家里穿着随便，却彬彬有礼。"对不起，要做的事太多了，不要怕，我会和你一起做。"

万芬被这男人吸引了。高个子，白皮肤，大眼睛，稍有点发福，却不臃肿。她不由得问了一句："我该怎么称呼你？"

"我姓莫，是医生。"

"哦，莫医生。"

"那么你呢？为公平起见，我也要问一下，怎么称呼你？"

万芬扑哧一笑："我姓万。"

"这个姓好，万元户，万岁，万寿无疆……"

两人都笑起来。万芬庆幸自己，带来了做活的工具，她把包里的东西，一件件拿出来，戴上塑料手套，准备干活了。莫医生还在带着歉意说："我刚来，工作忙，这个房子是我租的，有点乱，实在没有时间收拾，今晚要上夜班，所以下午休息，就想找个钟点工来帮忙，平时我自己也能做。"他忽然盯着万芬的眼镜问，"小万，你的眼镜是近视镜吗？"

"是啊，你以为，我戴眼镜是为了装样子吗？"万芬这才想起，今天忘记摘下眼镜了。

莫医生摇摇头："你……不像干这一行的。"

万芬惊问："你的根据是什么？"

"你戴眼镜，你说'医生'而不是'大夫'，你有一种文雅的气质。"

"莫医生,看你说的,我就是一个大俗人。"已经以"医生"开了头,她不好改口叫"大夫"了。

怕自己暴露得更多,万芬赶快投入劳动。她先到了重灾区——厨房,可她很快发现,这里没有洗涤剂,也没有去污粉,厨柜、灶台和除油烟机上那些油污,根本不接受本色抹布的粗暴擦蹭。她去卫生间找肥皂和洗衣粉,也没有。她只好叫了正在整理床铺的莫医生。"你有没有能去污的东西?"

莫医生这才恍然想起:"噢,我忘了。我马上去买。"他反身进了卧室,拿了一张纸片出来。"小万,你帮我看看,还需要买点什么?"

纸上写的是:衣挂、洗衣粉、肥皂、去污粉、洗洁精、钢丝球、百洁布、碗筷、油盐酱醋、苕帚、撮子、拖布、拖鞋……

万芬微微一笑:"莫医生,你是中医吧?这张购物单,像中药方子,十几味中药呢。"

莫医生用诧异的目光,看一眼万芬。"你很特别。"他找出钱包出了门。

"你也很特别。"这话万芬是在心里说的。世界上,怎么有这么细心的男人?万芬在卫生间找到一个塑料桶,接了水,先擦起了客厅的玻璃。她的思绪纷飞,可能做医生的,都是心细如发的人吧,要么,他是个外科医生,拿手术刀的?万芬想起,自己中学时的理想,是要当医生的,没实现,也曾想嫁给一个医生,没缘。所以,至今,她对做医生的人,尚存一分好感。

窗子擦完了,莫医生也从超市回来了,万芬开始收拾厨房。莫医生说:"不好意思,这是最脏的地方,我来吧。"

"不不不,"万芬急忙说,"我是你找来的钟点工,应该做的。再说,这是女人显身手的地方,你们男人做不好。"

"是的,女人对付厨房有一套,我懂女人。"莫医生说着,去了卫生间,用新买的拖布开始拖地。

"你不会懂的,男人永远不懂女人。男女之间永远说不通。"万芬想到老蒲，同床共枕这么多年，在小蒲的问题上就是难以沟通，一次都不通。他就是不懂她的心理，从来不认为小蒲的事是什么大事，从来不认为她受到过伤害。

"是吗？你这个钟点工还怪有想法儿的。"

万芬一下子哑了口，她不敢再多说什么了，人要装聪明难，要装傻也难。可是，一男一女，在这所房子里，都不说话，气氛也怪怪的。也怕莫医生对她再问什么，她只好把话题往他身上引。"嘿嘿，我就是爱胡思乱想。莫医生是外科大夫吧？"

"我呀，"莫医生开始拖客厅的地板，在万芬的视线中晃着，"我是妇科大夫。"

"啊。"万芬吓一跳，停下活儿，看了一眼莫医生，有些微微的尴尬。还说他不懂女人，至少他是懂得女人身体的，里外都了如指掌。为了掩饰自己，万芬问："听说医学院考试的时候，妇科成绩好的都是男生，是这样吗？"

"是，没错。"

两人大笑起来。在这样轻松的气氛中，活儿慢慢做完了。万芬要离开的时候，两人不像雇主和钟点工的关系，倒像老朋友了。莫医生要了她的手机号，说以后有活就直接联系。

回家的路上，万芬一直在想莫医生这个人，他为什么一个人来这个城市？老家有老婆孩子吧？这些隐私的问题，她当然不会问，但她问过他在哪个医院上班，他说，他开了一家私人诊所。他给她留下上好的印象。她这一下午的心情不错，所以，在家附近的菜市场，她买了一袋子菜，做了好几个菜端上桌。可是，等老蒲和小蒲都回来了，她的心又复归郁闷。

老蒲在这样的家庭气氛中，下了班回来，还能吃上现成的饭菜，而且吃得很舒服，心里有些感动呢。所以，晚上临睡的时候，他走进小书房，在万芬的身边，挤了挤，躺下来，说了两句关心的话。一只手，搭在她的腰窝处。万芬背对着他，硬起心肠说："我想一个人睡。"她把他那只手，拿下去了，用的是中性的态度。年轻的时候，吵过架，哭一场也就没事了。现在不行了，动一次气，投入地哭一回,多少天,五脏六腑都揪着,疲劳着,她一时缓不过来。老蒲默默地躺了一会儿,起来,回卧室去了。

7

老蒲是个性情温和明亮的人。他一般不挑别人的毛病,对人比较宽容。万芬多次说,老蒲适合学佛,临了往生极乐世界的可能性大。可老蒲不信佛,也不许万芬学佛。这在目前,倒也不影响夫妻的关系。因为老蒲优良的性情,万芬才努力维持着他们婚姻的形式。人们眼中的好婚姻,不在于多么幸福,而在于平稳。

但是,事情一涉及到小蒲,老蒲那些优良的品质,便一下子淹没在自私的血缘中。痛苦的万芬,便产生了出轨的幻想,多少次,她想过,如果有个合适的人出现,她宁可这些年的付出白搭上,也会离开蒲氏父子,去过一种新的生活,只要舒心。

她有某种隐秘的企盼。

这天早晨,小蒲的表现,使她淡下去的烦恼,又千丝万缕地翻涌上来。企盼与幻想,又小鸟一样探出巢穴。早饭后,小蒲坐在沙发上不动。万芬说:"你要迟到了,怎么还不走?"小蒲说:"我在想……要不要请假。""为什么请假?""不想去上班,那些人让人头疼。"万芬一下子便郁闷起来。只听小蒲又说:"爸,你帮我请假吧,就说我病了。"万芬实在忍不住了:"你又不是一年级小学生,要家长给请假,你是成年人,这是你自己要解决的事。"一边蹲厕所,一边看书的老蒲,没有应声。小蒲沉着脸,说了句:"算了,我还是去吧。"

小蒲走后,老蒲从厕所出来,什么话也没说,换上衣服也走了。现在,小蒲仿佛是一枚炸弹,夫妻俩的语言不敢去碰。当家里的尘埃落定了,万芬又听到了自己的心音。这个家,什么时候才能产生希望?

家政公司这两天没有电话来,生意也不总是有的。万芬也不在意了,那种短暂的放逐,那种炎热中的奔走,以及汗水和体力上的消耗，作用也是暂时的、微小的，小蒲的一个不懂事的行为，就会使她的精神状态，回到原点。

恰在此时，莫医生来电话了："小万，你会做饭吗？"

万芬说："我十二岁就开始做一大家人的饭了。"

"那你中午能来一趟吗？我想在家请几个客人吃饭。"

"没问题，莫医生。"

万芬听到自己的声音，有快乐的成分。她愣了一会儿，仿佛不认识自己的心了，但她很快就理解了自己。她不再把自己的形象，压低到一个钟点工的样子，而是照着她平时的习惯，不过分讲究，但也要若隐若现地修饰一下。她化了淡妆，不顾天热，头发披着。当她走出家门，竟然感觉自己像鸟儿出笼一般。

莫医生一见到万芬，眼神儿亮了一下，但他很快调整了自己的表情，变得平静和蔼，却保持着一分距离感。万芬却可以尽情地放大眼睛的光亮，因为莫医生家里的卫生，保持得非常干净，令她惊讶。她想，到底是医生，讲究清洁，像蒲氏父子，就又脏又乱，如果不是她勤力地收拾，他们回家都得扒着往里爬。

莫医生已经买好了海鲜和蔬菜，都堆在灶台上。他看出万芬的疑惑，便主动说："我这人，不喜欢去饭店吃饭，还是自家的饭菜，好吃干净。"

"我也是。"万芬笑笑。

"东西都在这里，怎么做就看你的了，我还要去趟诊所，有个病人在等我。"

万芬问："你请了几个人？"

"三个。"莫医生已到了房门口，往厨房这边看了一眼，走了出去。

置身在一个陌生人的家里，万芬却是熟悉的感觉，因为她知道这屋子一开始时的样子。她没有急着干活，而是走动起来，各屋去看了一下。没有多大的变化，也就是说，除了那天莫医生采购回来的生活用品，没有多出什么东西。她特别注意了卧室和卫生间，没有一点女人的痕迹。她感觉到一种安适，去厨房干活了。

但紧接着,万芬在厨房里胡思乱想起来,手忙,脑子也忙。莫医生这个男人,有没有女人呢?她注意到,他没有像有的孤身在外的男人那样,摆出妻子和孩子的照片,叫人无从判断。转而,她又取笑自己,这男人有没有女人,关你什么事?就算他没有女人,你还能怎么样?

突然,万芬的手机,在窗台上响起来,裴琳珠在那边大声问:"小蒲怎么没去上班?"

"什么?"万芬仿佛被空气噎住了似的,"他……他早晨正常时间走的呀?"

"他单位说他去了,一看人很多,很拥挤,对科长说了句头疼,人就没影儿了。"

"有这样的事?"万芬火起。

"他没回家吗?你在哪?"

"我在……"万芬突然想起了自己的秘密,便含糊地说道,"我在外边办点事。"

"你赶快找找吧。"

万芬在莫医生的厨房里,傻站了一会儿,又继续干活儿了。她不会去找小蒲,她不能把这里的事随便扔下。她知道,小蒲不会丢,肯定在家里,他没有朋友,跟过去的同学也没有联系,他只知道蹲在家里。他小时候,万芬和老蒲劝他出去找同学玩,他说:"别的家长都不喜欢让孩子出去,你们怎么老往外撵我?"这就是小蒲。

中午的时候,莫医生带着几个人回来了。"小万,辛苦了!"他一进门就对着厨房喊。万芬已经把菜洗好,改刀完毕,只等下锅,米饭已经煮在电饭锅里。这会儿,急忙擦干手迎出来,向几个客人问好,并出于早年的职业习惯,大方地跟他们一一握手。

莫医生对客人们说:"这是小万,我请来帮忙的。"

客人们都用惊奇的目光看着万芬。万芬因为忙和热,脸红扑扑的,显得年轻动人。她笑笑说:"你们坐,我给你们倒茶,菜马上就好。"她早已把餐桌摆在客厅里,泡了一壶绿茶,茶杯都洗好了。她倒茶的时候,感觉到客人的目光,都在她身上扫描。此时此刻,在这些人面前,她这个钟点工,倒是特殊的人了。倒完茶,她就去厨房炒菜,隐约听到一个客人说:"莫所长,这小女子,不像钟点工啊,像个职业女性。"锅里的油热了,菜必须下锅了,嗞嗞啦啦的响声,淹没了客厅里的议论,她没有听到莫医生说什么。

万芬先把一个肝尖冷盘和煮好的盐水虾,端上了桌,莫医生他们开始喝起啤酒。她又炒了一个虎皮尖椒,可是被炝得蹲在地上,咳嗽起来。莫医生在那边喊:"小万,你没事吧?""没事,没事。"加上先前炒好的蒜茸苦瓜,万芬把两盘菜一起端上饭桌。就是这些上菜的间隙,她听出来了,一个客人是莫医生的朋友,另一个是诊所休班的医生,还有一个是新来诊所报到的年轻人。她想莫医生的诊所,可能很大吧。另一个灶眼儿上,炖着蛎子豆腐,也快好了,她又炒了肉片蘑菇。把这两道菜端上去的时候,她听见他们正在谈论某医院一个病人的死亡,并由此引出关于死亡本身的讨论。由听诊器和脑电波仪测出的,叫"肌体死亡",以神经末端和分子的活动为基准确定的,叫"代谢死亡"。万芬忍不住插话:"死亡有多重意义,一个人死了,亲友和邻居都知道了,就是社会性死亡。"当然,这是她从一本书上看来的。

客人的目光,再显惊奇,集束到万芬的身上。莫医生问:"小万,你以前都做过什么工作?"

"我是下岗女工。"万芬意识到,自己再不能说什么了,赶快回到厨房。她觉得自己,以这样不诚实的方式,骗取他们的意外尊重,实在是不好意思。她又做了一个西红柿蛋汤,当她端着一钵汤,放到那些菜的中间,莫医生说:"小万,你坐下,跟我们一起喝一杯,聊聊天儿。"客人们也提出同样的要求。万芬连连摆手:"不行,不行,我今天来,是为你们服务的,我什么都不懂,只会胡说八道。"

她想逃回厨房,但莫医生拉住了她,她只好说:"那我敬大家一杯酒吧。"她正好口渴了。小蒲的行为,也让她想发泄一番。开了这样一个头,莫医生和客人又轮番敬她酒。万芬能喝一点酒的,但要细水慢流,喝不得急的,像这样,连干五杯,又是空腹,她立即腿软了,头也急晕起来。他们让她坐下吃菜,她说工作还没完,摇摇晃晃要去厨房。莫医生说:"你先休息一会儿。"他扶她坐在沙发上。她困倦起来,眼皮沉重,听到他们的声音,遥远模糊了,最后,什么都不知道了。

万芬醒来,已是下午四点多钟,仍歪坐在莫医生的沙发上,屋里静静的。她弹跳起来,各屋都看了。莫医生不在,餐桌和厨房都已收拾干净,没有什么要做的了。莫医生付给她的工钱,就放在她的背包上。她感到羞愧,慌慌张张地逃离了。

到了自家楼下,万芬又想起了小蒲,心里又堵塞不畅了。她想跟小蒲来一次总爆发,小蒲今天的行为,实在让她在朋友面前丢尽脸面,一个二十五六岁的人,对工作竟是这样的态度,没有一点责任感,也实在离奇。但在进门前,她忽然又想起项姐那笑眯眯的样子,想起她的话,"不管遇到什么情况,一定要保持安详,安详才会幸福。"于是,万芬在门口做了几次深呼吸,找出钥匙开了门。

小蒲正在看电视。

她瞥了他一眼,掩住内心的蔑视,紧紧抵住了嘴,什么也没说,拎着菜进了厨房,开始做晚饭。

8

小蒲好歹又去上班了。裴琳珠的那个朋友,给小蒲调了一个不接触人的岗位。那个单位虽然工资低了点,可在经济这样危机的时候,作为一个过渡,还是不错的。万芬一再对小蒲说,现在找工作太难了,先这样干着,找到新工作再辞职。

但是,小蒲旷工的那天晚上,蒲氏父子爆发过争吵。老蒲当然知道了小蒲白天的行为,在饭桌上,也给他讲同样的道理,老蒲说:"我们当父母的不会害你。"小蒲却冒了一句:"你们表面上没害我,实际上……"他意识到这话说出来会惹祸,没有说完。"你怎么能这样想!"老蒲火了,拍了一下桌子,他难得对儿子发一次脾气。后来小蒲又说他过得很不舒心,万芬也很生气,给他找工作,管他住,侍候他吃喝,他还不舒心,别人就舒心吗?她想训斥小蒲几句,但还是忍住了。她一进门的时候就开始忍,现在老蒲火起来,她不好再帮腔了。她躲到书房里生闷气。

换了岗位,小蒲大概会安心一阵子吧?万芬也下决心,让自己安详起来,不能总这样陷在烦恼的幽冥中啊,受害的还是自己。她得务正业了,要写一些文章,有几个杂志的约稿还没写。钟点工是不做了,有点辛苦,对于她的精神解脱,于事无补。家政公司再打电话给她工做,她就辞了,她说她不干这一行了。

但是莫医生来电话的时候,万芬还是接下了他的活儿。莫医生又让她去帮厨,这回是晚上。万芬晚上一般不出门,偶尔,跟裴琳珠或别的朋友吃一次饭,都跟老蒲汇报,不然老蒲就会多心。这回,她却痛快地答应了莫医生。她和老蒲正在冷战,晚上去哪里,是她的自由,她在心理上会理直气壮。再说,女人在情绪低迷的时候,其他的男人,也是一个精神出口。

万芬想起上次在莫医生家的失态,还有点不好意思,但这一天里,她竟有了盼头似的,她上午完成了一篇千字文,中午睡了一觉,起来脸上的精神好多了。她发了一阵子呆,下楼去买菜,先给蒲氏父子做好了饭,留了字条儿,以此来增加这次隐秘出行的底气。然后开始打扮自己。依然是淡妆,因为只是做饭,她穿上了自己最钟爱的蓝白花连衣裙,头发盘起来,像是要去参加舞会。反正,莫医生已经认为她不像钟点工,她也就没必要去做"像"的努力。

万芬在莫医生的门口等了一会儿,莫医生才急匆匆地回来,一手提着菜,一手拎着一瓶红酒。"对不起,小万,让你等了半天。"他把红酒塞给万芬,掏出钥匙开门。

"今天客人几位呀?"万芬微笑着。

"就一位。我帮你一起做。"

进了屋,东西放下,莫医生突然有了发现,盯着万芬看。"小万,你今天真漂亮。"

"哪里呀。"万芬羞涩一笑,赶快去了厨房。

莫医生跟到厨房来,万芬说:"我一个人就行了,莫医生,你去休息，一会儿还要招待客人。"

"让这么漂亮的女士做这些脏活，我于心不忍呀。"莫医生开始帮着择菜。

"我是你的钟点工，应该嘛。"万芬这样说着，但没有再阻止莫医生。

莫医生问："小万，你叫什么？"

"万芬。"

"哦，认识你我万分高兴。"

两人都笑，厨房里还没开火，气氛已经热起来。"我喜欢一家人一起做饭的感觉。"莫医生说。

"可我们不是一家人。"万芬说完这句话就后悔了。这话容易让莫医生联想一些东西，比如，她可能在暗示想成为一家人；比如，她并不认同莫医生的感觉……她瞟一眼莫医生的表情。莫医生尴尬地笑笑，又说："我是说，你让我想起那种感觉。"

"哦。"万芬猜想，莫医生是离婚了，但她并没有追问他什么。她不想知道那么多。她把一个黑塑料袋的东西倒出，是四个螃蟹。学佛之后，她已经不吃这些东西了，也不忍把它们活生生地放进锅里。她做了一个为难的表情。莫医生忙说："我来洗。"很快，那四个张牙舞爪的家伙就被莫医生放进小锅里，蒸上了。

"你们做医生的都狠，因为你们看惯了狠的东西。"万芬隔着玻璃锅盖，看到螃蟹很快红了。

莫医生专注的目光，在万芬的脸上，驻留了几秒钟，笑笑，没接话。万芬感觉到那目光在她脸上叮咬又滑走的痕迹，但她装作没感觉。

他们很快就做好了四个菜：螃蟹、西芹百合、炒藕片、黑木耳加胡萝卜炒鸡蛋。万芬问："今晚，你请的是什么客人呀？"

"到时你就知道了。"

万芬开始摆桌子，莫医生启开了那瓶红酒。菜摆好，两个酒杯，两副碗筷，两把椅子，也一一摆好，万芬要去厨房收拾，莫医生拉住了她。"万芬，你坐。"

"为什么？你的客人怎么还没来？"

"你就是我今晚的客人。"

愣过后，万芬笑着嚷道："我是你请的客人，为什么还让我干活？"

"我不是说了嘛，我喜欢两个人一起做饭，有家常的感觉。"

对这种露骨的表示，万芬无法接话了。她心里闪过一丝犹豫，与一个丈夫以外的男人单独吃饭，她有些顾虑，多少也有点紧张，可不像钟点工的身份那样放松。但老蒲给她造成的郁闷，又使她瞬间产生了报复的心理。她坐下来，看着莫医生给她倒红酒。想起上次的事，就说："不好意思，上次喝醉了。"莫医生笑笑："这次不会让你喝多，来，祝你永远年轻美丽！"

他们抿了一口酒，放下杯子，先吃了一点菜。莫医生突然说："说吧，你为什么出来做钟点工，这不是你的职业。"

"原来，你这是摆的鸿门宴啊。"万芬想用玩笑，滑过这个问题。

"我只想跟你聊聊天儿。你不是一般的钟点工，我们都说说自己的故事吧。"

看到莫医生一直是认真诚心的态度，万芬说："我以前上班，现在是自由职业者，通常在家给报刊写些小稿，混点碎银子。"

"噢，我说你不是一般人吧，做钟点工，是想搜集素材吧？"

"我不写小说，不需要素材。我是为了疗伤。"

莫医生用惊异的目光，看着万芬。"疗伤？你这么漂亮文雅的人，能有什么伤痛？"

万芬苦笑一下，觉得多少天的郁闷，今晚真是找到了出口，她说起老蒲，说起小蒲，说自己的委屈，眼泪都出来了。莫医生扯了纸巾塞给她，并喃喃道："真没想到，真是想不到，你过的是这样一种生活。你真应该得到幸福。"

"那么，你呢？"万芬舒出一口气，一切都坦露给莫医生了，她便坦然地注视着他。

莫医生的脸，在已经暗下的天光中，显得阴郁灰暗了。他本来在另外一个城市，开着一家妇科诊所，离了婚，又娶了一个年轻漂亮的女人，可是前不久，那女人带着他们刚刚满月的孩子，跟人跑了，还卷走了他全部的存款。他能找的地方都找了，无果。那女人，跑了就跑了吧，可一想到孩子，他就心痛。他只好二次创业。但是，在那个城市，他成了周围人的谈资和笑柄，便来到这个城市，就是那天来吃饭的朋友，把诊所转让给他，那朋友转而经营医疗器械去了。

"你说得对，疗伤，"莫医生说，"和你一样，我也是想换一个环境来疗伤。"

轮到万芬惊讶了。"这都是电视剧中的事啊，怎么发生在你身上？"

"你写吧，把我的故事写出来。"

"现在，人们的生活都很荒谬，比电视剧还复杂，所以现在的电视剧很没劲。"

暮色侵入客厅，饭桌上的东西，有点模糊不清了。莫医生说："我去开灯。"万芬说："别开。"她站起来，在医生不解的目光中，向阳台走去。她向东边的天空望一眼，回头说："莫医生，你过来。"

于是，这一男一女，并排站在黑暗的阳台上，望着半空中一轮发黄的月亮。"我喜欢月亮，心情不好的时候，我就看月亮，会有清凉的感觉。心情好的时候，坐在月光下，喝一杯红酒，是享受。"

"今晚你是什么心情？"莫医生正对着万芬，眼里闪着光亮。

万芬轻笑一声，不作答。莫医生突然返到客厅，将小饭桌搬起来往阳台移，万芬奔过去帮忙。莫医生不许。"你别动，这是男人的事。男人的肌肉就是用来承受重量的。"万芬立在一边，接过话："女人的力量在于忍耐。"

他们坐在阳台的月光中，吃着螃蟹，喝着红酒。万芬自觉惭愧，不是个真正的佛弟子，今晚，她放纵了一部分自己，连名相上的事情都没做到。她没有对莫医生提起佛教。不知不觉，他们把一瓶红酒喝完了，万芬竟没有醉。走的时候，她只是觉得脚步飘忽，脑子清醒得很。莫医生十分眷恋，送她下楼，替她打了出租车，甚至还想上车送她到家门口。她以坚决的态度，拒绝了。

回到家里，万芬的好心情就打了折扣，小蒲当然还是在看电视，混着时间，不像万芬希望的那样，为找新工作做些必要的准备。老蒲正在上网。老蒲说："我睡地铺，你去睡床吧。"万芬还想坚持，但需要老蒲起身，把椅子搬到一边才能打地铺，便作罢，洗漱完了，进了卧室，关上了门。

9

立秋了。

家里各屋的门，原来胀得关不上，现在干缩了，关门的一霎，竟感到很空。早晚凉爽起来，卧室的门，关上也不热，万芬便感觉好受多了。

日子在冷战中，似乎趋于正常了。每天晚上吃饭的时候，老蒲若不在，她要挖空心思，跟小蒲找话说，问他新的工作适不适应。小蒲说，没意思，得不到锻炼，学不到东西，没发展。只几句，再没有了。若老蒲在，也会问儿子，这一天工作怎么样？小蒲有时说还那样，有时说科长态度不好，干着憋气。夫妻就对他开导一番，仿佛离了小蒲，就无话可说了。万芬给裴琳珠打电话，约着一起散步。每次见面，裴琳珠都问，小蒲干得怎么样了？而万芬就问裴琳珠，和老肖的关系怎么样了？回答都是无奈的。

就是在这样的状态中，项姐终于回来了。

万芬迫不及待，让裴琳珠赶快预约。想起项姐那张笑脸，她怎么也无法想象，这是一个失去了孩子又失去了婚姻的人。裴琳珠找了个阴天不晒的日子，开着车，把万芬和项姐，拉到乡下。

"这是什么地方？"万芬看到一个失修的平房，一片山地。一路上，她问了几次裴琳珠，要把她们拉到哪里去，不是倒卖人口吧？裴琳珠就是不说。

这会儿，裴琳珠环视着这房子、这地，得意地望着她们。"这是我刚租下来的，租期三十年。"

项姐笑眯眯的，不说话。万芬说："你要养猪，养羊，还是养狗？"

"我还没想好干什么，咱们先在这玩玩。"裴琳珠带着她们，在这块山地上转悠起来。

"乡下的空气就是好。"万芬抽着鼻子，吸着草香和泥土的气息。她知道裴琳珠倒腾房子，挣了些钱，看来是投到这里来了。她说："你把房子修一修，种上一片果树，等退休了，就搬过来住，多好的日子。"这也是万芬自己向往的生活。

"退休的时候，谁知道怎么样呢，老肖那人……"裴琳珠没有再说下去。

三个女人，在草地上走着。附近的树林里，鸟的叫声传来。万芬又说："是个好地方。"

裴琳珠突然兴奋起来。她说她突发奇想，将来若有更多的钱，就建几个处所，把儒释道三家集中在一起，她指着两山间的一处树林掩映的地方说："那一片，建个小道观不错吧？"她看看项姐，项姐仍是笑眯眯，不说话。她又指着山腰上一个地方说："那一片，建个小寺院。"她不需要别人应答，又指着山底一块平坦的地方说："那一片，建一个小型学校，专门教《弟子规》《大学》《中庸》什么的，弘扬传统文化。"

万芬笑笑，不加评论。她知道裴琳珠，经常只有设想，没有行动的。偶尔，万芬也跟她说说佛法，也曾送给她经书和法师讲经的光碟，可她都没看，这阵子，大概是受了项姐的影响吧，对佛学兴趣大增。项姐倒是难得地说话了："你这个想法挺有气魄，可你如何管理，如何让这三家和平共处呢？"

裴琳珠眨眨眼："不是都在修行吗？都忍让一下不就行了吗？"

项姐仍是笑："如果都能做到忍让，我们人世间早好了，就没有这么痛苦了。"

万芬趁机问："项姐，我这辈子，没干过坏事，没害过别人，为什么却过着痛苦的生活？"

项姐笑着，话半天没出口。万芬等待着。裴琳珠建议坐一会儿，她们在一棵树旁停下来，各人找了合适的位置坐下。这时，项姐才说:"你内心有痛,有苦,说明你还有恶。"

万芬惊讶,与同样惊讶的裴琳珠,互相看了一眼。万芬的脸,转而涨红了。"我怎么是一个恶人呢?"

裴琳珠忙说:"项姐,万芬真的是个好人,她很善良。"

"内心无恶则无苦。我们这些凡夫俗子,都不是纯善的人,你既然内心有痛苦,说明你的内心有与这些痛苦相应的恶存在。不信你说说你的痛苦,我帮你分析一下。"

万芬有些气恼了,语气急躁地说起来。说收入少,从来没有随心所欲花过钱;说房子小,住得憋屈,不方便;说老蒲,说小蒲,说得眼泪直流。裴琳珠赶快从包里拿出纸巾,递给她。

项姐笑眯眯地看着万芬:"你看你,收入少,但并没饿着,也没冻着。房子面积小了点,但毕竟是自己的,你们全家又没住到大街上。你之所以感到痛苦,是因为你内心对钱和房子有贪求心,这种贪求心就是恶。再说你老公和孩子,他们让你感到难受痛苦,说明你没有包容心。他们都有自己的思想和观点,为什么非要强求他们和你一致呢?不包容,就会心量狭隘,心量狭隘,也是一种恶。"

"啊?"万芬呆望着项姐和呆着脸的裴琳珠,互看一眼,又都去看项姐。挨了当头一棒,万芬心里仍不服,又说:"我觉得,我对他们够忍耐、够宽容的了……"

"你这样一说,又暴露了你的另一种恶,就是认为自己已经尽力了、自己是完整的人。人哪有完人啊。不去贪图什么,强求什么,放宽心量,无私无欲,怎么还有痛苦呢,只有安详。"项姐笑眯着脸,看着她们。

两个仍在迷途的女人,你看我一眼,我看你一眼,羞愧地低下头。鸟叫使这一片山地更显清静。万芬鼓起勇气,打破这静。"项姐,也就是说,我要继续忍,像佛家说的,修忍辱?"

"对,要忍。你要解决心里的问题,要得到安详,就要忍,可你要忍得下去,就要明白道理。"

"什么道理?"万芬和裴琳珠,几乎同声问道。

"就是无所谓忍不忍,没有什么可忍的。"项姐看看两张满是疑惑的脸，又说，"一切都是前生欠的，你老老实实偿还就是了。"

万芬对佛学的了解并不深入，虽然平时说到蒲氏父子，她也是上辈子下辈子地联系，但认真起来，对什么轮回、三世因果，还是持怀疑态度。"怎么证明是前生欠的？人真的有前生，有来生吗？"

"你想想，还有别的能解释吗？对不了解的事，不要轻易否定。这话是钱学森说的，你可以到网上查。"

万芬和裴琳珠都笑了。万芬不再问什么，项姐也不再说什么。万芬望着项姐安详的面容，想起她的遭遇，觉得真是没有理由怀疑她。有一点，万芬是肯定的，要修心，修行，要控制自己，不控制自己的情绪，住在天堂也没有用。

回到市内，天色灰灰的了，万芬和裴琳珠，想请项姐到一个餐馆吃素餐。项姐说，人生苦短，时间紧迫，别在外面晃了，还是抓紧修行吧。

万芬回到家里，老蒲还没回来，小蒲仍是歪在沙发上，目不转睛地盯着电视。若在平时，她又会厌烦，但此时，她暗地里不由生起怜悯之心。老蒲发来短信，说晚上又有饭局。万芬平静地回复了，去厨房做饭。吃饭的时候，她不时瞟一下小蒲，不由地想，前生，她是谁，小蒲又是谁？小蒲，夹一筷子菜，看一眼电视，嘴里吧唧吧唧地响。

吃过饭，小蒲又看动物世界。万芬平静地洗了碗，洗了澡，对沙发上的小蒲说了一句"早点睡吧"，进了卧室。她倚靠在床头，将弘一法师李叔同的书信集，抱在怀里，安静下来。她想起"回光返照"这个词，学佛后才知道，它其实是"自察自省"的意思，她返照了一下自己，发现自己，确在挑蒲氏父子的毛病，她心里有个好的标准、坏的标准，如果他们的行为符合自己的心愿和利益，她怎么会有痛苦呢？人啊，全都是在挑剔别人，她又想起她的钟点工体验，她没有得到安详，反而看到更多负面的东西，那老太太的挑剔和执着，那对同性恋小伙子的异态，还有莫医生的日益明显的情欲，以及她自己的隐隐的幻想。人们之所以如此，是因为在世俗生活的幻象中，迷失了自己。很多人不知道或者不承认这种迷失，万芬算是懂得了。不，只是"懂",离"得"还远呢。

这一夜,她睡得极安详,老蒲什么时候回来的也不知道,因为老蒲还在睡书房的地铺。

10

莫医生又来电话了。不是请万芬去做工,而是请吃饭,他是再也无法把万芬当作钟点工了。电话里,他的语调礼貌而轻柔,极富吸引力。

万芬婉拒了这诱惑。她说,这两天有事要忙,以后再联系。她明知道,没有以后了,不会再联系了。因为,她突然明白,女人的问题,无法用俗世的男人来解决。世上的女人,单身的,想有一个男人,有一个了,还会不满意,想有一个更好的,可是,随之而来的是什么呢?单身的烦恼,变成了婚姻的烦恼,离去了一个,更好的那个,也变成新的烦恼。就像万芬,离开老蒲,没有了小蒲这个包袱,就真的清净了吗?根本的,还要从心灵上解决问题。所以,就是有十个百个莫医生,都没有用。想想自己,真是可笑,竟然企图换一个身份,用粗粝的工作方式和隐秘的刺激,来对抗现实生活的烦恼,可能吗?

所以,万芬步行去家附近的移动公司,换了新手机号。莫医生是再也找不到她了。

回家开防盗门时,万芬吓了一跳,原来锁了三道锁的门,现在只有一道,钥匙扭一下就开了。家里进小偷了吗?她的心,急剧地慌乱起来,壮起胆子,轻手轻脚进屋,让门还开着。随后,惊慌变成了诧异,她看到小蒲正站在窗子前,看着外面。

"你不是上班去了吗?怎么回来啦?"

小蒲不敢看万芬。"我辞职了。"他懒散地坐到沙发上,低头看自己的脚。

"为什么?"

"我跟科长吵架了,再说这工作不好,不想干了。"

万芬想发作,说一通经济危机、工作难找的大道理,但她立刻想起项姐那笑眯眯的脸,那从容的神态,她的话还在耳边呢。"不管遇到什么情况,一定要保持安详,安详才会幸福。"万芬马上控制住了自己,只淡淡说一句:"那就慢慢再找个工作吧。"

她进了书房,关上门,给裴琳珠打电话,想让裴琳珠帮忙,再给小蒲找一个工作。可是裴琳珠的情绪听起来很低落。"你怎么啦?病了吗?"

"不是,万芬,你知道吗?你肯定想象不到,老肖离家出走了。"裴琳珠的眼泪,要顺着电话线流过来了。

"啊?!"万芬惊得半天不知该说什么,听着女友在那边抽泣,过了一会儿才问,"为什么?"她今天总在问"为什么"。

"不知道,留了一个纸条,说他没事儿,不用找他。"

万芬明白裴琳珠的心情,虽然她和老肖吵闹着过,但老肖不是坏人,毕竟是少时夫妻,老来还是要做伴儿的,都没想到,老肖会来这一手。他是觉得儿子在国外上班,裴琳珠混得不错,有他无他,无所谓吧。但万芬是知道裴琳珠的心思的,等她老了,老肖做伴儿,总比没伴儿或后找的伴儿强得多吧?万芬一下子想到了裴琳珠的朋友,那个多年的努力白白付出,被继女挤走的会计师,还有会计师的朋友,那个看不起老公,老公要离婚,又失魂落魄的女人。她们真该想办法,解脱自己。万芬明知道自己的劝慰没用,还是勉力而为,并提醒裴琳珠,向项姐学习,好好修心。修行,这才是解脱之路。

裴琳珠说:"我现在改信基督了,昨天一个朋友带我去教堂,那感觉真好。"

"不矛盾,某种程度上是一回事。"

万芬没有问裴琳珠乡下的地,自然是不会有把儒释道放在一起的事了,不过,她有一个信仰总比没有好,不管信什么,但愿她忠于自己的选择。她也没有跟她说小蒲的事,以后她自然会知道了。

挂断电话,万芬听到客厅里,电视声又响起了,如果她不是坐在书房里,小蒲就会来上网打游戏。别人家的孩子,上大学第一年回来，就像变了个人，变得成熟活跃一些了，她奇怪，小蒲都毕业而且混了一年了，还是老样子。这样想的时候，她立刻警觉到，自己又在挑别人的毛病了。

往日的中午，只万芬一个人在家，她是不做午饭的，随便抓点什么吃就算了，但这个中午，她做了一顿简单的饭，与小蒲两人默默地吃。下午，她平心静气，在书房里写了篇短文。晚上，她一向是很认真做饭的，三个人吃饭，她要做四个菜。她正在厨房里忙的时候，老蒲回来了。老蒲习惯性地往厨房里探了下头，就去客厅放公文包，她听到父子俩在说话。因为正常的时候，小蒲是最后一个回家，老蒲自然要问小蒲是怎么回事，那么，他很快就知道什么了。果然，过了一会儿，老蒲到厨房里来帮忙。"这小子，真是的，你跟裴琳珠解释解释。"万芬淡淡地说："没事。"往常，她又会觉得老蒲在纵容儿子，又会生气。

晚饭的桌上，也平安无事。老蒲还讲了在单位上网看到的新闻，一家三口还讨论了几句，谁都不提小蒲辞职的事。饭后，小蒲因为心虚，很快去洗碗了。老蒲提议，跟万芬出去散散步。万芬再次意识到，她退步的效果有多大，她在生活中一步步后退，只要她退，大家皆大欢喜，生活就平静了。两人在楼下碰到一个女邻居，女人用羡慕的口气说："看你们，真浪漫。"他们沿着街边的人行道，慢慢走去，路边几个饭店，门前都在忙烧烤，烟气挟着刺鼻的气味，飘散着，白色的塑料桌椅间坐满了人，酒店门上的霓虹灯，火红的，一片欲望蒸腾的景象。而街道上，大车小车，还在不断地往来，喷发着尾气。他们不时闭上嘴巴，屏着气，或用手捂着鼻子。他们没走多远，就返回了。

该就寝的时候，万芬先洗了澡，上床躺下了。她关了灯。黑暗中，她突然又想到了《婚姻规则》的最后一条，那些许的建议，也是让女人忍耐，其实，婚姻专家与佛法，在这一点上倒是一致的，但佛法更高明，佛法说要忍耐，是在明理的基础上，一个对生活、对生命不了解的人，生活就是痛苦的，明白了，才会心甘情愿地忍。明理之后的忍，是一种难以抵达的境界。她很清楚，她以前那些阶段性的忍耐，只是保持了不发作，把烦恼都怄在心窝里，让心难受，让血黏稠。这哪是真正的忍。

卧室的门，轻轻开了，老蒲摸进来，窸窸窣窣上了床，在万芬身边躺下。她没有动。她现在心里宽敞多了，放宽心量，用慈悲心，用宽容的目光看一切事物，心里的确舒服些了，仿佛很多的绳结，忽地被风吹开了，身外的事情，都不是问题了。可谁知道呢？过上一阵子，静心退转了，遇到一件什么破事，又会起烦恼，这就是凡夫的生活。老蒲把一只手搭在万芬的腰上，她仍是没有动，没有躲，也没有把老蒲的手扒拉掉。

从此，书房的地铺撤了。百年修得同船渡，千年修得共枕眠，他们这宿世的恩怨纠结，还没有完，不知谁欠了谁的债，这一世，一定要了结。

大　雾

少年钻进车，在副驾位置坐定，把书包抱在怀里。"去橡山中学。"他绷着小脸儿，望着前方。

夏芳茁皱起眉头。"小家伙，你上学迟到了，也太晚了吧，半头晌了。"不过，她的方向盘有了方向，不必犹豫踌躇了。从儿子伊扬上学的一中出来，她就在长江大街上慢慢蹓，没有载到客人，快到与光华路相交的十字路口时，她发起愁来。跑了十几年出租车，每天都如此，一到十字路口，就难以决断向左转还是向右转，还是直行，谁会知道，决断前行的方向是如此费心。这见鬼的大雾，又加重了她的犹疑。就这么犹豫一下，来不及变道了，只好继续前行，下一个路口应该是上海路，是这个城市最繁华的一条路，她既不想向左，也不想向右，这么大的雾，不堵车才怪，就在这长江大街上一直往前蹓着吧，她心里正郁闷，昨晚休息得也不好。可是快到公交站点时，这个少年冲她抬了下手。

去橡山中学就得在前面的上海路右转，她对少年说："恐怕得堵，昨晚写作业睡得太晚？"她早晨经常遇到几个孩子拼车去上学，这孩子单独打车，就是因为迟到吧。

"嗯。"少年扭头瞟一眼女司机，又看向前方了。

夏芳茁看出，这是个内向的孩子，不爱跟人交流。看上去，他年纪跟伊扬差不多大小，尖瘦的脸，苍白的，个头不高，没穿校服，穿的是瘦窄的牛仔裤，黑色白字母T恤衫，紧绷绷的，是那种发廊里为客人服务的小男生的样子。这可不是她喜欢的男孩形象,即使他还没来得急长得高大壮实,也应该虎头虎脑,衣着宽松大方,她喜欢这样的男孩子。小时候,农村的男孩差不多都这样,皮实健康,这一代的男孩大不相同,都退化了,伊扬也没达到这个标准,但比他强。但她还是表扬了他一句:"你知道写作业,还行。我儿子跟你差不多大,他连作业也不写,还谈恋爱。"

话一出口,一块乌云又压上心头。一大早,她就赶到儿子学校,在教导主任的办公室丢尽了脸。学校教学楼墙上,挂着严肃周正的大字块儿:"读书改变命运,习惯成就人生"。另一个楼上又是"立君子品,做有德人"。可这有用吗?孩子们看进心里去了吗?一个月里,她这是第二次被教导主任叫来学校了。第一次,伊扬的班主任给她看手机拍的课堂照片,一张上面,伊扬做着"思想者"的造型,却不是思考,而是发呆;另一张,他正回头跟一个女孩子说话。她很快知道,这女孩就是儿子的女朋友,叫谭郁菁。两个孩子从不同的初中考入这所高中的同一个班级,开学第一天就对上了眼儿,半个月的军训,这女孩当着全体同学的面儿,给伊扬擦汗,抹防晒霜。她惊诧,不安。本来以为儿子懂事了,要开始新的人生了呢。要知道,伊扬上初中的时候,从来不做作业,数学、物理能考满分,其他功课都不及格,能考入重点高中,是他的聪明和运气,考大学就没这么简单了呀。那天晚上,她严厉警告儿子,你的父母都是开出租的,没有能力给你一个顺溜的人生,一切要靠你自己的努力!父母能做的,就是把你生在城市里,满足你的物质需求。可是,什么话能挡得住初恋呢?伊扬竟然把谭郁菁带回家来了,她跟女孩也谈了,大道理都讲了,丁点用都没有。女孩又来过几次,每次来都躲在伊扬的房间里,不知两人在做什么。夏芳苗扒在只有一窄条玻璃的门上看,可玻璃是磨沙的,看不清楚,她找出放大镜看,仍是什么也看不清,急出一头大汗。照此下去,这孩子还有前途吗?

教导主任的办公室里,夏芳苗和儿子并排坐着,她的脑门上一层汗。教导主任是个三十来岁的男子,在她面前毫不留情地数落着伊扬的所作所为。过耳难忘的是,最近一次地理公开课,那么多的老师听课，地理老师提问他世界上有哪几大洲，他竟然嘻皮地说："有蔬菜粥、皮蛋粥、瘦肉粥……"哄堂大笑中，地理老师的脸腾地红了，又白了，下课就告到教导主任那里。夏芳茁听了，简直无地自容，不满地瞥一眼儿子。伊扬满不在乎，一笑。教导主任又拿出一张照片递给夏芳茁，照片上，伊扬正去啄谭郁菁的脸。她正不知所措，伊扬夺过照片跳起来，冲着教导主任说："你们偷拍，侵权！""侵权？学校还要把照片贴到宣传板上示众去呢。"夏芳茁急忙跟教导主任求情，教导主任又扔出一句狠话："如果方伊扬再这样下去，你们就另找学校吧。"

夏芳茁没跟儿子说一句话，也没看他一眼，就离开了学校。打昨天接到班主任电话，通知她去一趟学校，她就憋着一肚子的火和话，等晚上跟丈夫老方交了车，回家做好饭，又等儿子下晚自习回来，她一直琢磨着话该怎么说。厨房里的活都做完后，她进了伊扬的房间，打算长谈深谈狠谈。可她一眼看见他学习的小桌上放着一个透明的塑料盒，装满了粉红色的石榴粒，便随手拿起一粒丢进嘴里，问道："哪儿来的，这么好的石榴？"伊扬正发短信，头也不抬，淡淡一句："谭郁菁给我带的。"石榴酸甜，夏芳茁正要再拿一粒，手停在半空，心里"咯噔"一声。谭郁菁一粒粒将石榴剥了这一盒子，花费了多少心思啊！反过来，伊扬为这女孩儿也花了不少心思吧？做母亲的，第一感觉是被儿子抛弃了，她要失去他了，养了他这么多年，这么轻易的就被一个女孩子抢走了。接着，是深深的担忧——这孩子要完了。压抑的火气腾地蹿上头顶，她冲着伊扬吼起来，那些话实在没有新意，是任何一个教训儿子的母亲都要说到，一般人都会想到的。到头来，嘴不解气，手也来帮忙了，她的手不由地挥起，将那盒石榴籽迅疾利落地扫到地上，粉星四面八方射出，一地落樱。伊扬惊愕地看着母亲，缓了一下，"嗖"地弹跳起来，夏芳茁都没看清怎么回事，就觉得脖子被牢牢掐住了……

想到此，她腾出一只手摸了一下脖子，明显觉出喉咙那里仍然不舒服，掐过她脖子的那双手仿佛刚撤去，那紧紧的窒息的感觉仍很清晰。她简直不敢相信，那是儿子的曾经让她亲不够的手，是在她的肚子里成形的，经过她十六年的辛苦抚育长大的手。那双手细弱的，却也很有些力道了，她的喉咙部位瞬间痒一下，马上就闷痛起来，她想咳却咳不出，只大张着眼睛，看着儿子的脸，惊惧，绝望。因为喘不过来气了，她挣扎起来，那双负罪的手才松开抽离。她弯下腰，拼命地咳着，眼泪渗出眼窝，越涌越多，将她冲离儿子的卧室。

想起这些，夏芳茁叹息一声，少年又扭头看她一眼，但眼神只是实落了几秒钟，就马上虚弱地挪开了。他在努力看着前方。前面几十米远，都让大雾蒙住，不见任何东西了，近处的楼房和树木，也都蒙了一层白纱似的，已经是第四天了。每天下午的时候淡下来，早晨又积得浓厚。她以为今天该散了，看样子没谱儿。老天这是怎么了？海滨城市多雾并不奇怪，奇怪的是，一向半日就散去的雾，这回真是罩得严实，长久，跟天地堵气似的。大雾弥漫着，纠缠着，渗透了城区的每个角落，仿佛带着某种神秘的旨意，决心要淹没掉人们的生活，简直让人透不过气来，再不散去，大概会有一些人要疯掉。也不知怎么了，现在的雾天越来越多了，那些研究气候的专家说，跟大气污染有关，夏芳茁觉得，跟人心也有关。多少人都迷茫呢，心里不清爽，感召来这些阻挡视线的障碍。

这会儿，雾气似乎比早晨淡一些了，能见度仍然很差，少年盯着前面，看什么正起劲呢？她心里一笑，方向盘在她手里，他干吗要那么紧张？看路是她的事。"这雾就算不走了，我儿子说，这可能是人类大劫难的开始，你说呢，你怎么看？"

"可能吧。"少年把手捂在书包上。

潮湿的雾，竟有种干燥的土腥味，她便关上了车窗。"你怕不怕，你希望有这一天吗？"她想逗他多说两句话，作为一个孩子，他太缺乏阳光了。

少年向右扭头，看街边朦胧的建筑和树。"怕也没用，反正大家都一样。"

这小家伙，倒淡定！也是，什么事一旦变成共同的事情，就没什么可怕的了，何况这还只是个虚无飘渺的预测，一切照旧。只是，就她的行业来说，因为大雾，有些出租车司机怕出事，不出车了。她舍不得停工，一双儿女，一个在上大学，一个刚上高中，正需要钱呢。出租车的生意比不得十年前了，油价涨，公交车发达了，私家车也多了，减损了出租车的生意。她开白班，老方开夜班，两个人忙着，不敢松懈。可在这样糟糕的天气里出来，她心里也发虚呢，在大雾中开车，她总能听到"砰"的一声响，然后是车主们的争吵，有时她会看到某个路段被封死了，摩托车倒在地上，地上汪着一滩血，零件散在周围，而小轿车的车窗碎了，碎玻璃的尖角让人心颤。夏天的时候，她送一个客人去机场，在高速公路赶上一场突来的大雾，十几辆车追尾，拧麻花似的挤在一起，一辆银色轿车，完全被挤瘪了，整个三厢车体被挤得不到两米长，一辆大挂车撞在前面的大车的挂斗上，副驾驶部分深深地凹了进去，司机正卡在座位上，疼得哭天喊地。整个一条高速路，每隔十几米便是一个追尾，一路散着碎玻璃、前保险杠、车灯什么的，基本上没有一辆完好的车了。她的心发抖，手也发抖。从那以后，她绝不再去跑高速路了。

可她不能不出车啊，她可以不跑那么远，但她不能不跑。只要跑着，就要见到形形色色的人，冷漠的，面善的，暗藏歹意的，甚至凶相毕露的。这一点，比简单的车祸还可怕，还可忧。这就是女人开出租车的凶险。为此，从她十年前开上出租车的那天起，就再也没穿过裙子，没烫过头发。她长得不漂亮，但也不难看，若是有个文静的职业，衣着上再倒饬倒饬，女人味也不差多少，可她这十年努力做的，就是要去掉女人味，以泼辣、野性的面目示人，幸好她一米六八的个头，近几年又发胖，吨位增加了，对那种醉汉或包藏祸心的男人，也是一种威慑。以她多年的经验看，大部分男乘客的骚扰，都仅限于嘴上痛快，敢认真动手的没几个，但借酒壮胆儿，摸手拍大腿的人却不在少数。虽然没出什么大事，这样也够烦的。一辆出租车，就是一个微小的社会，车门一关，就是一个与世隔绝的小世界，不管拉上一个什么人，她都得独自面对，而且每换一个人进来，就是一个不同的气场，就得重新调和车内的氛围。每个人进来都带进一个未知数，一个悬念。她真的感到孤单无助。

身边这个小东西，气色一直很阴郁，大雾里车跑不起来，两个人若都闷着，未免尴尬。所以夏芳苗接着前面的话说："也是啊，我们无所谓了，你们还太年轻。不过，你们也享了福了，一家就一个孩子，好吃的，好穿的，都给了你们，四个老人一齐宠着，想要什么，父母头拱地也去弄，想尽办法让你们上好学校，我们小时候……"

"你们小时候，"少年突然打断了她，"你们那时多好啊，没那么多作业，吃的玩的东西都是绿色的，我们这时，都成了化学的、塑料的了。"

夏芳苗笑笑。她也这样对伊扬说过，伊扬也是这样对她说的。这世界，大人的思维差不多，孩子的思维也都差不多。这两大阵营，从来就不可能是一致的。"可是，你们现在条件多好啊，什么都不用管，好好学习就行了，上大学也不是什么难事了，毕业好好工作，跟我们过得是完全不同的日子。"

"上大学，上大学，你们大人就知道上大学，大学是那么容易考的吗？我们都要累死了！"少年不满地瞥她一眼。

她发觉了少年的火气，叹一声："也是，你们也有你们的压力。"她没有把全部的话都说出来，实在讲，现在的中学生的确是压力最大、生活最紧张的、每一天都没个放松的时候。家长虽然有时可以喝点茶水，看一眼电视，可谁又敢真的放松啊，你松一松，放任自己的孩子一下，别人的孩子就赶到前面去了，把机会都抢跑了。这个社会流行的是竞争，不培养抢的精神和能力，哪有出路啊。

人心忐忑，大雾却安详淡定，看不出散开的迹象，雾中的一切影影绰绰的，城市的运转变得慢吞吞，各色的车辆都小心缓慢地移动着，并且开始拥堵，不得不走走停停。以往这样的时刻，或者停在哪里等客，或者在路口等绿灯的时候，夏芳苗都是在看书。这当然不是她有多么刻苦，或者是装样子，而是为了避开不良男客乱搭讪，实在也是她喜欢阅读这一高雅的行为。小时候，她是喜欢上学的，可惜只到初中毕业，就不得不中断学业，进城来谋生了。但她没忘了阅读，也没有什么目标，抓到什么就看什么。她看得最多的，还是文摘类的杂志，再就是报纸上的连载，这类文字当然不能给她多么深刻的思想，多么远的见识，可也使她头脑里开了一扇窗口，心地里开了扇门，有阳光或者月光洒进来，她不至于糊涂麻木或者浑浑噩噩。此刻，在这样的大雾中，她无法静心看书。她看一眼天空，灰白的，没有太阳，光线却也够用，只是心力不够用。她要顾及安全，也盘算着拉上几个活儿，中午再赶到火车站去接女儿伊雯，这孩子最近心情不好，非要回家来度国庆节长假。机场关闭，高速路也关了，大部分旅客只能走铁路，又是假期前的出行高峰，火车上该是多么拥挤，她为女儿担心呢。

车过一个公交车站点，夏芳茁看到那里一片杂乱的人影，等车的人比好天气里多多了，因为很多有私家车的人，为了自己和爱车的安全，不开了，顾不得尊严，准备挤公共汽车，准备被别人踩脚，被别人顶屁股了。也说不清为什么，她觉得雾中那么多的影子挤在一起，有种奇怪的感觉。她忽然想起以前在哪本文摘杂志上看过的一篇文章，说的是衡阳大战，国军与日军的一场战役，赶上弥天大雾，两军混战，分不清敌我，我方士兵像盲人一样，伸手抓出去，摸到的衣服是卡其布料的，就知道抓到的是日本兵，就一刀捅进去，看不见血，叫声一片。她心里颤一下，仿佛那场战斗就在身边。

眼前，和平年代里的人们，在这场大雾中，没有刺刀的逼迫，该有多么幸福，却是麻木的，游魂一般。人群的后边，是比公交站牌大了几十倍的广告宣传牌，分成了三个区块，左边是"曙光男科"，中间是"移动公司"，右边是"阳光大妇科"。字块是张扬的，强调性的，既使隔着白纱般的雾气，仍辨得出来。夏芳茁兀自莞尔一笑。三块广告，三个内容，真是高度概括了现代人的生活状态：通信的发达，情欲物欲的放纵，精神和身体的不堪承受。

另外还有，环境污染，频发的自然灾害，人为的灾难，飞机掉下来，矿井里埋了人，谁谁杀了人，谁谁跳了楼，已经是司空见惯的事了，不会再让人惊诧。社会是怎么变成这样子的，她一个小出租车司机是不懂的，她为这大环境感到沮丧，这可不是矫情，也不是她平日里读点文字，就匹夫有责，煞有介事地忧国忧民，想到儿子伊扬，她心里一片灰暗。要不是有女儿伊雯，她简直一点精神都没有了。孩子还小的那些年里，她的生活有奔头，很多人家只一个孩子，而她当时在农村，第一胎是女孩儿，政策允许生了二胎，儿女双全，多好的福气，为什么不好好往前奔呢？可是，孩子大了，问题就来了，真应了那句话，儿大不由娘。她没想到，儿子这么早就不是她的了。想到这点，她心口堵得慌，不愿再想下去了。

　　大雾唯一的好处就是让人变得斯文了，很多人不开车的时候显得多文明似的，开上车后就脾气大起来，抢行、超速、违规超车、变道，气得人想骂娘。大雾中的车主们规矩多了，谁都知道不跟老天爷较劲了，都耐着性子，慢慢往前蹭。光是一个公交站点就过了半天。夏芳茁瞥见，那个盲人，又坐在那广告牌前了，是自带的小马扎，仍是戴着前进帽，二胡架在腿上，脚前一个破铁盒。他经常坐在那里，用他那把音色粗劣的二胡，拉扯着他心中的欢乐或悲凉，也为这城市增添着噪音，仿佛玩童在明净的玻璃上划道道。谁知道他是怎么来的呢？坐公交车？步行？不过，这大雾对他是不存在的，这种天气，能一如既往自如行动的，就是盲人了。有意味的是，他此刻拉的曲子是《今天是个好日子》，声音潮湿而生涩。

　　夏芳茁苦笑一下。今天会是个好日子？

　　她在上海路口转弯后，稍稍提了点速度，怕这少年着急。但前行了一段路，不得不停下来，前面堵车了。又是车祸？现在威胁人类安全的事情太多了，车祸已经是人们习以为常的灾难。她目光右拐一下，瞄一眼少年，见他脸上有了不安的神色，伸长脖子向前望着。

　　她也精神高度集中地望着前面。左前方，影影绰绰的，是市政府大楼，背倚青山，俯察众生，很有大衙门的风范。楼本身也就六七层的样子，但座落的位置很高，门前好几个阶段的台阶布下来，如果不走车道，就从这台阶爬上去，真像朝圣一样。这强化了它的威严，也加重了老百姓的胆怯。二十年前，这是这个城市里最好、最现代的建筑，但现在，如果不是位置高高在上的话，其实也很普通了。她亲眼见到，无数的高楼耸立起来，街道不断地挖开，或加宽修整，或下进煤气暖气管道和电缆，这辈子她没去过几个地方，只看看这个城市，就知道社会发展了，人类进步了，方方面面都改善了，可人们还是觉得水深火热，还是心里不痛快。这是怎么回事呢？

车终于能往前开了,她看到政府广场靠近马路的地段,站了些警察,几台警车就停靠在广场边上。广场的雾里,站了几十个老年人,不用说,又是上访的,刚才是他们在过马路吧。常年开车满街跑,她经常在这里见到上访的人群,不是因为拆迁,就是因为企业改革,各种各样的问题都有,一群老年人上访可不多见,前不久她遇到过一次,据说是一些老退伍军人,当年他们选择进了效益好的工厂,拿着高工资,过了些年,经过河东河西的变迁,那些厂都不行了,他们嫌退休金少,要求政府给解决问题。她轻叹一声。一直以为,这个时代,这个社会,孩子、青年人、中年人,都承受了很大的压力,就那些五六十岁的刚退休的公务员,幸福指数最高,他们拿着仍多于普通人正常上班的工资,每天耍耍剑,打打太极,跳跳扇子舞,他们不能代表全体老百姓的幸福指数,现在看,他们也不能代表全体老人的幸福指数。广场上这些老人,就是上次那些人吧,问题没解决,又来了。不知串联了多久呢,这把年纪,心都冷却了,不是心中万般不平,是不会跑到这里来的。只是,怎么赶上这见鬼的天呢。

过了这段路,又可以加点速度,悠着跑了上十分钟,橡山中学隐约可见了。少年不爱多说话,这半天夏芳茁也就没再理他。可这时,他却打开书包,手伸进去摸一下。"遭了,我忘带英语书了,我得回家拿。"少年转过脸,眼神里发出求助的信号。

"今天有英语课?"

"上午最后一节就是。"

夏芳茁减速,在路边停了车,扭头看看路况,准备回转。

"不是回家,我想起来了,书在我姥姥家,昨天晚上跟我妈去吃饭落在那了。"少年的手仍插在书包里,瞟一眼女司机,目光垂在书包上。

"好吧,你姥姥家在哪儿?"

"青城小区。"

这可有点远,夏芳茁知道那个小区,是由一个村子改造的。她瞟一眼少年说:"你妈给你多少钱打的?可别欠我的。"她一脚油门,车继续往前走。

少年没吭声。她又问:"你爸你妈都是干什么的?"

"我没爸!"少年的语气有点烦躁。

这孩子,是真的没爸,还是不愿谈起?她隐约感到,这是个有问题的孩子。如果他有父亲,也是跟父亲不和的,就像伊扬跟他爸。老方这人,一起搭伙过了这么多年,她品得透明白,这男人,心不坏,就是脾气爆,两个孩子都躲着他。就是她这个做妻子的,也不敢跟他较真。从傍晚五点接班,老方一般要到下半夜两三点才回来。夜里十点以后才是出租车挣钱的好时机,那些从歌厅出来的人,如果不是自己开着车,哪还有公交车可坐。客人如果是跨区的,比如从北新区到南新区,中间隔着一个老城区,线路长,只要拉两个活儿,就赚了,就可以安心回家。有时老方把客人送到南新区,还可以顺便到火车站去守半夜来的火车,拉上一个客人,回到老城区才收工。从这点说,老方是辛苦的。他跑这半个夜晚,比她跑一个白天赚得多。所以,她不敢吵着他。他若睡不好觉,那脾气就够人受的。有些事情得瞒着他,比如昨天晚上,做儿子的,掐了母亲的脖子。老方从来都不是个怜香惜玉的人,管儿子也认下失败了,但是这样忤逆的事,做父亲的是要站出来主持公道的,以他的脾气,定要拿老拳说话。这老拳,教训一个缺乏体力锻炼的苍白的少年,目前还满够用的。她不愿看到那样的场面,以及可能跟随而来的后果。

说起老方,夏芳茁也是一肚子怨言。她跟他是媒人介绍的,他还比她小了两岁,一直都是她照顾他,侍候他。她原来在企业开大货车,那时候干什么都要强,不想落在别人后头,显得挺能耐的,他就觉得她没什么可让他照顾的,什么都不管不问,连生孩子都不问一句。一个闺女,一个儿子,他连尿布都没洗过一块。和他一块儿过了二十多年了,就没有一句体己话,顶多就是吃饭了,啊,吃饭了,生人一样,没啥意思。大前天早上,天刚亮,老方起来上厕所,回来站在窗前惊呼:"天啊,老夏,你快来看!"她迷迷糊糊地问:"怎么啦?"他说:"你现在光着身子站在窗这儿,我都不管你,你看看。"她便爬起来,来到窗口,发现一片灰,什么也看不到,窗口被厚厚的塑料膜封住了似的,连对面的楼房都没影。老方嘀咕了一句:"我半夜收车回来,还没有呢。"便又回到床上睡了。他就是不说"雾大别出车了",或者"雾大注意安全啊"之类的话,跟他过得什么劲呢。

车子过了橡山中学,继续往前开着,城市隐藏在灰幕的后面,但她了解它。她在这儿生活二十多年了,知道哪座楼是什么时候盖起来的,哪条街道改造了,哪个村被吞并了。它原来巴掌大,骑自行车一个小时就转遍了,现在她开着出租车也要一个小时才能从一头跑到另一头。上百万的人,在这里安身立命,看上去也还秩序井然,但从她的行业角度,也经常能见到一些大家都想得出或者听说过的不和谐的事情。老方在夜晚见得更多吧,所以他的脾气更坏了?

夏芳苗又试着问少年:"你妈是怎么回事,早晨不叫你起床吗?"

少年盯着自己的书包,不吭声。

出租车左转,又往前开了一会儿,出了闹市区,在一段由开发商圈起但还没起用的空旷地带,少年慢慢地把手又伸进书包,呼吸急促起来。

"孩子,哪儿不舒服吗?"夏芳苗瞥一眼少年,又看着前面的路。

少年仍是不吭声,肩膀耸起,勾着背。夏芳苗又看他一眼,"不行我送你去医院吧。"

少年像是突下决心,手从书包里猛然抽出,瞬间,一道亮光闪过,夏芳苗感觉右侧腰有个尖硬的东西顶上来。"往那个小路上开!"他摆下头,目光陡地凶狠起来,盯着她。

夏芳苗抖动一下,一个急刹车,惊愕地看着少年。这孩子是要抢劫吗?她可一点也没想到。她后悔没有安装护栏,开了这么多年的出租,还没遇到这种事,这个城市的治安相对还不错,也就忽略了。

"我让你往那边开!"少年的口气有点不耐烦。

夏芳苗慌忙又启动了车子。那边的空地堆了些建筑垃圾,那小道显然是送垃圾的车轧出来的。离开大路到了那里,大路上的人因为雾气就看不见这辆车了。她感觉自己的胳膊和腿都虚了,血液忙着供应心脏的剧跳,脑子也飞速地转。突然,她腾地火起,因为腰间的刀,又让她想起昨晚脖子被掐过的感觉。这些小兔崽子,父母供他们吃穿,供他们上学,操碎了心,看看他们都干了什么!她想好好教训一下这小子，念头一出来，她倒不觉得怕了，脑子冷静了许多，当她发现少年的手在抖动，心里就更有底了。但她要找机会，刀还在她腰上，她知道不能硬来。

"孩子，你这是干什么？是不是遇到困难了，说出来，看阿姨能不能帮你。"她尽量把声音放得轻柔些。

"快往前开！"少年盯着前方，生怕好不容易下定的决心崩溃似的。

车在不平的土路上扭来扭去，她盯着路面，平静地说："孩子，你知道你在干什么吗？我想你是个好孩子，肯定是有天大的困难才走这一步，相信阿姨，说出来吧。"

"我不相信，往前走！"

"孩子，要不你下车吧，我不收你钱了。我也有儿子，跟你差不多大，所以，我也不报警了，你把刀拿开。"

少年喊道："停车！把钱拿出来，我要钱！"

车停了。少年盯着夏芳苗，表情极度紧张，一脑门的汗。她忽然觉得，这可恶的少年，却也很可怜呢。"唉，傻孩子，我哪有什么钱？我一大早让儿子的老师叫去训话，从学校出来就碰到你。你妈是干什么的，她要知道你这样，该多伤心呀。"

少年手里的刀大幅度抖了一下，又顶住了她。

"别啰嗦，快点儿！"

"好，好。你别急。"

看起来这少年是不想吃软的了，夏芳苗装作很害怕的样子，眼睛看着少年，左手伸向座底，摸索了几下，突然拿出一个带喷嘴的瓶子，向少年的脸上猛喷。哧——哧——哧——鲜红的辣椒水，形成密集的射线，封锁了少年的眼睛。他大叫着，两手捂脸，刀滑落到她的脚边。她快速拿起刀，敏捷地冲出驾驶室，跑到另一面打开车门，将少年拖下车，对着他的屁股一阵猛踢。

"你个小兔崽子，叫你不干好事，小小年纪就出来抢钱，也不看看你有多少本事！你说说，你们这些人，缺吃了还是缺穿了？多少钱才够花的？怎么就不好好学习，跑出来干这事？叫你不学好，叫你不学好!"她一句话跟着一脚,一手刀,一手瓶子,舞动着。

少年被辣得睁不开眼睛,一直抱着头,无力招架。怕他缓过来反抗,她又把瓶子对着他的脸,"哧"了两下,继续踢他的屁股和腿。想起昨天晚上伊扬的行为,她的脚特别利索,她把全部的复杂情绪,都倾泄在这少年身上。少年只顾捂着眼睛大叫。"阿姨,我不是坏人,我是为了爱情呀!我跟我女朋友同年同月同日生,多巧多好啊,可她父母不同意,我妈也不同意,我要弄点钱,带着她远走高飞。我今天必须弄到钱。"少年哀哭起来。

夏芳苗愣住,又一个早恋的,她简直无语。这已成了普遍现象?还有电视。老家村子里有个傻子,三十多岁时还是光棍,过得好好的,自从家里有了电视,看电视剧里的人亲嘴,他开了窍,整天吵着跟父母要媳妇。由此,她明白电视的强大催发作用。如今什么事都讲求个快和早,可快和早跟很多事情又构成了矛盾,怎么解决?没有灵丹妙药,只能发急。这少年是不是也让家长逼急了?要是伊扬也玩这一套怎么办?

"你说的是真的?"

"是真的,阿姨,我女朋友叫毛静,她正在大华旅馆等着我。"

"你们这些讨债的!"

她恨恨地最后踢出总结性的一脚,返身跑回车上,开起就跑,上了主道,看看后视镜,那少年没有追上来,才放慢了速度。这时她才顾得上仔细看一眼少年的那把刀,是把中号水果刀。她长吁一口气,将刀子丢进工具箱。

惊魂一幕,让夏芳苗感到浑身虚脱。她庆幸,自己这身板还可以呀,还蛮有力气的,化解了一劫。她忽然有方便的需要,不是因为喝水多了,而是惊吓的缘故。多年跑出租的人,大都肾不好,不敢多喝水,拉着客人跑在路上,有了尿也不能停下来去方便,只能憋着,时间久了,肾功能就弱了。她知道附近有个加油站,便朝那开去。

方便完了,洗好手,她没有马上离开卫生间,而是从裤袋里掏出手机,给老方打电话。她的手指在发抖,她想跟他说说刚才的惊吓,那样心里会好受些,就像吃了有毒的东西,吐出来就好了。而且,她也有接受安抚的需要，日常生活中，老方不是那样的人，但刚才的事件可不是家庭琐事，她再粗拉，再能扛，也是女人。可号码没拨完，她又停下来了，怕老方还睡着没起来。看看手机上的时间，快十点了，他应该起来了。于是又重新按那些小小的键子。铃声是"月光下的凤尾竹"，响了有半分钟。这使她有时间改变主意，不跟老方说实话了，事情已经过去了，说了有什么用呢？还让他担一份心，等晚上再告诉他吧。老方终于接了电话，她听到里面传来麻将声。这是老方如今唯一的嗜好，不出车时就跟小区里那些退休的老头老太太，在其中一家的储藏室里搓麻将。

"干吗？"老方有点不耐烦。

夏芳茁顿一下，说："你看我给留的纸条了吗？别忘了买菜做饭，别忘了买伊雯爱吃的螃蟹。一会儿我就去火车站接她。"

"知道，真啰嗦！"老方挂断了电话。

这琐屑的事，家常的话，有效地使她恢复了一些常态，感受到人间烟火的亲切，但她也有些失落。老方永远都说不出一句关切的话，她平时很少给他打电话，这会儿接到她电话，他不觉得奇怪吗？这个城市的治安相对不错，是他永远想不到她会遇到麻烦的理由？说到底，他就那么个人，从不觉得自己的老婆弱小，也需要保护。可他不知道，再高大的女人也是女人，甚至比娇小的女人心思更敏感。

定下神来，夏芳茁开车去了少年说的大华旅馆，果真有个女孩儿，在小厅堂的沙发上等待，玩弄着手机，还吃着炸薯片。她走过去问："小闺女，你是不是叫毛静？"女孩儿一脸稚气，眨巴着清纯的大眼睛，点点头。"阿姨，什么事？"

夏芳茁一阵心痛，调头就走。到了门口，又返回来，从裤袋掏出二十元钱塞到女孩手里，够她打车的。"孩子，快回家吧。他不来了。"她匆匆离去，不忍多看一眼那张纯真无辜的脸。她开始理解儿子昨天晚上的暴怒。那粉红的晶莹的情感，哪里承受得了世俗的粗暴。如今，世上的感情，最真最纯的，怕只是这少男少女的初恋了，却是出现在多么不合时宜的时间里！她重新发动车子，向火车站行进。女儿假期一般都是跟同学去参加社会实践，这次回来怕是有原因的,这孩子失恋了,她看到伊雯QQ上的签名是:"我再也不会把心痛给你看!"女孩在大学里结束了她的纯情时代。

大雾仍然笼罩着,一片灰白。

附记:分开讲,本文中两个少年的故事都是真实的,我以一个虚构的人物将两个故事熔于一炉,也是在尝试拨开成人世界的迷雾。"早恋"的命名,扭曲了什么,掩盖了什么?大雾中穿行的人们,请深思。

尘 劳

莲华寺重建开光后，居士们捐来三台电脑，住持用一台，另两台八九个和尚轮着用。不过，也就是静松等四五个年轻和尚喜欢上网，年纪大的都不去碰，多半不是定力有多么好，而是对新生事物的畏惧排斥，他们当中，就只昔缘师傅懂电脑。

昔缘师傅一定是前生慧智修得好，脑子特别聪明，出家前，是山下里镇一家工厂的技术员，技术知识是大学里学的。若仅此一点，也没什么，那些大法师，连博士和大学教授都有呢，昔缘师傅的特别之处是，他还会一些与他的专业相矛盾的事情，比如写字、画画、弹电子琴，但在寺里，他只是写写字，其余的爱好都放下了。电脑对他也是新鲜物件儿，但以他技术员的出身，自然是亲近机器、喜欢摆弄的，一上手就会。很快，寺里三台电脑若出了问题，不用请人来或者搬到山下去修，一般情况下他自己就能收拾。

然而，昔缘师傅平日里并不上网，因为他知道网上是怎么回事，他也不赞成其他和尚上网，网上动不动就弹出一个丰乳肥臀穿三点式的妖精，引出和尚们的客尘烦恼，还怎么修行？像觉宝这样还没有受比丘戒的小沙弥——还是个孩子呢，上了电脑就不想下来。以前他总是偷跑下山，找里镇上的孩子们玩，有了电脑后，他动不动就溜上去打游戏，在网上跟人家争强好胜，他把那种对对碰的游戏玩得鬼精，很少能碰上对手，有的网友气得发消息说，觉宝肯定作弊了，觉宝看到了非常生气，免不了要咒骂他们几句，犯了嗔戒。昔缘师傅知道了，说过他几次，他不再骂人，游戏还是要玩的，当然多半是避开师傅。

虽如此，昔缘师傅也不是那么教条，他当然明白，这个娑婆世界变得越来越邪乎，新玩艺儿不断冒出来，渐渐取代传统模式，改变了人们的生活方式，为了传法的善巧方便，该用还得用。像静松和尚，昔缘师傅反倒支持他上网。静松虽然还是个年轻人，出家前只上过几年小学，但他悟性很强，总能从一些生活小事中悟出哲理来。有次，他在网上看了周星驰主演的电影《大内密探零零发》，里面有个姑娘端一杯葡萄酒让众人品尝，多数人都认为不好喝，有人说酸，有人说涩，但周星驰演的角色说，这是一杯好酒，只是有人品尝的方法不对，要把舌头卷起来，用舌尖品，这样才能尝到甜味，如果用舌头两侧品，尝到的就是酸味。静松不知道品酒是不是该这样品，问昔缘师傅，师傅也不知道。他想了想对师傅说："看书看帖子，看人看事儿，也是一样吧，学会去掉酸涩的部分，才能体会到香甜美好。"师傅大喜，怎么会阻止他上网呢？

静松建了一个QQ群，里面的人还真不少，大部分是其他寺院的师兄，也有几个尼姑庵的师姐妹，有位居士给了上百个QQ币，现在里面有二百多人了。他还到一些网站社区，跟普通网友聊天儿，告诉他们一些佛法知识，转述从师傅那儿听来的佛法故事。有些学佛的网友很喜欢跟他交流，也有的网友并不学佛，纯粹就是好奇，什么都问。

最近一个网名叫八爪的年轻人跟静松聊得很多，八爪说他刚接到大学录取通知书，过一个月就离家去上大学了。静松说八爪真幸运，自己才上了几年小学，四年级的时候，学校唯一一位老师得病死了，再也没有老师来，家里条件好点的孩子都去县城上学了，他呢，只得回家帮父母干活。不过，他对八爪说，就好像个儿大诱人的果子未必是甜的，掉在树下的小果子其实也很好吃，只上过四年学的小和尚，也能在网上与上过大学和即将上大学的朋友交流。

八爪就说静松也很幸运哦，有母亲，也有父亲。他五岁起就没见过父亲了，对父亲没有一点印象，母亲告诉他父亲死了，在他小学快毕业那年，母亲带着他改嫁了。奇怪的是，在他上初中三年级的时候，有一个瘦弱落魄的男人来学校找他，声称是他的亲生父亲，塞给他五百元钱，说了几句嘱咐的话，就流着泪走了。他回家问母亲，这是怎么回事，母亲坚定地说："那人弄错了，你爸早死了。"八爪就一直以为那是一个认错人的可怜人，他到现在也不知父亲长什么样儿，连张照片也没有。

"哦，没有父亲是很可怜啊，但是，"静松说，"八爪，你要看开些，不要让尘劳影响自己的心性。"

八爪问："什么是尘劳啊？这个词很特别，学校的语文课本上没有，在课外书上也从来没见过。"

"我师傅说，尘劳就是世俗事物带给人的烦恼，比如八爪你，因为父亲不在了而烦恼。烦恼多种多样，不管什么样的烦恼，都会污染人的心性，扰乱人内心的平静，犹如尘垢使人身心劳累。"

静松的话发上去半天，八爪没有反应，他是不能理解或者没有兴趣谈论吧。果然，过了一会儿，八爪发来了另外的问题："你们这些和尚都是因为什么出家？"

这个问题可能是所有俗家人都想问的，就像很多人要问作家为什么要写作一样使人厌烦，但静松理解。世间有些事需要理由，有些事情不需要理由，却要有个缘由，和尚出家的缘由实在是五花八门。他告诉八爪，他的师弟觉宝是在襁褓中被放在寺门口的，都不知道父母是谁，没有纸条，也不知道生日；他的师兄戒武是做生意时跟人发生争执，把对方打了，对方又找了一伙人把他打得半死，他在医院住了两个月才活过来，之后就出家了；至于他自己，是不能上学后，母亲又生了弟弟，家里的地不多，粮食不够吃，母亲就把他送到寺里来了，当时这个寺院还很破旧，就昔缘师傅带着几个徒弟，师傅不想收他，母亲和他一起给师傅不停地磕头，师傅只好收了。

静松还想说说昔缘师傅是怎么出家的，但他转而又打消了念头，因为师傅虽然支持他上网，同意他跟网友说说寺院的生活，但是不许他说师傅个人的事情，也不许说出寺院的名字。这时候，昔缘师傅在院里喊静松了。静松出了电脑房，就见师傅扛着锄头，带着师兄戒武和师弟觉宝，要去菜地里锄草捉虫。

师傅说："你下山去买点水果吧。"

静松只看着师兄发呆，因为戒武是左侧冲他站着的，戒武的右腿在那次械斗中被打残了，短了一截儿。

"我叫你去买水果啊。"师傅又说。

静松说："师傅，我从师兄的左边看，他是健全的。"

"呵呵，"昔缘师傅瘦长的脸立刻打上了几道欢喜的皱纹，"静松说得对，很多事情都一样，从不同的角度看，就会得出不同的结果。"

戒武笑而不语，觉宝却突然指着静松的脸说："师傅，静松师兄的脸没洗干净呢。"

静松摸一下脸，再看手，什么都没有。戒武说，是墨水。静松才明白，是自己在电脑前摆弄一支碳素笔，不小心触在脸上留下了痕迹。师傅淡然一笑，说："有了问题，就是小孩子也会看出来，所以要加紧修行啊。"师傅一行三人出了寺院的大门，向菜园去了。

其实，寺院重建后，善款进项多起来，日子好过多了，但昔缘师傅仍坚持带着徒弟种菜，菜地里绝不上化肥，也不打农药，有了虫子都是用手捉下来，再把念佛机放在垄沟里，让蔬菜们听听佛曲，一样长得绿油油的。静松刚来寺里时，也经常跟着师傅下地，菜地都是师傅早年一个人一锹一镐开出来的，想到这一点，就觉得师傅这辈子实在不容易。

旧莲华寺时，寺里日子清苦，就昔缘师傅和一个师兄跟着他们的师傅支撑着，谁也没想到还有更糟的恶缘等在后面。有一天，师兄有事回家了，第二天早晨，昔缘发现他们的师傅死在自己房里，是被人勒死的，昔缘成了嫌疑犯，被公安机关收审，三年后，真正的凶手抓到了，他才被无罪释放，重新回到莲华寺。静松进寺的时候，师傅才被放回半年，瘦弱憔悴得不成样子，年纪不是很大，但头发茬子雪白的。渐渐地，静松大了，慢慢了解了师傅。原来师傅有一段伤感的爱情和一段不幸的婚姻。爱情始于高中时代，师傅的父亲因冤案去世，母亲带着他们兄弟几个在农村艰苦过活，师傅上学为省钱，常常不吃午饭，饿得眼花，一个女同学默默关心他，从家里带来掺了白面的玉米饼子，悄悄放进他的书包里。师傅和兄弟们都很争气，都考上了大学，母亲吃尽辛苦供他们读书，毕业都在县城找到了工作。很快，哥哥和弟弟都成了家，师傅却一次次拒绝着媒人的提亲，后来母亲终于知道了那个女同学的存在，她仍生活在农村，师傅总是偷偷去看她。母亲绝不许师傅娶个农村姑娘，再退回到那种苦扒苦熬的生活，她用绝食来逼迫儿子，师傅只好让步，但一直等到心上人出嫁，三十多岁了，才跟着媒人见了一个女人，两个月就结婚了。母亲松了口气，可那个女人对师傅不好，一有不顺，不是哭就是骂，两人吵架，动不动就回娘家搬救兵，岳母来了对女婿上去就打。孩子长到五六岁时，师傅终于无法忍受，辞去公职来到百里之遥的里镇，在机床厂找了个技术员的工作，业余时间弹琴练字画画，以期忘掉痛苦。那女人时不时地找他来，撕扯着师傅哭打漫骂，再不就找到师傅单位去闹，师傅不理不睬。几年过去，女人找来的次数越来越少了，最后带着孩子改嫁了，不许师傅去看孩子。后来，师傅的母亲也找了个老伴儿安度晚年，家里人对师傅的事也就不闻不问了。师傅过了两年顺心的日子，却偶然得知，他的心上人得了癌症去世了，他找到里镇唯一的亲人——表妹如霞，痛哭了一场，也大醉了一场。从此，他一下子老去，头发花白。第二年清明节，他回乡里为父亲扫墓，又挨门挨户看望了亲戚，也走访了邻里乡亲，然后就消失了，十年没有音信。突然有一天，他的兄弟们接到师傅被刑事拘留的通知书，大家才知道他去了莲华寺修行。

  这些事情都是中行师傅讲给静松听的，就是昔缘师傅的师傅被害那天不在寺里的那个师兄，他对昔缘师傅的遭遇满怀同情，动不动就讲起这些。无论讲多少遍，静松都静静地听着，就像他下山买水果，水果摊上的吴施主喜欢拉着人讲那些重复了多少遍的事情，别人一听就找机会躲开，而他会耐心地听下去。这回吴施主讲的是市场的另一头，一个姓钱的人一直在卖假牌子的运动服，可他一看到别人卖这种牌子的运动服，就冲上去指责人家卖假货，吴施主问他为什么这么做，他说这样别人就会以为他卖的才是正牌货。

静松一边听着，一边挑选着苹果和香蕉，吴施主一边说着，一边把带标签的水果往静松手中的塑料袋里放，静松笑笑拿出去，专挑不带标签的。寺里的人早都摸着门道了，带标签的水果，标签下都有疤痕，要么就是破了小口子，不买带标签的水果已经成为寺里的惯例。不过，静松从不跟吴施主讲价，也不知道账算得对不对，拎上水果就走了。

回到寺里已近响午，静松还想上网，但两台电脑都有人占着。午饭后，昔缘和几个年纪大的师傅都休息了，静松又去电脑房，仍是没机会，一台电脑前是师弟觉宝在打游戏，一台是师兄戒武在浏览网页。觉宝赖着，死活不下来，戒武说他跟普陀寺一个师兄约好下棋，不能爽约，静松只能回房念经，看书。他每天都背诵《心经》。"观自在菩萨，行深般若波罗蜜多时，照见五蕴皆空，度一切苦厄……"师傅是逐句给他讲解过的，可他还是不能理解，看空一切就得自在，但人看到和感受到的那些事物，如何就是空的呢？

午后，静松以为能轮到他上机了，可是昔缘师傅让他替戒武师兄值殿，山下有位居士往生了，师傅带戒武去助念。昔缘师傅该理发了，雪白的头发茬儿在阳光下晶莹闪亮，他神态安然，步履从容不迫，静松真是羡慕，心想自己什么时候能修到这个份儿上啊。他觉得寺里的师傅们，顶数昔缘师傅修行好了，一些居士和香客们来寺里，总爱听师傅解经说法，师傅经过那么多的磨难，早就降服心魔，诸事不惊了吧。

一位女香客迟疑地迈进正殿高高的门坎，静松坐在正殿侧端一张木桌后面，余光瞥见来人五十岁左右，手里还拎了一袋水果，看她紧张拘束的样子，就知是第一次来。他赶紧端直了，敲起木鱼。女香客在高大的释迦牟尼佛像前站了一会儿，像是被佛的慈悲感化了，笨拙地跪下，磕了三个头，起来又仰望了一会儿佛像，朝静松走过来。

"师傅，请问昔缘师傅在哪里？我想见他。"

静松这才抬头看着女香客。她脸色严肃，戴着金耳环和金项链，手腕上是玉石手镯，看起来衣食无忧。

"阿弥陀佛！"静松合掌站起来，"对不起，昔缘师傅有事下山了，你明天再来吧。"

女香客又问："昔缘师傅这些年一直在这个寺里吗？"

"是。"

女香客还想说什么，但话没有出口，犹豫了一下，把水果递给静松。"麻烦交给他吧，我明天再来。"她转身走了。

静松把她当作师傅的客人，送到门口，却见师弟觉宝在院子里银杏树下的阴凉中，正蹶着屁股在水泥地上乱画，最近，昔缘师傅又教了他不少字，他在地上画得更来劲儿了，这会儿，准是哪位师兄把他从电脑上揪下来的。他的衣襟不知在哪儿刮了一条口子，裤子的膝盖处也磨破了，寺里现在不是没钱给他做新衣服，实在是他太淘气了，新衣服到他身上，几天就得破，大家看习惯了，也想不起来给他换下。

女香客看到觉宝，停下脚步，回头对静松说："这么小的孩子也出家啦？衣服还是破的，真可怜啊。"

静松不知说什么好，又对她合一下掌。

觉宝站直了，纯净的眼睛一直看着女香客走出寺院的山门，才把头转回来。"师兄，这个女香客真可怜。"

静松隔着一片阳光，奇怪地看着师弟。"为什么要这么说，她哪里可怜？"

"我看她的眉头揪得好紧啊。"觉宝蹲下去，继续乱画起来。

静松心里一震，但他高声说道："过来，把这兜水果送到昔缘师傅房里去！"他转身进殿，拿来水果交给觉宝。觉宝打开塑料袋看了一眼。"师兄，你看，这个香客不懂，买的都是带标签的苹果。"静松没心思理他，只说："你别偷吃啊。"

回到殿里坐下，想起香客和觉宝的话，静松陷入沉思。事情有时候就是这么奇怪，如果觉宝的目光是落在女香客的脖子上和手腕上，知道她有闲钱，还会说她可怜吗？莲华寺和里镇之间还没有通公交车，她可能还是开着轿车来的呢。也许这就是师傅说过的，任何事物都不能只看某一点，那样的结果，要么是自卑，要么是自大，都是无谓的。静松想，要记住这个感悟，再上网时就写出来，也把这件事讲给八爪听，八爪因为从小没有父亲也很自卑呢。

　　傍晚，值殿结束，静松直奔电脑室，恰好两台电脑都空着。一进页面，静松就看到网友们发了很多帖子，提了很多五花八门的问题，问题简单，甚至可笑，却显而易见网友们的好奇心。有人问他可以回家探亲吗，一年能回家几次？他说一两次吧。有人问，小师傅会功夫吗？他老老实实回答：不会，我们寺里没有人会功夫。有人竟然问：你用不用手机啊？他也老老实实回答："我没有手机，戒武有，需要打电话时都用他的。"还有人问和尚们平时都有什么娱乐活动？说起这个，静松话就多了，有几个师兄爱打篮球，有的喜欢下象棋，多数人喜欢看电视，也看《还珠格格》《甄嬛传》什么的，他自己还是喜欢看书的，他跟着昔缘师傅看了很多书，每天都念《心经》和《大悲咒》，当然，他也背着师傅看些俗家的书，看金庸的小说，也在天涯社区上看了几部小说。这些他都实话实说了。终于有人问了一个稍有思想含量的问题："你们出家人和我们俗人最大的区别是什么？"静松答："心存善念，在家人和出家人没有什么区别。"要是比这再深入的问题，他可就说不清了，幸好没遇上学佛多年的居士。

　　突然，八爪的帖子上来了。"寺里的和尚可以还俗吗？"

　　"可以，有的师兄会还俗，不过我没有这个打算，我要待在寺里，我对外面的事情不太懂。"

　　静松说完，迫不及待地给八爪讲了下午女香客看觉宝和觉宝看女香客的故事，八爪却没有理会，还在他自己的思路里。"如果有人结婚后抛妻弃子出家，只求自己解脱，是不是对家人不负责任，是不是自私？"

　　"这个……"类似的问题，静松听来寺里进香的居士问过昔缘师傅，那个居士因为要照顾老父亲，不能像别的居士那样来寺里住一段时间，集中精力念佛修行，打算父亲往生后再说。他努力回想师傅是怎么答复的呢？他说："我听师傅说过，学佛就是要先自私，首先度自己，然后才能度别人，自己得度了，才能更好地帮助家人朋友。"

　　八爪说："这个说不通，我不能理解。"然后八爪要求到QQ上私聊。

上了QQ，八爪说："我今天去我伯父家了，其实，我们跟亲戚们很多年都不来往了，这回我考上了大学，我妈让我去亲戚家走一圈儿，一是给她长长面子，二是想收一些礼钱。我在大伯家听到了一个让我震惊的消息，我父亲还活着！"

"真的，有这种事？怎么像小说一样？"静松也感到惊奇。

"是真的，这么说，我上初三时那个来学校看我的人，就是我父亲。"

"真为你高兴，这回你也有父亲了，你不用自卑了，他在哪里呀，你会去找他吧？"

"这正是我纠结的，我不好意思说出他待的地方，我也不想让认识我的人知道这事。"

"你可以告诉我，说不定我能帮你出出主意呢。"

这时，晚课的打板声响起，而八爪还在犹豫，静松只好说："我得去做晚课了，明天再找时间聊吧。"

晚课，集体念诵《阿弥陀经》的时候，静松有一阵子走神儿了。"从是西方，过十万亿佛土，有世界名曰极乐。其土有佛，号阿弥陀，今现在说法。舍利弗，彼土何故名为极乐，其国众生，无有众苦，但受诸乐……"经里描述的极乐世界，好得让人难以置信，什么七宝池、八功德水，树叶都是琉璃的，鸟鸣都是音乐，静松宁可信其有，可知道了有这么好的一个去处，却难以去成，也很郁闷呢。寺外的凡夫俗子们，除了真正学佛的居士，谁会相信极乐世界的存在呢？俗世的人们追求的是家庭美满和天伦之乐，达不到这个目标，或者中途出了问题，就会陷入无尽的痛苦和烦恼。比如八爪，此刻正受着一种煎熬呢，明天一定要上网帮帮他。

晚课结束后，昔缘师傅回来了。静松去师傅的房里汇报了下午的事，师傅问："女香客找我做什么？"

"她不说，只说明天再来。"

昔缘师傅思忖了一下，想不明白，就把事情放下了，他把女香客的那袋水果递给静松。"拿去供佛用吧。"

静松想起师弟觉宝说的，就打开袋子，一边说："好像都是带标签的。"他伸手揭下一根香蕉上的标签,那里并没有疤痕,又揭了一个苹果的标签,也没有什么破损。"师傅,真怪,这香客买的水果,标签下没有坏的。"

师傅笑笑。"事情总有例外的嘛,但是例外来的时候,我们还是能看到标签下那个疤痕,这是我们凡夫的悲哀。哦,你拿套新衣服去给觉宝吧,穿着破衣服跑来跑去,叫人看了总是不好。"

觉宝师弟和戒武师兄住在一起,他正在摆弄师兄的手机。静松把新衣服给他。"明天换上吧,别穿破衣服跑来跑去,给僧人丢脸。"

觉宝抬头一笑。"师兄,下午那个女香客带来的水果,标签下没有疤。"

"早知道你会偷吃。"静松看一眼觉宝的鬼脸儿,回房休息了。

新的一天又在鸟鸣和晨雾中开始。莲华寺里凉快又安静。曾经来过一个方丈,对寺里的师傅们说,他要化缘重修寺庙,从山下的镇政府到远一点的市政府,再到宗教局,都给了支持,募到了二百万款项,可他突然携款逃跑了,原来是个假方丈。又来了一个真方丈,据说出家前是个高干子弟,是真正的修行人,没去公家要一分钱,全凭个人力量化来善款,终于建起一个全新的莲华寺,不收门票,不收香火钱,还设有供居士们共修的学习室。所以,莲华寺在青山中端然肃静,别有吸引力。

和尚们上完早课,吃过早饭,就有几个居士趁凉快来上香了,一时,院落里烟香弥漫,蝉鸣也一片片响起了,之后,他们留下来听昔缘师傅说法。大家都坐在院子里另一棵银杏树下。静松将偏殿里书架上那些给香客免费结缘的书整理了一下,站在门口犹豫不决,他惦着八爪的事,急着上网再跟八爪聊聊,可是他也很想听师傅说法,更喜欢听师傅讲佛法故事。居士们也喜欢听师傅的开示,有次一位女居士说她家务事太多,没时间念佛怎么办,师傅告诉她,不是专门坐在那里才能念佛,可以边干活边念呀,比如拖地的时候可以这样,师傅做着一推一拉的拖地动作,配合着节奏,嘴里念道:"阿—弥—陀—佛!阿—弥—陀—佛!"居士们都笑起来。

昔缘师傅看到静松,招了招手,静松就决定先过去听师傅讲课了。路过那棵银杏树，就是觉宝小师弟昨天蹲着乱画的地方，他看到一条粉笔画的白色直线，线两边是觉宝歪歪扭扭的字，一边写了好几个"执着"，另一边写了好几个"放下"。静松忽然想起在网上看来的一条健康知识，说是经常沿着一条直线像踩钢丝一样走走，可以预防小脑萎缩，他便踩上那条线走起来，虽然不是空中的钢丝，两脚要正当当地踩在一条直线上，也是很难保持平衡的，这可是他没想到的，原以为很简单呢，却是一下偏到左面踩到了"执着"，一下又偏到右面踩到了"放下"。他突然悟到，原来左右之间，仅一线之隔，是左是右只在一念之间，而人的念头也是飘忽不定的，所以也就时而能放下，时而又执着了。

静松到了另一棵银杏树下，在居士们中间坐了，几个师兄师弟也在此。师傅告诉大家，释迦牟尼在《楞严经》中说："一切众生，不成菩提，及阿罗汉，皆由客尘烦恼所误。"所以，大家一定要学会放下，不要再让那些俗世的烦恼劳累自己。一位中年男居士表情认真地说："太难了，放下一个，又起来另一个，按下葫芦起来瓢，真让人灰心。"一位经常来寺里的女士是中学教师，说她学佛就像石头压草，一遇到事，草就又起来了。

"所以才要加强修行嘛。"师傅表情淡泊安详。"你们不是都念《地藏经》了吗，佛说了，众生其性刚强，难调难伏。人累劫累世的烦恼习性，哪是你念几天经或念几声佛号就去掉了的！要下苦功，真修实干啊！"

这时，静松看到一位中年妇女进了大门，后面还跟着一个年轻小伙子，向这边观望着。静松对昔缘师傅说："师傅，你看，昨天下午来找你的那个人，又来了。"大家一齐转头去看他们。他们迟疑了一下，向这边走来了。

女香客看了看众人，最后目光定在昔缘师傅的脸上。"二表哥？"

师傅一脸迷惑，站了起来，看着女香客，试探着问："表妹，如霞？"

"哎呀，二哥，真是你呀。"女香客欢喜起来，笑出了声。

"如霞，你真是稀客、稀客。"

师傅的脸失去了安详，声音也很激动，正要给表妹让坐，却见表妹身后的小伙子，高高大大，长胳膊长腿的，已满脸泪水。于是，师傅走近小伙子，拉起他的手，仰头端详着他。"这个人是谁啊？别哭啊，别哭。"

小伙子低下头，哭得更厉害，由于努力克制，肩膀抖动着。树下的人们安静地坐着，面面相觑。

昔缘师傅拍拍小伙子的手。"施主为何伤感？要想开些，要心宽向善，学会放下，不要让尘劳坏了心性啊……"

女香客急了。"二哥，这是你的小乐乐啊，你认不出了吗？"

师傅瞪大了眼睛，声音也不由得提高了。"什么，你是乐乐吗？怎么长这么大了啊！那年我去学校看你……"

"爸爸……"小伙子哭出了声。

"乐乐……"昔缘师傅的声音有些颤抖，正要拥抱儿子，却戛然停住，看着众人。

这半天，树下的人都呆住了，不敢动一下，也不敢发出任何声音，生怕惊扰了这对父子。闷热的空气也停止了流动。只有树上的蝉看不懂人间悲欢，拼力地唱着自己的生命。两位女居士悄悄用手擦着眼睛。昔缘师傅抑制着突来的感情，对大家说："对不起，今天就到这吧。"他拉着儿子的手，对表妹说："到我房里坐会儿吧。"三个人走出树阴，走过阳光暴晒的院子，往师傅的禅房去了。

静松赶忙去洗了几个桃子，沏了三杯茶，用一个托盘端着，想给师傅送去。到了门口，却见师傅紧抱着小伙子，头埋进他的胸膛，嘴里用哭腔念叨着："我的孩子啊，我的孩子啊……"女香客也在用手帕纸拭泪，她见静松愣在门口，进退两难，便过来接过托盘，放在桌上，悄悄退出来了。

"不好意思，"她擦了把脸上的汗，"我多少年没见表哥了，这孩子要去上大学了，刚知道父亲在这当和尚，今早找到我，非让我开车带他来见一面。"

"哦，人之常情，应该。"静松明白，他今天不必上网去找八爪了。

"我随便转转。"师傅的表妹往偏殿去了。

静松想了一下，去拎了一桶水，拿上一块抹布，到银杏树下去擦洗觉宝的涂鸦，另一棵银杏树下，已空无一人。他随着手臂的动作，擦一下念一声"阿弥陀佛"。可他总是想起师傅抱着自己儿子的样子，那是一个他陌生的师傅，感觉怪怪的，他跟着师傅念过《金刚经》，虽然不懂，可是听师傅说过，心要如如不动。今天师傅动心了。他会被儿子劝着还俗吗？"阿弥陀佛！"他的动作很慢，衣服后背上都汗湿了。他又想起水果标签下的疤痕，想起师傅的话。一山的虫叫鸟鸣都在这院落里回旋着，塞满了他的耳朵。他有些烦躁。

大约半个小时的样子，师傅的表妹拿着几本结缘的书，又往师傅的房里去了。十分钟后，三个人出来。师傅的表情重新变得安然淡定，步伐也从容了。他的儿子，脸上有了自信的笑容。他们走到山门那，师傅站住了，朝着跨出门去的两个亲人合掌，然后转身回房去了，好像什么都没发生过。

静松在树下站着，若有所思，一阵微风掠过。

伸手向上

伸手向上，是古金、林芝秀和伊伊多年的生活方式，始于伊伊8岁那年。

伊伊7岁的时候，一天夜里，古金和林芝秀正在埋头作业，突然，哭声响起，他们惊慌回望，看到伊伊在自己的小床上坐起来了。

此夜之后，古金有了心理障碍。不能再等了，他跟林芝秀商量，房子还是买了吧。这些年，他们一直期望房子能降价，不降不涨也行，却是一直在疯涨。他们终于认识到，原来的期望比做梦都难，现在的房价又噩梦似的，再等下去，那就只能一直等下去，永远等下去，这辈子别想有自己的房子。为了存钱买房，他们不敢租大房子，以为孩子还小，能省就省。这一夜，古金叹息一声：孩子大了。

买个什么样的房子，夫妻俩大费踌躇，犹疑不定，所以，到处看，看了一年。市内的，出行方便，太贵；郊区的，房价稍低，可交通不便，没有私车，上班或到街上办事，都多出几分辛苦。他们仔细比对，反复思量，得出的结论是，穷人就得住市中心，发达国家早就如此。可这是中国，市中心的房子，普通人想都不敢想，古金夫妇退一步，将心目中的房子，定位在偏离市中心稍远的地方，即使这样，他们也不能买大房子，除了贷款，他们的积蓄只够小房子的首付。

林芝秀为此郁闷，好不容易买一回房子，可能这辈子就这一回，就只能是小房子？衣服往哪放？换季的被子往哪放？不舍得扔的破烂儿往哪放？古金倒很快释怀了，他有个聪明的朋友，买了个门市房开饭店，为了扩大店面，挖地三尺，增加了层高，又搭出一个阁楼，房子变成两层。他给古金出主意，房子小不怕，尽量买层高的，多打些吊柜就是了。

于是，古金和林芝秀又跑了一阵子，比对房子的层高，终于选定一个不到五十平米的房子，办了贷款，交上首付，剩下一点积蓄，只能简单装修。装修的重点就是打吊柜，屋子里，凡是有横梁的地方，都打上了吊柜。没有横梁但空间合适的地方，也打了吊柜，包括卫生间。吊柜有明的，有暗的，所以看不出有多少，不影响美观。地面上，除了橱柜，夫妻俩的卧室里只能打一个衣柜，客厅那点地方，除了电视柜，只能在进门处打一个小鞋柜。

还是林芝秀——她这辈子长了颗忧虑的心，为即将开始的新居生活又担起心来，这么多吊柜，东西怎么放上去，怎么拿下来？她个子矮小，这是个实际问题。古金倒是无所谓的样子，"有我呢。"他说。因为他是高个子，林芝秀够不到的东西，他轻松就拿到了，林芝秀要踩梯子才能拿到的，他只一个40公分高的塑料凳就行了。尽管如此，夫妻俩还是投资买了一个梯子，因为有的吊柜，就是古金踩在凳子上，也只能摸到底边，拿东西还是困难。梯子是林芝秀去买的，她买了一个六步梯子，她想，生活中有古金是不假，可古金不能时刻在她需要的时候出现，尽管他是丈夫，有些时候还得靠自己，她心里没数，想自己的高度要够到最高的柜子，六步梯是必需的吧。但是梯子又大又蠢，无论放在哪里都占地方，新房子，小也漂亮，古金不想叫这个蠢物煞风景，他不嫌麻烦，拿去换了一个五步梯。就像鞋子，小一码就秀气多了，梯子也这样。但林芝秀用着，就有点费力了。

新房子只一室一厅，伊伊的床铺自然就安在客厅里。为了伊伊方便，古金特意买了一个小五斗橱，放在她的床头，装她的内衣、袜子、玩具、课本和学习用具什么的，至于伊伊的其他东西，比如四季的衣服、被褥什么的，也要放进吊柜里。吊柜就打在伊伊床铺的上方，伊伊要过上七八年，长到十四五岁时才能够到。在此之前，她的放在高处的东西，自然不是妈妈就是爸爸给拿的。所以，在此之前，她觉得这个新家挺好的。孩子不识愁滋味，不懂世事，没有任何烦恼。有一天，林芝秀正在梯子上给伊伊拿准备过冬的羽绒袄，伊伊从一本外国童话书上挪开目光，抬头问："妈妈，什么是天堂？"

"天堂？"林芝秀想了想，"天堂是个好地方，有美丽的大房子，漂亮的衣服，各种美味。"

"中国有天堂吗？"

伊伊仰望着母亲，眨着眼睛。林芝秀仍在伸手向上，忙自己的。"有吧？"

"那么，天堂在哪里呢？"

"在天上呗。"

"那我们怎么不去呢？"

"傻孩子，人死后才能去。"

起先，伸手向上的生活，对于古金夫妇还有些新鲜感。梯子是崭新的，使用着它，像穿一件新衣服或新鞋子一样，他们有一种满足感。梯子是铝合金的，每一阶的边缘，包着桔色的塑料边，搬起来，轻松的，新居生活也是轻松的，家里添置一个物件，总被使用着，就觉得物有所值。

自然是林芝秀用的多，她踩凳子能触得到的柜子很少，多数时候都要用梯子。渐渐地，林芝秀就烦了。家里吊柜多，自然很多东西都在上面，有些东西原以为不常用，其实也经常用到，搬梯子的事情就频繁了，进而成为麻烦。有时要找一件东西，可是不记得放在哪个柜子里，就要反复地挪动梯子，爬上爬下，往往折腾到最后，才找准地方。怕碍事，梯子就放在阳台雨水管与墙的空隙间，拿出来，塞进去，都有障碍。什么东西拿起来要磕磕碰碰的，总不是一件痛快的事。还有，林芝秀用完梯子，并不把梯子严严地合死，因为打开很费劲，而古金用过后，总是合死，使之在一个平面上，下次林芝秀再用时，手指都掰疼了才打开。有一次，她不小心还被夹了手指，当下就一阵烦恼。

林芝秀还有一个烦恼，是事先夫妇俩都没有想到的。当初装修的时候，为了不损失房子的层高，也为了省钱，铺地板的时候，没有先抹一层水泥找平，只是让工人把沙灰地疙疙瘩瘩的地方，敲平了，直接铺上了复合木地板。问题出现在夜里。林芝秀经常失眠，古金在外面应酬经常晚归，他回来的时候，正是林芝秀刚要入睡或在浅睡的时候，一点动静都会醒，醒来就再难入睡。古金怎么小心都不行，门可以轻轻关，走路可以不穿拖鞋，可有一件事他是无法控制的，他脚踩着的地板会发出沙沙声，这沙沙声白天并不明显，甚至听不到，夜静的时候，却显得刺耳。这沙沙声就是从地板下面上来的。没想到，少一层水泥，却多了这么大的麻烦，而那一层水泥，也就一指厚吧，能损失多少空间呢？失算啊，失算。这也是古金的那个朋友教的，所以，林芝秀睡不着觉，就冲古金发脾气。但是林芝秀不失眠的时候，地板就一点问题也没有了，还是搬梯子、翻吊柜的麻烦大。

伊伊放在吊柜里的东西，多数时候也是林芝秀给找的，居家过日子，收纳，是女人的长项，古金只会弄得乱七八糟，她不放心。就是古金的衣服，换季的时候，也是她踩着梯子放入或取下，到后来，只是有些生活用品，比如，批发来的整包的卫生纸，放在不是太高的吊柜里，下面的用完了，在她的提醒下，由古金踩着凳子拿下来，再就是太高的吊柜里的东西，林芝秀踩在最顶一级的踏板上也够不到，就只能是古金的事了。

这样的日子，久了，林芝秀爱上了韩国电视剧。别的女人爱韩剧，是因为那些婆婆妈妈的纠葛，因为剧中人的衣服和发型，她爱韩剧是因为剧中的家具，大都是低柜，摆在地上，找东西容易。人都是坐在地炕上，不需要伸手向上，这才是轻松的生活。她的遗憾是彻骨的，好不容易买个房子，发一回狠，遭一回罪，却是这么个小房子，这么别扭。

古金倒是会找角度看问题。"伸手向上是锻炼身体，你不用专门找时间，顺便就锻炼了。"林芝秀说："锻炼了什么？锻炼投降？向无能为力、无可奈何投降？"

伊伊说："不是投降，是锻炼胳膊，长得长长的，死后就能够到天堂。"

夫妻俩愣眼看着孩子。古金摸一下伊伊的头。"这孩子。"林芝秀摇摇自己的头。"这孩子。"

关于天堂，谁也无法确定有无，林芝秀继续她的烦恼。可如果你愿意相信天堂的存在，据说要多做善事才能到那里，林芝秀假设它存在。过了几年，有一次，古金出差在外，她在电视新闻中看到西部又发生地震，又发生泥石流，想把全家人不穿的衣服找出来捐去，可那些衣服自然是放在最高的吊柜里，她搬出五步梯，站在最顶一级，伸手向上，勉强够得到外沿的衣服，柜子里面的还是够不到，她便踮起脚尖。这样，梯子受到的力不是垂直的，而是斜向的，而前两天，她刚刚保养了地板，上面又亮又滑，苍蝇停一下都能闪了腿，这梯子此时突然一滑，倒了。

林芝秀在床上躺了两个月。那次从梯子上摔下来，那高度本不至于造成重大伤害，可她赶得不巧，腰磕在茶几的大理石边上，头碰在沙发的木质扶手上，头昏了很久，腰疼得更久。

照顾林芝秀，古金一个人忙不过来，伊伊就提前长大了。她得自己照顾自己，偶尔帮忙照顾一下妈妈。伊伊也试着爬上梯子，去拿需要的东西。起先很吃力，很惊险，爸爸在家看到了，是不许她上梯子的，老婆摔了，女儿不能再摔了。可爸爸不在家，东西又非拿不可，做妈妈的看着，不忍心也得忍心了。

后来，爬高拿东西，不是古金就是伊伊的事了，因为林芝秀得了恐高症，也恐梯子。过了这些年，新居成旧，东西也越塞越多了，吊柜都塞得满满的，地上能放的地方也都堆满了，爱干净爱整洁的林芝秀，顾不了那么多了，她宁愿地上乱着，也不愿去清理吊柜，腾点地方，反正她再也不愿去碰那个梯子。

在这种情况下，伊伊迅速长大了。她在睡梦中都能听到，自己的腰关节和膝关节，嘎巴嘎巴地响，像庄稼拔节那样。她跟随父母去过乡下的爷爷奶奶家，她听说过庄稼拔节这个说法。由于她经常要向上伸拉身体够东西，她的腰身长得很长，伸手向上，使她的胳膊也比同龄人长出许多。

伊伊再也不是那个心地单纯的小女孩了，她开始有烦恼。她的胳膊简直是疯长，越来越长，与她的身体比例失调，在学校里，同学都叫她长臂猿，尽管她并不像猿那么难看。她无比厌恶痛恨家里的吊柜，尽管由于胳膊长，她可以像爸爸那样，有时不用梯子只用凳子就能解决问题，她仍是痛恨吊柜。伊伊也不愿再睡在客厅里，她需要有自己的卧室，姑娘大了，换衣服不方便，每次她都是去卫生间换，真麻烦，有时衣服在挂勾上没挂住，就掉到地上，她就觉得衣服脏了，很烦。

所以，渐渐的，伊伊的性格也发生了变化，再也不是父母的乖乖女，脾气躁动，动不动就跟父母吵一架。以前，她还小的时候，以为世上所有人的家里都是这样生活，都有高高的吊柜，都有一个梯子，都得爬上爬下，有一次去同学家看过后，发现别人家的房子那么大，家具那么多，都实实在在地放在地上，孩子都有自己专门的卧室，才知道世上有这样的生活，才知道只有自己的家最小，所以越发心理不平衡。她不明白，为什么同样是孩子，别人生在那么大的房子里，而她却生在这么小的房子里？为什么同样是父母，同样每天去上班，同样的辛苦忙碌，别人的父母有钱，而自己的父母却没钱？这些问题，多少大人都弄不明白，她怎么可能明白呢？

有一次，伊伊背上书包要去上学时，与古金发生对抗。她冲口而出："我们同学的家长，不是有钱的，就是当官儿的，家里都有好几套房子，你为什么当不上官儿？挣不到钱？我们为什么没有大房子？你是个无能的爸爸，我要有自己的房间！"

伊伊不知道，她重伤了爸爸的心。男人不愿被老婆看不起，更不愿被女儿看不起。古金大张着口，半天合不上，回过神来，抡手就给了伊伊一巴掌，父女俩都愣住了。一个脸疼，心痛；另一个手疼，心更痛。但伊伊脸上的红指印，可不是纸贴上去的，也揭不下来了。伊伊抹去眼泪，用怨恨的目光盯一眼爸爸，背着书包跑出门。林芝秀火赤赤地对古金说："你这是干什么，你只剩下打孩子的本事吗？"她也用怨恨的目光剜一眼古金，上班去了。

古金一天里心神不宁，好不容易熬到晚上回家，看到伊伊正趴在茶几上写作业，吁了一口气。伊伊不看他，仍在生气，别着劲。但古金不在意，反而有些欣慰，因为伊伊，没有像别的孩子那样，玩离家出走，在当今的社会，这算是好孩子了。

然而，古金那一巴掌，将父女之间的感情断送了。从此，伊伊再也没跟他说过话，林芝秀劝她多少次也没用。面对伊伊的冷脸，古金心里很平静，他只是变得沉默。他确实没有什么本事，在这个物欲盛行的社会，他老老实实上班，买上这么个小房子，已经尽了最大的努力，把骨髓都榨出来了，还要让他怎么样呢？孩子自然有明白事理的那一天。

伊伊开始发愤学习。她决心要考上大学，离开这个小得透不过气来的家。古金夫妇的心，为孩子这样发愤而暗自高兴，表面上屏心静气，生怕打扰了伊伊。高考那年，为了支持伊伊，夫妇俩从卧室里搬出来，让伊伊住进去。伊伊也没客气，由着父母折腾床铺，喇喇地享受他们的服务。伊伊骑自行车上学，晚上放学跟同学一起回来，古金每晚去胡同口他们分手的地方接她，她不理爸爸，古金也不说什么，只是默默地跟着，伊伊骑上车，他就在后面快步走，一直盯着女儿朦胧的背影。到了家，林芝秀已经给伊伊摆好了夜宵，母女俩说说笑笑，他坐在一边，不敢开电视，拿一本书，默默听着妻女的声音。

幸运的是，伊伊终于拿到了大学录取通知书，到上海去上学了。伊伊过长的胳膊不是残疾，没有影响她的前程，古金夫妇放了心。他们一起将伊伊送到学校，这也是他们结婚近二十年的第一次全家旅行。分别的时候，伊伊抱着母亲哭，然后用泪眼瞥一下父亲，仍是没有说话。古金向伊伊的背影扔去一句话："孩子，在上海混个样子出来，别像你老爸这么没出息！"

孩子只是家庭成员的三分之一，可一旦离去，家里竟像空掉了一半，哪怕房子这样小。古金夫妇从失魂中缓过来，喘口气，在这"解放区"的天地里，开始重新安排生活。

林芝秀又恢复了干净整洁的习惯，把地面上的东西都清理了，该扔的扔了，该送人的送人，该放进吊柜的也整理好，然后站在梯下，一摞摞递给古金。清理吊柜自然是古金的事了，林芝秀站在下面，仰着脖子指挥。他们把双人床又折腾回卧室，把伊伊的折叠床收起来，家里终于客厅是客厅，卧室是卧室，功能明晰了。

　　从现在开始，他们不多的工资收入，要分成三份儿，一份儿要确保伊伊上大学的花销，一份儿要还所剩不多的贷款，一份儿要维持夫妻俩的日常生活。两个人的日子简单多了，吃饭能对付就对付，穿衣呢，也就林芝秀，一年添个一两件新衣，让自己不至于太落伍。他们终于可以舒服地看电视了，想看到几点就看到几点，不必担心影响谁休息。他们有时也在晚饭后出去散散步。在林芝秀看来，这有认命的意思。古金没什么本事，跟他在一起，日子就是这样，永远不是期望的那样，但他人还不坏，他们都是中年人了，没有资本折腾了，等老来做个伴儿吧。

　　伊伊上大学的第一个假期回来的时候，古金和林芝秀提前就把她的床支好了，她会用到的东西，也提前从吊柜里拿下来。但是，他们失望了，伊伊说要跟同学去什么地方，参加社会实践，不回家了。他们一直等到春节临近的时候，伊伊才不得不碍于传统，回来住了几天，还没到开学的日子，又走了。她仍没有跟古金说话。她显得意气风发，对未来充满期望和信心。

　　古金并不计较伊伊的态度。伊伊走后，他把她的单人床收起，东西重新放进吊柜，在清理女儿的东西时，他觉得跟女儿并没有什么距离。暑假的时候，他们仍是做好了伊伊回来的准备，但伊伊没回来。以后，她也只是每年春节回来几天。他们知道，她不喜欢这个小房子的局促，不愿意面对曾经给过她一巴掌的父亲。伊伊也表示过，毕业后也不回来，要留在上海找工作。

　　"但愿她过得比我们好。"夫妇俩谈起伊伊，总是这样说。

　　没有伊伊的家里，爬高到吊柜存取东西，就一直是古金的事了。他是成人，伸手向上，不会让他的胳膊再长长，却渐渐成为他的习惯动作。他早晨去有健身器材的公园锻炼身体，喜欢到单杠下面，做几个引体向上。走路在人行道上，他会伸手去触头上的树枝树叶，貌似精力过盛的年轻人。偶尔到亲戚或同事家做客，他忍不住要伸手向上，测测人家房子的层高……

亲友同事们，都劝古金再换个大点的房子，古金用微笑搪塞而过。贷款还完后，他和林芝秀又积了点钱。他们的想法是，伊伊将来在上海发展，那地方的房子更贵，若不是发大财，年轻人是买不起房子的，他们能帮一点是一点。

伊伊毕业后，真的在上海找了工作，她的过于引人注目的长胳膊，没有给她的就业带来不便。她一时还没有买房的打算，因为她还没有男朋友。没有男朋友，却是因为她的腰身和胳膊过于长。这多出来的一截，竟成为她作为一个女孩子的缺陷，一种丑。她自己倒没有挂在心上，古金和林芝秀替她急，想发动亲戚同事朋友，帮忙找一个，可就算找到一个不嫌弃伊伊比例失调的人，他能去得了上海吗？伊伊也不想回来。夫妇俩放下这念头，一心攒钱了，他们明白，这才是刀刃般的帮助。

奇怪的是，不测的风云，往往出现在穷人的头上、失意者的头上、中年人的头上。一个星期天，夫妇俩打扫卫生，清理东西，古金帮林芝秀往吊柜里放东西的时候，毫无理由地从五步梯上栽下来了。

古金脑子里长了个恶性肿瘤。

林芝秀没有告诉他实情，说是良性的，动个手术就好。古金信了，他想治好了病，还能上班，还要给伊伊存钱呢。林芝秀要通知伊伊回来，古金不让，说孩子工作忙，就别让她分心了。林芝秀也想，一个脑袋的手术，醒过来，过两天就能动能走，她一个人护理也够了，还有亲戚帮忙。伊伊呢，以后再告诉她吧。

古金的手术很顺利，问题出现在住院恢复阶段。一天，医生和护士长来查房时，他截获了他们交流的一个眼神儿。回想林芝秀经常红肿的眼睛，猜猜给他的用药，他明白了。他对林芝秀大发脾气。如果他早知自己是不治之症，拖几天、几个月、几年，还是不到岁数就要死，他就放弃治疗。他虽然有医保，可按规定自己还要负担百分之二十，他算了一下，治疗告一段落出院后，那个自付的数字，正好是给伊伊存下来的钱。他骂起林芝秀。林芝秀不敢还嘴，只流泪。他骂着骂着，突然挣扎了几下，昏过去了，再也没醒来。

他死时，姿势是伸手向上的。

伊伊抱着母亲，哭得失魂落魄。她个子比母亲高，林芝秀根本填不满她的臂弯，如果再加上古金，一点问题也没有，她多么想这样把双亲抱在一起，显示一下她长臂的价值，可是，没有机会了，听到母亲说起父亲的好，如何为她存钱，要帮她在上海买房子，她哭得更厉害。"我早就原谅爸爸了呀，我应该早点回来看他……"毕业这两年，她换了好几个工作，那双过长的胳膊，不影响她活着，却总在给她的形象减分，而她的能力才干，又并不像她的手臂那样过人，所以，她终于体会到了世事的炎凉，闯江湖的不易，她早就理解了父亲，理解了一切住在小房子里的人，一切穷困的人。听母亲说，父亲死时伸手向上，伊伊想，父亲是在够天堂吧？他一定够到了。

伊伊发过誓，要离开这个小房子，再也不回来的。但是，情况变了，这个小房子，当初伊伊离开，空了一半，现在古金永远去了，林芝秀觉得空了大半。"回来吧。你一个女孩子在外面，我也不放心。"

于是，伊伊又回到了这狭窄的小天地，当空间变得狭小，母亲的心就不再空了。

林芝秀继续恐高，从不碰梯子；伊伊继续厌恶吊柜，也不碰梯子。好在，她们共同住在卧室里，那个衣柜，两人也勉强够用。其他的东西，就堆放在低处所有空闲的地方。

日子貌似无忧，林芝秀心里却无时不在挂虑着女儿的婚事。她发动亲戚朋友和同事，给伊伊介绍对象，可看了几个，伊伊不敢有意见，都是小伙子，被伊伊过长的手臂吓到了，再也不露面。伊伊开始恐相亲。"妈，我不找对象了，一辈子陪你算了，咱俩这样过不是挺好吗？"林芝秀不气馁。"别傻了，女人要开花，要结果。"她又给伊伊找到一个小伙儿，叫松山。伊伊见了，没什么意见，松山也非常难得地对伊伊没什么意见，只是多看了几眼伊伊的手臂，关系就定下来了。

却是林芝秀先嫁了，古金去世整三年后，她嫁给了一个刚退休的老头儿。

事情来得突然，伊伊觉得别扭。林芝秀就这么耐不住了吗？就不能等女儿出嫁后再嫁自己吗？伊伊觉得林芝秀简直是丢人，而且那老头比她大了上十岁，伊伊只见过一次，极不喜欢。

林芝秀的再嫁，没有任何形式，没有任何动静，只是悄悄地，搬到那老头儿的家里去了。她还有两年才退休，因此他们协议，林芝秀可以住在老头的房子里，但各人的工资各人用。

伊伊的恋爱谈得很顺利，松山人很老实，对她也关爱体贴。松山的家在外地，因而经常到到这小房子里来，帮伊伊洗衣做饭，打扫卫生，有时就住下不走了。国庆节休假，伊伊开始清理房子，为结婚做准备。先父的东西早就处理了，母亲的东西再嫁时带走了，家里到处都是伊伊自己的东西。她看到了那个五步梯，经过多年的使用，它已经陈旧不堪，塑料边缘被阳光晒成了灰白色，台阶磨得斑斑驳驳，好在，还结实，还能用。她抬头望了望那些吊柜，里面装的是什么呢？清理一下，装结婚置办的被子吧。开始，她嫌麻烦，没用梯子，站在板凳上，伸手向上，打开了吊柜的门，但里面的东西却够不到，她只好又搬来梯子，踩上去，继续伸手向上。她惊讶地发现，里面装的全是她的东西，各个时期的都有，儿时的玩具，从小到大的衣服、课本、作业本、书包、童话书、其他的课外书……这分明都是父亲活着时放在这里的。她拿起一本童话书翻动着，她又看到了"天堂"二字，她想起她看这本书，还问过母亲，什么是天堂。伊伊一边整理东西，一边对松山谈起了父亲。谈自己对父亲的伤害，谈父亲的死，谈父亲对她的爱。

松山对已死去的准岳父，仍是没什么感觉。伊伊却只谈着他。松山说："难道你妈妈不爱你吗？她是为了给你倒房子，才又结婚的，她当时给我开的条件就是，我们结婚后住在这房子里，她搬出去。"林芝秀算对了，这些年来，人们期望房价下调，可房价却不可思议地扶摇直上，年轻人要买得起房子，没有父母的帮助，简直是奢望。这一个小伙子，人很老实，会对伊伊好的，但往往，老实的人，能力是有问题的，他绝买不起房子，伊伊有这个房子，就有了一半的优势，至于胳膊过长，顶多有点怪异，能影响什么呢？孩子照样生，日子照样过，他要会算账，会同意这门亲事的。

伊伊张嘴看着松山，松山吓坏了。"伊伊，我发誓，现在我是真的爱你。"

"等我回来再跟你算账！"

伊伊丢下松山，一口气跑到林芝秀和那老头的家。林芝秀正给老头洗脚，被女儿撞上，有点难堪。老头儿对林芝秀说："可以了，伊伊来了，你去买点菜吧。"林芝秀倒了洗脚水，老头儿又让她泡了一杯茶，才让她走。伊伊说："妈，我陪你一块儿去。"她发现，林芝秀嫁的是一个自私的老头儿，他没给她买菜的钱。他腿脚还很利索，却要林芝秀给他泡茶，端洗脚水。听说，房子的卫生要她一个人打扫，一日三餐更要伺候到位。他分明是找了个保姆！

"妈，他怎么能这样对你？离开他！"伊伊的心里梗着什么东西。

"别傻了，妈挺好的。妈喜欢住在这个大房子里。"林芝秀一脸平静。

"你怎么能忍受这样一个自私鬼？回家住，我和松山租房子结婚。"

"别胡闹，伊伊，结婚后跟松山好好过，别嫌那房子小，别嫌搬梯子麻烦，幸福跟房子大小没关系。"

伊伊说服不了母亲，又不愿再见那老头，就从菜市场直接回去了。一路上，眼泪一拨接一拨地涌。快三十岁了，她才知道，什么是天堂。天堂不只在天上看不见的地方，天堂可以在任何地方。

康复锻炼

当任松芳能在家人的搀扶下，抖着腿在床前挪动几步的时候，医生告诉她丈夫老杜，下一步带她去康复中心理疗吧。那里有专门的按摩师，有各种花样的医疗器械，可以恢复她肢体的肌能，慢慢地，她就又能像从前一样，自由地东奔西跑了。所以，老杜和儿媳素梅就带她来了。出发前，素梅给她梳了梳头发，原来染黑的长发早就在病床上剪短了，白发根有一寸长了，没有刘海，前面贴着头皮，底边齐刷刷的，齐着耳垂，把她变成了标准的大妈，连她自己都吓一跳，但她顾不上了。原来她最喜欢穿的裙子，这一病也不方便穿了，素梅给她买了条肥大的黑色休闲裤子，一件同样肥大的碎花短袖衫，直筒筒地套上身，加上她苍白虚胖的脸，不说话，活像个老年痴呆患者，虽然她的记忆还只是恢复了一部分。但她不想为了证明自己有多清醒而说什么，她现在很少说话，他们说，走吧？她只顺从地说，好。连镜子也没照一下，他们就把她抬到轮椅上，推上电梯下楼，再抬上车。天空是了无生气的淡蓝色，街道上的噪音使她脑子里嗡嗡的。

康复中心的那些辅助治疗器材都集中在二楼一个阔大的厅房里。什么步行阶梯、跑步机、电动走步机、辅助步行训练器、减重步态训练机、上肢协调功能练习器、肩关节回旋训练器、手指肌能训练桌……都是为任松芳这种中了风又捡回一条命又幸运地能站起来的人准备的。实际上，很多器材她是叫不出名字的，她目前能用上的训练器就是那款减重步态训练机，一个黑白相间、张牙舞爪的庞大而冰冷的家伙，它会通过吊带调控，减轻她的身体重量，以便她能以合适的程度站立、行走和下蹲训练，循序渐进，没有危险。

开始几天，有两个治疗师站在旁边，纠正她的步态偏差，每次虽然只十五分钟，她也做得艰难，一身大汗。今天，治疗时间要增加到半个小时，而且治疗师忙不过来，由老杜和素梅帮她。他们先让她在床上躺着休息了一会儿。在自家人面前，她突然感到懈怠，不像在医生面前那般努力，她一点也不想动。老杜说："起来上机吧？"他笑眯眯的，像欠了她什么。实际上，他以前对她大打出手的时候也有，他们是一对怨偶，吵了一辈子。大概因为老杜还讲究"糟糠之妻不下堂"的古训，所以才没有离婚。在这个世界上，他们是那种缺点很多的人，绝不是坏人，但也谈不上是令人尊敬的大好人，所以他们计较着对方，纠结着生活。这一次大病，她发现很多事情一下子改变了，包括她自己。

老杜没听到任松芳的回答，就走过去要扶她起来，刚弯下腰，儿媳素梅说话了。"别管她，让她自己起来！"

这声音随意而坚决，镇住了老杜，他直起腰，笑笑，看着老婆说："你自己试试。"

素梅又补了一句："妈，这是为你好！"她虽然这样说着，却是站到了床的另一面，时刻准备着帮婆婆的忙了。

任松芳躺在那里笑起来，她忽然有种幸福感。出院后，她已经习惯了素梅的这句话，"这是为你好！"素梅命令她自己穿衣服，自己吃饭，吃饭还不准用勺，要用筷子，上厕所让她自己提裤子，哪怕她只一只手能动，另一只手还是麻木的。每道命令后面都跟上一句："这是为你好！"她现在不去怀疑这句话的真诚，也许里面含有乘人之危整治她的成分。因为婆媳间曾经历过一场恶战，婆婆打了媳妇，媳妇也打了婆婆，本来一年多不来往了，春节时，碍于传统习俗，一家人聚餐，儿子劝媳妇给父母敬酒，素梅倒是敬了，但是什么也没说，老杜喝了酒，任松芳只端了下酒杯又放下了，之后仍是互不来往。这一病，素梅逮着多好的时机，报仇血恨什么都不耽误，还赚了孝敬的好名声。不过，你能说她是恶意的吗？她让婆婆自己穿衣服，任松芳把自己当成半身不隧的病人，以为自己穿不上，竟然真的穿上了，她吃喝拉撒所有的能力，都在这逼迫下一点点恢复。对素梅，她还能说什么呢？

她蹬着脚，把身体向右侧转动，用她有些力气的右手撑着，慢慢抬起上半身，又慢慢挪动着右腿，斜坐着，这时素梅才弯下腰，帮助把她麻木的左腿小心搬正，跟右腿并齐垂下床，老杜则扶着她的肩膀，以免她摔倒。她慢慢站了起来。

"爸，你松手，让她自己走。"素梅也松开了手，站在一边，看着婆婆。

减重步态训练机就停在任松芳正前两米远的地方，她盯着底部的黑色踏板，感到周身的血液都涌到脚上。仿佛在等待一个鼓点，一个节奏，她过了十几秒钟，才试探着迈出右脚一小步，两腿战战兢兢，左腿等了一会儿才跟上。她摇晃了一下，老杜和素梅及时扶住了她，然后放开手，让她继续向前迈进。她再次迈出右脚。谁还记得自己儿时学步时的情景呢？任松芳怎么也不会想到，自己一个性格强悍的女人，竟然弱到这个份儿上，要重新学习走路了。岂止身体弱、腿脚弱，她的心理也弱了。她乍着两手，努力保持着平衡，小心地移了一下左腿。

"妈，你表现真不错，加油！"素梅向老杜眨眨眼。

老杜会意，也夸了一句："比前两天有进步了。"

任松芳不说话，不敢分心，盯着她要去的地方，世界缩小为一个布满器械的大厅，她的路只有短短的一小截，这是她眼下唯一能掌控的事。她再也不能掌控丈夫、孩子，不能掌控他们共同创下的家业，她没想要再去掌控什么了。

用了五分钟，走完两米的路程，她已经满脸是汗。素梅掏出纸巾给她擦了把脸。大厅的另一头，一个肩部受伤的小伙子也在锻炼，器械发出嘭嘭的响声。她回头瞧了一眼，又盯着眼前自己要用到的家伙。

老杜说："先练站位的吧。"他正对着站位的一边，欲把老婆往上拉。

任松芳挣扎了一下，转头看着素梅。

素梅说："刚才走了半天，累了，先练坐位的吧。"

"好，好。"任松芳顺从地由着素梅的牵引，慢慢往训练机的右边移步。

"你听素梅的，不听我的？你不知道，是我救了你，是我把你拉到医院来的，要不是来得及时，你现在能有这个样子吗？"老杜笑着逗她。

的确，开始的几天，任松芳一直昏睡着，老杜有点害怕，担心她再也醒不了，也死不了，成为植物人。又过了几天，她醒过来了，能认出谁是谁了，但是不能说话，胳膊腿都不能动，大家又担心她会瘫痪。好在，她能吃东西，胃口不赖，很快一边的胳膊腿能动了，嘴巴是歪的，但能说出简单的话了，虽然口齿不清。又过了一阵子，嘴巴不歪了，舌头不够灵活，但能说出长句子了，记忆也开始一点点恢复。大夫查房时看着她说："你很幸运，发病的第一时间就来了，不然后果很难说。"老杜问她："你记不记得怎么来医院的？"她直摇头："不记得。"老杜告诉她，那天晚上，他们和老齐两口子在外面吃饭，回到家她急急忙忙先去了卫生间，刚进去就传来老大的响声，他跑过去一看，她倒在地上昏过去了，赶快开车送她来了医院。

她昏迷的几天，谁来看她了，她不知道，清醒的时候，谁来看她，她不能说话，笑笑算是打招呼，然后就听老杜跟人家说，她如何进了洗手间，他如何听到响声，如何送她来医院。然后那些人就安慰她，说她真是万幸，说她有福气。她一个劲地点头。很多事情，她慢慢想起来了，可奇怪的是，她怎么来医院的，死也想不起来，只能相信老杜的说法。当她能把话说清楚一点时，来了人她就说老杜的好话，而过去，说起老杜她是一肚子怨言。

素梅搀着她，慢慢坐到类似自行车座位的小座上，老杜在仪表盘上调着数据，突然，他裤兜里的手机响起来。他站到一旁，掏出手机喊起来："是老齐啊，回来啦？我和你嫂子在康复中心……"他踱到窗口那边去了。

"老齐？"任松芳看着老杜的后脑壳，嘟囔了一声，若有所思。

"妈，咱们开始吧。"素梅催促着，将婆婆的左脚放进小踏板的套里，又转到另一面去放右脚。她耐心而小心的样子，让任松芳心里很舒坦，也有些感动，便乖乖地配合着。

任松芳在病床上醒来开始认人时，素梅正在水盆里投毛巾，准备给她擦脸。但那时她还不能说话，只是愣眼看着素梅的举动，看了半天。这一次，她不能像春节吃饭那次，端着架子，挺着不喝敬酒，她瘫躺着，还能端出一个什么样的架子？她成了羔羊，任人摆布，心气再也抬不起来了。老杜告诉她："你病了这段时间，可把素梅累坏了，孩子送回娘家去了，天天在这侍候你。"素梅表情淡然，将温湿的毛巾捂上她的脸，她的泪都让素梅顺便擦走了，素梅看到她的眼睛发红，就说："妈，你安心养病，别想太多，这都是我应该做的嘛！"就此，婆媳冰释前嫌。想想当初的事情很简单，无非就是她给孙子买雪糕吃，叫素梅看见了不高兴，这个问题素梅说了多次了，说让孩子吃凉的不好，可做奶奶的惯孙子，哪里肯听媳妇的，两人一句顶一句，都是好强的人，最后事情就闹大了。若不是这场大病给了素梅一个表现的机会——她不表现也说不过去，她们一辈子都要僵持着。可为什么病的是她呢？她疼孙子有什么错，老天要这样惩罚她？

不过，她没有力量来纠结这些了，可以说是被迫接受了这一切。她两手紧紧抓住牵引绳上的把手，一下一下，慢慢蹬着腿，她一心一意要快点好起来，若还有什么心思的话，就是时不时地观察一下素梅，猜想她来照顾她，几分被迫，几分诚意？老杜把木器厂的管理放手交给儿子后，儿子忙得只是几天才来看一次老娘，女儿嫁在外地，来了几天又走了，靠老杜一个人照顾病人是不行的，他又不是照顾人的料。

老杜的电话接了足有五分钟。他踱回来，看着老伴儿说："老齐两口子一会儿要来看你。"

"老齐？"任松芳停止活动，看着老杜思索了一下。"噢，好长时间没看到他们了。"她的脚又继续活动起来。

"你想起他们了？他们去上海儿子家住了一个多月，刚回来，听说你病了，非要来看一下。"老杜说。

素梅问："大老远的，怎么不多住些日子？"

"他们亲家有事，让他们暂时去给看几天孩子，现在不用他们了，上海天也热了，就回来了。"

"在那人生地不熟的，多没意思。"任松芳盯着自己的脚说。

看看时间差不多了，素梅说："下来吧，换到那边再练一会儿。"

任松芳停止活动，自己将右脚从套里抽下来，素梅蹲下身，帮她把左脚抽下来，然后和老杜两人架着她，慢慢挪到左面去。她觉得老杜的手搭在她的右臂上很轻，轻得像是敷衍，不知道是否是因为她右侧相对灵活，他不需要用力的原故。她的左半身，整个都是沉沉的，没有一点灵性，虽然左臂还是麻木的，但她也能明显地感觉到，素梅在用力支撑着她，而且稳稳的，她左臂里还没有苏醒的神经感觉不到素梅手的温度，但她的骨头感到了她的力量。这孩子手脚麻利，能干是真的，就是脾气太大，能有如此的耐性也不容易呢。

她的右脚慢慢踏上步行踏板，头几天她的脚都不敢伸上去，她怕她住院吃出来的这一身肉膘，把人家机器压坏了。现在不怕了，她只怕踏空，摔了。这一病，处处都觉得没有安全感。等她把脚摆正了，素梅说："来，我们三个一起使劲，一二三！"她便一下子站到踏板上去了。等她站稳了，素梅又把牵引绳给她拉过来，帮她握住了把手，给她调好了升降范围，让她慢慢做下蹲训练。她看了素梅一眼。素梅笑吟吟地鼓励她，她在这笑意中找不到虚假的成分，慢慢蹲下去。老杜夸张地伸着手，做保护状。她说："素梅，你去床上坐着歇会儿，你爸在这就行了。"她想起清醒过来后，来看她的客人都要夸素梅几句，她不记得素梅是如何侍候她的，但大家都这么说，她不得不信。

"我没事，让我爸去坐吧。"素梅用手抹了一把额上的汗，又用纸巾给婆婆擦脸上的汗。

"那好，你小心，我是有点累了。"

老杜退到供任松芳休息用的单人床边坐下，掏出手机，开始查看短信。任松芳再次下蹲的时候回了下头，"妈，你小心。"素梅提醒了一句，她没理会，心里有点发躁了。老杜说不准又在给哪个狐狸精发短信吧？男人之间都是通话联系，发短信的一定是女人。以前，她经常能在他手机上看到露骨的短信，这一病，顾不得了，这男人的毛病会因为她的病而收敛吗？他是良心发现悔改了，还是觉得方便了更放肆了呢？心里这么一颠簸，她起身时歪了一下，素梅急忙扶住了她。

她叹了口气。素梅说："累了吧？"话音未落，电梯"叮"地一响，门"哗"地开了。

"嫂子！"

任松芳扭头一看，老齐张着手臂走过来了，妻子静静地跟在后面。他抱了一下任松芳，嘻笑着说："认得我不？"

"认得。"任松芳笑。

"她是谁？"老齐指指他妻子。

"萌姗嘛。"

大家都笑，素梅把婆婆扶到轮椅上坐好。老杜执意让老齐夫妇在床沿上坐下，他和素梅站着，几个人围成了一个小圈。

在老杜的朋友圈中，老齐是任松芳最不喜欢的一个，油腔滑调的，在外面还有女人，跟老杜两个，互相打着掩护。有一次，她在老杜车上发现一双男人的旧皮鞋，老杜说是老齐的。她问："老齐的鞋怎么放你车上了？""兰经理给他买了一双新的，他在我车上换上了，忘了把旧的拿走。"话一出口，老齐做了个鬼脸，她知道他说走嘴了。兰经理是个女人，开着一家服装加工厂，有时候她跟他们一起去喝茶，原来还不只如此啊。

任松芳看看萌姗，心想她在家里也这么安静吗？她对老齐的所作所为知道多少，她会怎么对他？此刻，她对任松芳笑笑。"嫂子，你恢复得挺好。"

老齐说："看来老杜侍候得挺好。"

"对，"任松芳说，"老杜这回表现不错。"

老杜说："我没办法不是，其实受累最多的是素梅，多亏了她。"

"素梅是很能干，好样的。"老齐说。

萌姗也说："素梅是个孝顺孩子，现在的年轻人，有几个管老人的?"

"是啊,这一气可把素梅累坏了,我都心疼了。"任松芳作为回报也夸起了素梅,心想老齐两口子是知道素梅跟婆婆打架的,这样说素梅的好话,怎么听都觉得言过其实,不过,她明白他们这样说也是好意,不让素梅高兴,能更好地照顾她吗。

"我这都是应该做的,"素梅拍了一下婆婆的肩膀,刚好是有感觉的右肩膀,任松芳觉得素梅的手是有诚意的,只听素梅继续说,"多亏了我爸,发现得早,送得快。"

老齐问:"嫂子身体一向很好,怎么忽然出了这种事呢?"

老杜又重复起每次客人来探视他说的那一套话,任松芳去厕所,他听到嘭地一响,进去一看,老婆子歪在地上,他赶紧抱她上车,闯红灯到了医院,一刻也没耽误。于是老齐两口子又说了些吉利话,什么嫂子福大命大必有后福呀,什么老公体贴媳妇孝顺呀。等围绕病人的话题说得差不多了,任松芳问老齐:"兄弟,你们是什么时候去的上海,怎么不多住些日子?"

老齐诧异:"嫂子,看来你的记忆还没有完全恢复,我们走的头一天晚上,老杜和你不是给我们送行了吗?那天晚上我没少喝,老杜没喝,你们开车不是先送我和萌姗回家的吗。"

任松芳只觉得脑子里电光一闪,劈开了黑暗,记忆的盲区又拓展开了一片,好像有一盏光线强烈的灯照射着一个场景,她看得清清楚楚。是的,那天晚上,还有一个老乡也在场,极力劝酒,所以老齐喝多了。萌姗扶着他上了老杜的车,坐在后排,那老乡坐到了副驾驶位上,任松芳也坐进后排,挨着萌姗,她的手触到座位上一件柔韧的东西,说了声"这是什么东西",举起看了一眼,立刻攥进手心里不吭声了。萌姗和老齐都问什么东西,她淡淡地说没什么。老杜在前面装作没听到,悠悠地开着车。她一路无话,压抑着自己的火气,终于熬到只剩下她和老杜,她仍是没说话,老杜感觉不妙,也没说话。等两人上楼进了家门,她攒足了劲,将手心里的东西"啪"地摔到老杜的脸上。"看看这是什么东西,你干的好事!"老杜愣一下,心虚脸热,摸一下疼处,将掉在地板上的避孕套捡起来,扔进了卫生间的垃圾桶。她追到卫生间。"你把厂子交给儿子,就是为了有时间找女人鬼混是吧?在哪儿混不好,还玩起了车震,今天晚上要不是我反应快,你丢死人了。"老杜不吭声,转身要出去,这态度更是在她聚积的火气上淋上了明油,她瞪起眼睛吼道:"你给我解释清楚!"老杜回头看着她。"有什么好解释的,你不是知道了吗?""你这个老流氓……"老杜回手甩给她一巴掌。她呆愣片刻,抄起拖把向老杜身上抽去,一边狂舞着拖把,一边和泪声嘶力竭地骂。老杜逃出卫生间,却听到"嘭"地一响,回头看,任松芳倒在了坐便器侧旁……

以后的事,任松芳就不记得了,但她相信是老杜把她送到医院的,家里只有他们两人,不是他是谁呢?他成了她的救命恩人,生活如此令人烦恼,却没有人想死,有时想到死,也只是想想罢了,终究战胜不了贪生的本性,所以,要无条件地感谢救命的人。她张了下嘴巴,看了老杜一眼,对老齐夫妇说:"我现在有的事能想起来,有些事还想不起来,那天晚上的事没有一点印象。"

萌姗说:"嫂子,想不起来的事就不要想了,不要找累挨,安心养病才是最要紧的。"

老齐也说:"对,从现在开始,你谁的事也不要管,重新开始自己的人生。"

以老齐夫妻对老杜的了解,加上那天晚上车里的情形,他们可能不会相信老杜的话,看他们的神情,也不太相信任松芳的话,但她管不了那么多了,她只能说:"好,听你们大家的话,好好锻炼,好好活。"

这时,萌姗向老齐递了个眼神儿,夫妇俩相继站了起来。萌姗说:"嫂子继续锻炼吧,我们不打扰了。"

素梅说:"没关系。"

老齐对素梅说:"素梅你辛苦些,好好照顾你妈。"

"没问题。"素梅笑笑,语气爽快。

"你嫂子现在还离不开素梅了呢,就听她的,她让干啥就干啥。"老杜说。

大家都笑起来。告辞和送别的话说完了,老杜对素梅说:"你陪你妈再练一会儿，然后上楼去按摩，我出去办点事，一会儿回来接你们回家。"素梅爽快地答应一声，老杜就跟老齐夫妇下楼去了。

电梯的门刚关上，任松芳说："推我到窗那边，我想看看风景。"

她看到院内的法桐树，叶子安静地垂着；院子里的水泥地面灰白的，一辆出租车驶进院里来，下来一个挂拐的人，由健康的人陪着进了大楼；她看见老齐两口子开车走了，老杜也钻进自己的车，开走了。真的有什么风景好看吗？她无非是想看看老杜离去的样子，她怀疑老杜是溜出去找那个女人了。紧接着，她想起了医生的忠告：凡事想开点，不要再生气，再中风一次就没这么幸运了。

素梅说："妈，抓紧时间吧。"

"好。"

任松芳顺从地将脸从窗口转过来，任由素梅推着她离开了窗口。轮椅上的小轮子咕噜咕噜响，素梅的气息在她头顶微微地飘动着，一种安然幸福的感觉流遍全身。她宁愿相信素梅是真诚的，不然她不会有这种感觉。想想那些密切的接触，端屎倒尿，洗脸梳头，穿衣喂饭，她真切地感觉到了，她们的关系在一步步康复。也许有那么一天，她们会达到无缝连接的贴近与默契？

她们又回到步态训练机前，素梅扶她站起来。"来吧，妈，继续锻炼。"

她说："好，继续锻炼。"

新冷空气

1

到底还是不一样了。

他们现在坐在沙发上看电视的姿态是悄悄排斥的，稍稍拉开了距离，看似正常，却暗藏着生分，如何处理两人之间的沉默是个问题，于是，他们都盯着电视屏幕，装作投入的样子。

弗洛伊德一百多年前就说过："大多数的婚姻的结局是精神上的失望和生理上的剥夺。"还说："要消受得起婚姻的磨折，一个女子必须特别的健康才行。"一百年来，有多少人的婚姻验证了伟大心理学家的话？它不会有科学的指标，也许只是个人感受和观察所得，但是，韦娜看到这两句话时，即刻被套牢了，她思量着，她简直是为了证明这两句话而生的。她得了乳腺癌，幸好是早期的，因为当时她才28岁，没有孩子，医生的治疗极端凶狠彻底，认为如此她才不会复发，可以高枕无忧地履行她的生育职责，完成她生命的旅程。他们先给她放疗，而后是化疗，将癌细胞杀干净了，再将她推上手术台，把她的两个乳房都掏空了，只留下白晰的皮囊。

当治疗结束，韦娜的痛苦淡化，她开始有心思有精力揣摸丈夫王小丁的心思，妻子没了乳房，对丈夫也是一拳重击，术后恢复的一年里，他从没摸一下她的被铲平了的胸脯。她想起他们以前做爱时，他总是要把着她的乳房，他说，乳房是通向女人这扇门的把手，门没有把手哪行。治疗打乱了他们的生活，包括性生活。他们重新恢复做爱后，他没有再说这话，但性事做得有些潦草。

按照医生的规划，手术一年后，韦娜又回到医院做了第二次手术，这次是往她胸前的空皮囊里填充硅胶，医生又为她做了两个比过去更完美的乳房，她不用再戴那种塞着厚厚海绵的胸罩了。刀口恢复后，她让王小丁摸一摸，他伸一下手，还没触到皮肤就缩回去了，他说怕给她摸坏了。但是，有一次她无意间看到他在电脑前看的网页，内容是关于硅胶的，她也曾看过的，一种高活性吸附材料，不溶于水和任何溶剂，无毒无味。

想来，以王小丁的心思，他是在怀疑韦娜是否有感觉吧。虽然她细白的皮肤真切润泽，但那下面的化学物质，她乳房的深处，无疑是没有感觉和情愫的，与他手的温度和信息会有呼应吗？乳房表皮与深层的内容，究竟哪一样构成了女人的敏感和情欲，连韦娜自己也不清楚。

现在，两年过去了，她已经熬过了打击和沮丧期，或者说接受了命运的现实，可王小丁未必。

2

手机里有天气预报，但韦娜喜欢看新闻联播后的天气预报，鲜艳的全国气象形势图，直观而形象的符号，播报员庄重的手势、活泼的讲解，让人对气象有一个整体的把握。哪怕偏居小城，天气也需要整体局势的参考。再者，她是把这当作一个节目来看的，她特别喜欢看宋英杰的播报。

伴着熟悉的音乐，那张由深浅不一的绿色块组成的全国地图刚出来，王小丁的手机响了。他按下通话键，说了声"妈！"，便从沙发上站起来，走到阳台上去了。

韦娜心里忽地堆起了乌云。

生活在鲁西北土县城里的婆婆，最近频频给儿子打电话，而王小丁开始还看韦娜一眼再躲开，现在连看也不看就躲远了。她追问了几次，他说没什么事。她心里很不舒服，感到他们的夫妻关系受到外力的侵入，她正在被排除。

韦娜看一眼阳台上王小丁单薄的身影，想不出婆婆在那边会说些什么，本来她们婆媳关系还说得过去，婆婆那人看上去也不坏，当初对她这个漂亮而丰润的儿媳也满心喜欢，但她没了乳房、体内又残留着化学毒素后，婆婆的态度变得冷淡而诡异起来。年纪大了的母亲有两种类型，一种随着儿子的强大而变得事事听命于儿子；一种是控制欲旺盛，一直不放手，始终在掌控儿子的生活。婆婆属于后一种。可话说回来，母亲的操控能否起作用，这多半也取决于儿子的态度，王小丁是比较配合母亲的，他比韦娜小一岁，在一家外企公司上班，工作能力还不错，可在两个人的生活中，他是没有主见的。

今天播天气预报的不是宋英杰，是个女的。宽大的箭头直指地图的华北一带，她的纤纤玉手优雅地在箭头上划过，说有一股新的冷空气明天会向华北袭来，进而会南下。下午开车从Y城母亲家回来，韦娜感到气温已经在下降了，这会儿她觉得屋子里凉森森的，国庆节刚过，十月是个好季节，冷空气过后，还有一段好时光，她倒不担心什么。只是明天去北京，要找件厚外套带上。

当然，中央台的天气预报，不会报R小城的气温，韦娜还是瞟一眼阳台，再瞟一眼电视画面，各省会城市的天气和气温情况了然于胸，心里便实落了。直到香港澳门的气温报完了，王小丁才重新回到沙发上。

其他城市天气预报的字幕过后，就是广告了，两人的眼睛还盯在荧屏上。多亏了这个媒体，让两人内心的犹疑有个落点和缓冲。她等着他说话，他却一直躲在不断闪现的广告画面上：药品、男装、保险、汽车、手机、食用油……什么时候，两人看电视不再腻在一起，而是拉开了距离，中间像塞着一团看不见摸不着却是闷死人的东西。

到底是韦娜沉不住了，也必须由她打破沉默。

"你妈又说什么了?"她眼睛没离开电视。

王小丁也仍然保持着原来的姿势,但仍是不说话。又一段熟悉的音乐后,就是"焦点访谈""用事实说话",敬一丹出现了。

"王小丁!"韦娜失去了耐性。这段时间,她不再叫他小丁,他也不再叫她娜娜,说话时,称呼能省就省,不得已的时候,称大名。她扭头看着他,将目光变成小钩子,定要把他心里的话勾出来。

"我妈说……"王小丁低头看着自己的脚,"她想让咱们抱养一个孩子。"他起身去了小书房,木在电脑上。

韦娜看着敬一丹的嘴巴在动,根本没有听到她在说什么。愣了有半分钟,她跳起来追到小书房。

"不是跟她说了吗?我不是不能生,医生说是暂时不要生,都两年了,应该没事了,等医生告诉我可以生,我马上就生。"

她明白,婆婆不是不相信她的生育能力,而是怀疑她生出的孩子是否健康,是不相信医生的诊断,不相信儿媳妇的身体。

"做老人的,不是着急嘛。"王小丁尽量淡化语气。

"她急个什么劲?我才三十岁,她就不能等等吗?"

"她也是为咱们好。"

"咱们这样不好?我很快就可以要孩子了,医生说了,孩子不会有问题,没有母乳可以吃奶粉,你不就是吃奶粉长大的吗?我们要自己的孩子多好,你妈要是真为咱们好,就不要掺和咱们的事!"韦娜的声调不由地高了。

"什么叫'掺和',你把老人的关心看成是'掺和'?"王小丁扭头,抬眼瞪着韦娜。

"那叫'关心'?她只关心你一个人吧,每次你们两人嘀嘀咕咕,根本不顾我的感受!"韦娜头晕心闷。这么大的事,就把她这个将要当养母的人给撇开吗?是王小丁一个人的事吗?怎么说这事她是主角,跟她商量才对。

"跟你说有用吗?你会同意吗?"

韦娜呆了一下。"这么说,你会同意?"

王小丁扭回头,嘟囔了一句:"我没说同意。"眼睛一直盯在电脑上。

想想不知什么人的孩子来到他们的生活中,没有他们的遗传基因,长大后成为什么样的人,完全无法掌控,就觉得荒唐。韦娜用坚定的语气说道:"王小丁,告诉你妈,我不同意抱养孩子,我要生我们自己的孩子,请她别再操心了!"

她奔去卧室,"嘭"地打开衣柜,翻找厚外套。她又看到了收纳盒中那堆超厚的胸罩,铠甲一样,便一古脑塞进一个塑料袋里,准备扔掉。现在,她只需要薄款的就可以了。想象一下今后生活的不确定,她感到周身发冷。

3

生病前,韦娜已结婚两年了,有人问她为什么还不要个孩子?她说万一离婚了怎么办?他们这一代,对婚姻没有自信,看到身边的人结了离,离了又结,很多人甚至对婚姻产生了恐惧。

韦娜的担忧来自她婚姻的错位。

本来,她爱的是徐闻远,大学中文系的同班同学。他们同龄,他却表现得像个大哥,对她事事都放在心上,呵护细微。事情出在他父母身上,那是一对财大气粗、趾高气昂却非常小气的夫妻,韦娜的父母跟他们见了一面,觉得受到了轻慢和侮辱,在讨论两个孩子的结婚事宜时,他们说他们有的是钱,但买房子还是应该一家出一半。闲聊时,韦娜父母说退休后打算去各地旅游,他们说,他们可没这闲工夫,也不想把血汗钱扔在路上,撒到山上,投到水上。他们说话的样子,看韦娜一家的眼神,也让韦娜心里不快。

母亲对韦娜说:"那个王小丁不是对你很好吗?"

王小丁是比韦娜低一届的经济系的校友,一直在追韦娜。她觉得他小她一岁,又不是那种能扛大事的人,所以一直把他当小朋友看待。毕业以后,王小丁的优势显现出来,他在 R 市一家外企找到工作,薪水不错,年底奖金上十万,老家在鲁西北小县城,父母就是普通职工，没有什么优越感，更重要的是，R城离韦娜父母所在的Y城只一个小时的车程，所以父母劝她跟王小丁结婚。

徐闻远毕业就去了北京，加入到家族商业中，他们家在北京有六十多个服装分店，他忙得喘不上来气。他父母告诉他，他们将来的儿媳妇，必须热爱经商，与丈夫共同经营生意。韦娜不喜欢做生意那一套，难以担负这一重任，所以，她听父母的话，去R城，考上了报社记者，与王小丁顺利结婚。

韦娜早就听说过一种说法，就是不要与爱的人结婚，不要让爱受到琐碎婚姻的腐蚀和磨损，这是保留永久之爱的最好的方式。与爱自己的人结婚，生活会很幸福，理论上是这样，可做起来没那么容易。结婚的头一年，她和王小丁想法一致，就是暂时不要孩子，他们还没玩够，不想马上陷入庸俗的生活，再者，彼此也要有一个适应磨合的过程。因此，他们的生活，平静中也不乏幸福感。第二年，婆婆沉不住气了，有一次她跟王小丁回老家县城，婆婆在厨房对她说："快生个孩子吧，趁着我还不老，还能给你们带。"韦娜回应她："正在考虑。"可是，她迟迟下不了决心，一直在吃避孕药。当大学时代的闺蜜麦青离婚的消息传来，她更犹疑起来，麦青的恋爱当年谈得热火朝天，结婚顺理成章，怎么这么快就离了呢？连那么浓烈的爱都可以一拍两散，那么她对王小丁温吞水一样的感情，有多少爱可用来耗散？

所以，生育大事就这样拖了下来。她跟王小丁说，她三十岁之前完成这件事就行。这期间，徐闻远有时在QQ上跟她聊几句，有时发个短信问候一下，偶尔也通个电话。有一天他告诉她，家里给他介绍了一个漂亮女友，他觉得还行，家里就给他们订了婚。

这一消息，打破了韦娜内心的平衡，无论徐闻远怎样表白他依然爱她，但他毕竟有了另外的女人了。在徐闻远看来，她不是也有了另外的男人了吗？他们的爱免遭了结合的磨损，却被迫分散了、淡化了。带着深深的失落，韦娜明白原来的想法多么不靠谱，想保有一份不受任何伤害与污染的爱简直是妄想，她不再跟徐闻远联系了。

28岁的时候，她准备生个孩子了，为了这个重大工程，她去医院给自己的身体做了全面检查。现在的医生，不再像过去那样躲躲闪闪，用平常的表情、平常的口吻却是斧劈一般告诉她："你乳腺有个小肿瘤，恶性的。"

韦娜木在医生面前，一句话也说不出。

4

北京已经处在冷空气的侵犯中，好在，它从来不刮大风，有点干爽的冷，却不像 R 海滨小城的大风让人那么难受。韦娜庆幸，等她回去，大风降温天就过了。谁喜欢大风呢，躲一次是一次。

两年前，为了有个完美的治疗效果，她选择来北京处理她的乳房。两年来，她所有的治疗程序，还有后来的一次次复查，都是来北京完成的。一踏进熟悉的医院，她便感到一种亲切，甚至还有种美好的感觉，生那样吓人的病，治疗过程那么痛苦，何来的美好？是因为一段时光一去不返罢了。她老了两岁。

每次复查项目都差不多：乳腺彩超、血液化验、拍胸片或做CT、肿瘤相关物检查……她的病历单子上一直在重复一个代号CA153，这是乳腺癌系列的代号，任何地方，碰到这两个字母，这三个数字，她的神经就会跳一下。人生真荒谬，毫无道理可言，当初她不停地想，她这么年轻，事事谨慎，为什么是她？而且，她看上去那么美丽健康，哪也不疼，是不是弄错了？为她治疗的主治医生白大夫，据说是国内治疗乳腺癌排名前五位的肿瘤专家，五十多岁的年纪，看上去还很年轻，工作热情饱满，对病人也相当和善。他对韦娜说："给你弄错还了得，我这碗饭是白吃的吗？"

这次，韦娜没见到白医生，以为他休班，就没有多问。一个陌生的医生告诉她："你可以放心地要个小宝宝了。"

"真的吗？不会有问题？"

"一点问题也没有，放心吧。"

韦娜欢喜地离开医生办公室，马上给王小丁打电话，告诉他这个好消息。那边声音嘈杂，王小丁说了句："好事，太好了。我正忙，你回来再说。"电话就断了。韦娜治病期间，他因为要上班，是和岳父岳母轮流陪伴的，到了复查阶段，开始的两次他陪着来北京，后来都是她自己来了。想起以前他都是检查没结束就来电话询问情况，这回却没动静，韦娜咂摸起刚才电话里他的语气来，他似乎用匆忙掩盖了一种淡漠。不过，她正高兴，不去认真计较。下楼出了电梯和门诊大楼，就奔住院部去了。

朱蕊是韦娜的病友，家住北京，比韦娜大两岁，没有韦娜幸运，是乳腺癌晚期。她来病房时，正逢韦娜来做第二次手术，她们的床位紧挨着。病房里，韦娜是最年轻的病号，两人成为朋友，不只是因为年龄相近，更因为朱蕊这人令人感动和敬佩。她的病本来是中期的，可当时她怀有身孕，她完全可以打掉孩子，接受治疗，先保住命再说，但世事无常，前程难卜，就算治疗顺利，到她可以再怀孕的时候，都什么时候了？所以，她不听家人劝阻，坚持先生下了孩子。后果就是病程进入晚期。

一个女人可以为生一个孩子奋不顾身，要么是天性，要么是她有一个爱到极限的丈夫。后来韦娜每次来北京复查，都要跟朱蕊见一面，有一次是她丈夫陪着，果然他们的恩爱明显超出一般夫妻，他在饭桌上一定要把鱼刺挑干净了，才把鱼肉夹到她的碟里。但韦娜心里也闪过一个不恭的想法，朱蕊冒死为他生了一个孩子，他哪有不效犬马之劳的道理？到底女人为孩子，可能天性的成分多一些吧。

韦娜见到朱蕊的样子，心头一紧，她没想到这次来是在医院里见到病友，更没想到，朱蕊瘦得整个缩小了一个型号，脸上的肉被恶细胞耗净了。她戴了顶灰色的细绒线帽子，靠在高高摇起的床头。等她丈夫知趣地躲出去，她说："韦娜，我有一个预感，我这次进医院，恐怕再也出不去了。"

"朱蕊，要有信心，也许会有奇迹出现。"韦娜拉着她的手。

"我已经创下一个奇迹了，不会再有了。我不是怕死，我是不甘心。有病才知道生活多美好，有了孩子才知道世界多美好，我真不想让我的孩子没妈。"

在即将到来的事实面前，韦娜一时不知该怎么安慰朱蕊了，倒是朱蕊又找到了话题。"你怎么样了，这回检查，大夫怎么说？"

韦娜兴奋地说："大夫说我可以生孩子了，不会有任何的影响。"

"是吗？太好了，真替你高兴，回去抓紧啊，有了孩子，你对世界的看法和感受就不一样了。"

笑脸对着朱蕊，韦娜心里掠过一片云，婆婆让她抱养孩子的不快又浮起来。也许他们知道这好消息后，会放弃原来的打算吧，所以，她没有提起这一茬，话扯起来会越来越长，朱蕊需要休息。就在韦娜站起来打算告辞的时候，朱蕊又说："你知道吗？给咱们治病的白大夫得了直肠癌。"

"什么？"韦娜看着朱蕊，两个人的眼睛都直直地望着对方。

"一定要珍惜生命啊。"朱蕊说。

韦娜点点头。

"珍惜现在拥有的一切。"朱蕊又说。

韦娜又点头。这平常的话，老生常谈，由朱蕊的感悟而来，让韦娜想哭，像听到永别赠言似的。她轻声却是郑重地说了一句"多保重"，离开了病房。

医院走廊里都加了病床，病人坐着打吊瓶，一楼大厅里，人多得像火车站候车室。韦娜发现，病人比她住院那会儿多多了，这世界是怎么回事？见到朱蕊，她想早些回 R 城跟丈夫在一起，好好商量一下，赶快生个孩子，也许有孩子这个黏合剂，婚姻中所有的人事关系都会联系紧密一些。但眼下，有的化验结果还没出来，她还不能马上走。她踏过法桐树憔悴的落叶，走上过街天桥，然后去地铁站。她约了麦青见面。

5

傍晚，麦青一股风般旋进咖啡店，像抢座位似的坐在韦娜面前。韦娜瞬间闪过一个想法，这老同学就是个"女汉子"，个性太强，所以才跟老公离婚的吧。

"怎么样?"麦青对着韦娜眨巴着大眼睛,像雨刷在刷着车玻璃。

"大夫说我可以生了。"韦娜微笑着。

"呃——"麦青伸出手掌,两人击了一下。

"但是……"韦娜没跟朱蕊说的话,还是跟麦青说了。"他妈想让我俩抱养一个孩子。"

麦青愣了一下,半天冒出一句话:"他们家啥意思?"紧接着又说:"王小丁是啥态度?他很关键。"

"他……"韦娜不知该怎么说。

"我给他打电话,怎么搞的,脑子进水了?"

韦娜急忙按住麦青的手机。"他也没说同意。"

"好,你们的家事自己解决。"但麦青还是拿起手机。"我给徐闻远打个电话吧,你们说两句话吧。"

"这不好吧,人家也已经结婚了。"

"看你,说句话又怎么啦。"麦青白了一眼韦娜,兀自听着手机里的动静。

韦娜心里既紧张,又在盼望着。她是想见见徐闻远的,但她不好主动联系他,麦青给他打电话,事情就自然而然了。麦青在北京做市场营销,有时徐闻远参加展销会时,还要请麦青帮忙呢。今晚若是联系上他,他定会想办法跟她见一面的。

可是,麦青撇一下嘴,做个怪相。"没接,可能忙,没听见。"

"哦。"韦娜眼里的光芒瞬间暗下来。

麦青告诉徐闻远韦娜生病住院的消息后,徐闻远在给韦娜的电话中哭了。那段时间,正好王小丁刚回 R 城,韦娜的母亲来接力。徐闻远由麦青陪着来到医院看韦娜,他在外人面前成功地将自己的情绪控制在平静且同情的范围内,但是此后,他有时间就跑来医院照顾她,韦娜这才发现他心很细,很会照顾人,连王小丁这做丈夫的都没想到的事,他都想到了,做到了。说实在的,韦娜当时很有些悔意。

想起这些,韦娜看着麦青强悍的烫发说:"你说我当时是不是错了,如果嫁给徐闻远会怎么样?"

麦青瞪着眼睛看了韦娜足有十秒钟。"生活中没'如果'。"她们在等意大利面条。

"你知道吗？我住院时，徐闻远家里已经安排她跟一个女孩子登记，但女方母亲张口要两个分店，他很反感，而且他发现女孩子虽然漂亮，却好吃懒做，成天只顾打扮自己，什么都不干，他不喜欢，便一直拖着，不肯举办结婚仪式。他告诉我，他一直在等我，怕我跟王小丁过不长久。"

"你信他的话？"

"信。"

"那他怎么没等下去，还不是结婚了？"

韦娜喝了口带柠檬味的白水。"他没办法。他说登记后，女方家的亲戚都来了北京，分布在各个分店干活儿，他若离开女孩，她会大闹，形势无法收拾，父母逼他结婚。"

"听上去合情合理，但是，韦娜，男人很复杂。"

麦青这话让韦娜心里不太舒服，她说："这面怎么上得这么慢？"她想，徐闻远是怎么回事？没看到有未接电话吗？为什么不回过来？那样，麦青就会让他猜她跟谁在一起呢，她就可以借机跟他说句话。她知道自己这样不对，可心里还是有些烦躁。

意大利面上来了，她们开始吃面。韦娜的心思还在徐闻远身上，她说："王小丁没同意要孩子，但也没坚决反对他妈，搁徐闻远就会不一样。"

"韦娜，你好幼稚，徐闻远还不是听父母的结婚了吗？咱们这茬人，每家都是孤零零的一个，都是家里的宝，怎么可能不受父母的控制？怎么会不妥协？"

"你是说，王小丁也可能会妥协？"

"怎么话又绕到这儿来啦？"麦青喝了一口水。"说王小丁有点早，你这次带着好消息回去，也许他妈就回心转意了呢？"

"但愿吧。我是觉得王小丁面对的问题没有徐闻远那么复杂，他应该更坚定地跟我站在一起才对。"

"问题不复杂，却是一个家庭的大事。他们考虑得多也是正常的。赶快吃面吧，一会就凉了。"

韦娜总觉得有些委屈，又不知道如何跟麦青谈丈夫这个人。一边吃面，心里又在责怪徐闻远怎么还不回麦青的电话？她治疗结束离开北京后，他也时常打电话问一下她的康复情况，有时也在QQ上聊几句，她总是忘记他也是已婚男人了。有一次，那女孩用他的笔记本电脑，看到他的QQ忘记退出，便看了他和韦娜的聊天记录，逼问他是怎么回事，他以实相告，并说以后不会再来往，要她不要闹，否则就离婚。事情是压下去了，但他控制不住自己，又给韦娜打电话，韦娜说："以后不要再联系了，我已经这样了，不想再造孽。"

可她为什么还要失落呢？两个小时后，她们一起去了一趟洗手间，然后离开咖啡馆。躺在如家酒店房间的床上，韦娜又在想，麦青平时跟徐闻远也没有多少联系，一般是韦娜来了才给他打电话，徐闻远若看到麦青的来电显示，就应该想到是她来了，为什么不回话呢，他真的忘记她了吗？他们是有过肌肤之亲的，这次若见面，她不会拒绝他，她想让自己所爱的人摸摸她的乳房，她想知道自己有什么样的感觉，想感知它的存在。这个想法一冒头儿，同时也拉出了"羞愧"这个孪生兄弟，她拉起被子蒙上了头。

6

与韦娜的想象不一样，王小丁并没有为她带回的好消息而兴奋，这与他提前在电话中就得知没有多大关系，她看得出来，他的情绪很平淡。

火车快半夜了才到站，他开车来接她。在公众场所不表示亲热是中国人的习惯，他接过她的小拉杆箱放在后座，拍拍她的背，示意她去坐副驾位，算是亲昵的表示了。冷空气在R城还有一个尾巴，她便从天气说起，说到北京干燥，而她又忘了带保湿霜。她又说，北京医院和地铁里的人都比以前多了。他告诉她，他们公司有个人出了车祸，当场人就没啦。她的心抽了一下，叹息一声。他们好像都意识到正开着车说这种话题不合适，就沉默了。他们都在小心地回避着生育、抱养的问题。

进了家门,他们该有一个拥抱,但是王小丁拎着箱子,直接送到卧室去了,出来又去了厨房。他说:"给你下点面条?"

韦娜站在门厅口,觉得塑料拖鞋有点凉了。她说:"不用,我不饿。"她直接去卫生间洗澡。两个乳房的外侧,各有一条细细的弧形刀口,像一对括号。她每次看着"括号"都会想,在文章中,括号里面的话一般是做补充说明的,那么"括号"中的乳房,简直就像她身体的补充,而不是女性的主体。水在她外表光滑漂亮的乳房上分流而下,留下晶亮的水珠,它们未来不会萎缩,但是会不会下垂?会不会有别的变化?对她会不会有不好的影响?因为表面真皮的存在,她有时会忘记自己乳房的虚假内涵,而暂时快乐起来,在报社里,她有时也参与同事们的说笑,有时也跟关系相对近些的女同事去泡温泉,她穿泳衣的照片比她们都漂亮,但是她们内心怎么想的她就不知道了,全报社的人都知道她的这一隐私。治疗结束重新回报社上班时,她简直不敢见人,她感觉自己像被剥光衣服站在众人面前,每个人都看到了她的平坦,每个人都会一下子想到她超厚胸罩里面是空的。第二次手术后,她才有了一点自信,立志要快乐生活,慢慢地,她自己都信以为真了,婆婆让他们抱养孩子的想法,又使她纠结于自己的身体了。

王小丁已经换好睡衣,靠在床头看手机微信。韦娜上床后,略微犹豫一下,向那边倾斜过身体,靠在丈夫的胳膊上。她想到朱蕊的话,觉得不如此,又能怎样呢?患病后,她早就像认下癌症的事实一样,完全依靠了丈夫,要与他好好白头终老的,凡来到她生命中的人都要珍惜才是。

"累了吧?"王小丁放下手机,伸出一只胳膊搂住她。

她深吸一口气说:"你还记得朱蕊吗?"

"记得。眼睛不大,有点肿,身材还不错。"

"她又回到医院了,情况不太好,瘦得眼睛都凹下去了。"

"哦。"王小丁说,"她也真是的,命要紧还是孩子要紧?她对自己不负责任。"

韦娜抬头看看丈夫,他正看着紫色被罩上的同色绣花。"你们男人不理解女人。"

"不理解女人的缺乏理智?女人做事常常不可理喻。"

眼见着分歧又要产生,韦娜不想再辩驳了。两人沉默了一会儿,王小丁说:"太晚了,明天公司里还有事,你也累了,快睡吧。"

他很快就发出了鼾声。她的眼睛在黑暗中闭合着,却眨呀眨,安静不下来。回想刚才他用胳膊揽着她的样子,感觉那就是一个婚姻中的动作而已,并不代表有多深的恩爱。这么晚了,的确不适合做爱,可他不再像从前那样,即使不做爱,也要摸着她的乳房睡去。

有那么一阵子,王小丁由侧卧改为平躺,韦娜拉起他的手,悄悄地拉向自己的身体,那只睡梦中的手好像感知到她的企图,就抽回去,人又转过身去背对着她了。她庆幸那只手的敏感,如果在她胸脯上醒来,该是多么尴尬。她不由发出一声叹息,声音在黑暗中膨胀着。

7

冷空气过后,天很艳,这对一个人的心情绝对有积极的影响,韦娜整整一天心情愉快,即使看到夕阳,也因为那桔红的明亮而内心温暖。因而她给王小丁打电话,说晚上不想做饭,出去吃吧。

上午,韦娜在报社接到麦青的电话,说徐闻远来过电话了,问她是不是韦娜来北京了?麦青说:"那天晚上他回电话了,是咱们去洗手间时,没听到。"哦,韦娜松了口气,徐闻远没忘记她。她知道不该这样,可这使她高兴,感觉到自己存在的价值。

也许是这件事,使她的心情异常不错?

两人在一家干净的韩餐店相对而坐。旁边的餐桌,是一位年轻的母亲带着一个四五岁的男孩儿。母亲催着孩子快吃,孩子扭动着身体对母亲顽皮地笑。那种温情漫过餐桌,韦娜的心柔软了。

她问丈夫:"给你妈打电话没有?告诉她我可以生孩子了。"她不是不想与婆婆沟通,而是她实在听不懂鲁西北方言,每次跟王小丁回老家,住上一两天也只是听懂大半。

王小丁说:"告诉了。"

"她怎么说?"

"她说知道了。"

这不是韦娜想要的答案,那么冷淡,好像不情愿她生养似的。不过,说到底,这是她和丈夫的事,她不必那么认真计较。

再去看那母子,韦娜思索起来,为什么是母亲带着孩子?孩子没有父亲,还是父亲有事没来?不管是哪种情况,这寻常的一幕都使她受到感动,她内心痒痒地,肚子也痒痒地。她看着那个孩子说:"我现在明白,朱蕊为什么一定要拼死生下孩子。"

王小丁看看那孩子,又看着韦娜问:"为什么?"

"母性,本能,谁能抗拒自己的本能?"

"你们学文科的,想得就是多,孩子生了就生了,没生就没生,都是现象,你想那么多干嘛?"

"我在想,咱们得赶快要孩子啦,免得你妈着急。"

"不差一天两天,一个月两个月,你再休整一段时间,加强一下营养。"

这话听上去有道理,她无话可说。为了不使他们之间出现沉默,她说起一件童年趣事,那是她5岁的时候,她在幼儿园里学男孩子站着撒尿,被老师发现教育了一番,老师又告诉了她母亲,老师和家长共同强调的是,她是女孩子,不可以那样。她知道自己是女孩,她只是模仿,也许潜意识里有羡慕,可随着年龄的增长,她终要承认自己是女性的事实,特别是乳房发育和月经初潮的时候,她明白了自己作为女性是怎么回事。想到这些,是因为她看到那男孩在与母亲玩虚拟游戏,他的空手假装拿起一杯水递给母亲,母亲仰一下脖子,假装喝下,空手把虚拟的水杯还给他。她微笑一下。类似虚拟的游戏,小时候都玩过的,她清晰地记得,她曾和舅舅家的小表哥玩过生孩子的游戏!那时候,她就知道了自己的使命。

王小丁也说起他小时候的一件傻事。十岁左右的时候,他看电视广告问母亲："安尔乐是什么？"母亲想了半天才说："是用的东西。"他又问："我能不能用？"母亲说："你不能用，女孩子长大了可以用。"

韦娜吃吃地笑起来。"对，那时候是有这么一个牌子的卫生巾。"

女服务员用一个托盘给他们先端来四碟韩国泡菜。韦娜接着说："要吃东西了，别再说那些恶心的事了。"又忍不住笑得肩膀抖动。

邻桌那男孩的母亲看一眼他们，眼神闪烁着随喜的光亮。韦娜想，别人眼里的他们一定是幸福的一对，让人羡慕，连她自己也以为，他和丈夫之间似乎经历了什么又重归于好了似的。

这种欢愉的气氛，他们一直保持到回到家里，然后，他们自然而然地做爱了。当然，王小丁依然不摸妻子的乳房，韦娜心里在意，但没有表示什么，她也试图理解他。让她的心陡然下沉的是，王小丁又按部就班地带上了套子。他那么小心，说明他对生育这件事也是有疑虑的，如果他热心的话，那么今晚就可以开始了，他是不抽烟，不怎么喝酒的人，而她这一年也没吃什么药，已经做好了身体上的准备。为什么不能马上开始呢？她一把扯下套子。"我现在是安全期。"其实，她正在排卵期。在没有达成共识前，这个举动也许有些不合时宜，但她多半也是赌气，心想哪会那么准呢？

8

翻开《微精神分析学》，在引言部分，三个自然段过后，非常醒目地出现一段用小字号分行排列的话：

人，

从肉体到精神，

是一个

由很多尝试组成的

尝试

其后，西尔维奥·方迪继续写道："我们每一个人，从出生到生命结束，始终在尝试。"

韦娜似乎找到了她要生育的心理和行为的依据。是的，为什么不去尝试呢？

原来当记者的时候，总是在外面蹿腾着跑新闻，忙着完成繁重的写稿任务，根本就没有时间看书；治病结束重新上班后，报社为照顾她，让她干校对，而且不用上夜班，她每天就是阅读，但是，那都是些什么文字呢？本地新闻、生活知识、时尚指南，以及一些本地作者写的家长里短的小文，却要那样高度认真地读，揪出错别字，实在没意思。今晚，王小丁公司里的人聚餐，她一个人吃了点冰箱里的剩饭，看完电视上的天气预报，就倚到床上来看书了。一个人在家，她也感觉很自在。

手里这本书是早几年在网上买的，当时一边阅读一边画了很多道道，所以这回她只是快速浏览她画过的句子，但每一句仍是陌生的，新鲜的。最终，她的目光在这样的内容下慢下来：

"受精三十小时后，它分裂为两个细胞，五十个小时后，它分裂为四个细胞，到第六十个小时，它已经有八个细胞。"

"受精后第五天，人类的卵子九死一生终于变成了胚囊。从这个时候开始，一直到妊娠期结束，子宫就是战场。"

韦娜不由地摸摸自己的肚子，没有任何感觉。算起来，时间也有个四五天了，如果王小丁的精子成功破壁，那么现在，他们已经有一个小小的实体了。根据方迪的描述，这个小实体在第七天着陆，在母亲的子宫壁上挖坑，最后扎下根，"咬噬并侵蚀子宫内血管，直到在与母体相接的地方，挖出一片片血湖，就这样，在受精后的第二十天，胚胎完全浸在母体的血液中，从中吸取养料，而母亲则在尝试愈合胎儿造成的创伤。"

会是这样？这安静的肚子里，会有这么残酷的血腥？好在，这个过程即对将做母亲的人并没有感觉。下面的内容，才让韦娜感到震惊。

"从免疫学角度看，从着床的那一刻开始，胚胎对于母体来说就是一个异体……根据妊娠免疫学的一般规律，胚胎很难生存，而它之所以能够活下来，全靠自己的细胞和细胞核的微妙的自卫机制，它采用的战略手段很像癌症：胚圈分泌一种具有抑制母体抗原生成作用的免疫抑制物和阻碍母体吞噬细胞的毒物……人类的胚胎在其发育过程中很像一个恶性肿瘤……孕妇呕吐正是将胎儿排出体外的象征性尝试。"

她放下书，望着虚空发呆。她让医生挖去乳房上的癌症，现在又要在肚子里植入一种癌症？女人如此排斥这个异物，为什么却还那么渴望？她印象中的孕妇都那么骄傲。这就是方迪所说的偶然的尝试吧。

9

韦娜带着一个坏消息回到家，王小丁还没回来，她浑身无力，歪在沙发上，一边发呆，一边等他。这使王小丁一进门就愣了，他走到沙发前站着问她："怎么啦？"

"朱蕊去世了。"

她慢慢坐起来，面容严肃地望着他。她需要有个人一起来谈谈朱蕊，谈谈死亡。下午，在报社等校对大样时，她接到朱蕊丈夫的电话，那男人在那里边声音哽咽，而她在这边语无伦次，不知如何安慰对方。之后，她感到心慌，有呼吸困难的感觉。环顾四周，大家都在忙碌着，她无法开口说出心里的话，况且他们并不认识死者，对癌症也做不到感同身受，而她也不愿意在同事面前谈论与她的病有关的一切事情，让他们想起疾病的隐喻。没一会儿，校样送来了，她被迫压下悲痛，专心校对。

王小丁松开脸上的表情，在她身边坐下来。"哦，这么快啊。早就料到的事，就别想那么多了。"

"兔死狐悲，怎么能不想？"

"你跟她不同。"

"人跟人到底有多大的不同？我老是觉得，朱蕊就是我的一面镜子，是我的记忆，我从她身上看到我自己。她走了，好像我也跟着消失了。"

"你瞎说什么！"王小丁起身去饮水机前接了一杯水，咕嘟咕嘟喝下去，又接了一杯走回来放在茶机上。"你喝点水吧。"

韦娜不理会那杯水，而是拉着他的手说："上次去看朱蕊，她告诉我，给我们治病的白大夫也得了癌症……"

"他给你治病的方法太残忍，这是他的报应吧。"王小丁不等韦娜说完就接话。

"你怎么有这种想法？"韦娜吃惊地看着丈夫，松开了他的手。

"你看看吧，中医大夫都很长寿，老了也身板硬朗，西医大夫自己照样得病，自己也救不了自己。"

"你倒会讲个歪理呢，"韦娜嘴上这么说，心里也觉得有道理，但她接着说道："我说的意思是，就是这些事发生的时候，我们才意识到人生无常。今天我校对的一篇文章说，每次身边有人离去，才意识到要珍惜时间和生命，可过上一段庸俗的日子，就忘记了，所以人应该搬到火葬场旁边去住，每天让大烟囱冒出的青烟提醒自己……"

王小丁再次打断韦娜的话："就算有条件住到火葬场去，看惯了，也麻木了。"

"所以，我的意思是，在合理的范围内，人要随心所欲，要尝试，不要受刺激时才想要这样那样。从这种意义上说，朱蕊死的时候可能很平静，因为她尝试过了，她虽然年轻，但她完成了她作为女人的一生。"

"可能吧。"

韦娜又说："我很高兴咱们也要有新的尝试了。朱蕊告诉我，有了孩子之后，人对世界的看法会不一样，会觉得生活很美好。"

"这是你们女人的错觉吧？世界可不会因为一个孩子的诞生而立刻改变。"

"但是我想肯定会使他的父母改变，等咱们的孩子出生，我们就体验一下吧。"

韦娜又歪在沙发靠垫上了。王小丁说："你歇会儿吧，我去做饭。"这当然也是一个关心她的表示，但她还是感觉到了，他在回避着他们眼下的问题。她躺下来，想眯上一会儿，把朱蕊离去的压抑排出去，可闭上眼睛，又想起他刚才的话，他说白大夫太残忍，生病是报应？这是否暗含了他对大夫的嫉恨？但愿大夫的尝试是对的，她的癌症不会复发，那么她曾经遭受的一切就是有意义的。

10

他们以松散的姿态坐在同一个沙发上，面向电视机。看完天气预报，王小丁会继续留在沙发上，看一个抗日题材的电视剧，他喜欢那些紧张刺激的情节，而韦娜最不喜欢看里面日本鬼子的形象，那会让她头皮发麻，她打算到卧室床上去继续看书。上大学的时候，她曾在书市上买过一本半价书《病患的意义》，却一直没看，天知道最近她怎么突然想起来了；还有一本苏珊·桑塔格的《疾病的隐喻》，是她从报社同事那借来的。

又有一股冷空气由新疆开始向东南方移动。宋英杰那令人舒服的形象，憨厚平和的语气，即使告诉大家冷空气又来了，也让人的内心是愉悦的。这回韦娜不需要出门，对冷空气是无所谓的，她心情平静地站起来。王小丁立刻抓起摇控器换了频道，恰在此时，他的手机又响了。他看一眼手机屏幕，按一下键子，将手机贴在耳朵上，快步走到洗手间去了。

韦娜的胸口立刻塞满了灰色气团，呆立了一会儿，重新坐下。前天王小丁也是躲开她接了一个电话，她当时心里不快，问他谁来的，他说是公司的人，她并不完全相信，但忍住了，没说什么。现在，她猜，一定是婆婆，她总是这个时候来电话。如果是王小丁在外面又找了女人，他总要做得自然些，不会这么明显地躲躲闪闪。她隐约猜到，一定又是跟他们有关的事，这阵子，韦娜没见王小丁接过母亲的电话，还以为那边不再干涉他们的事了。

王小丁关上了门，她一句也没听到他说的什么。她的坏心情急剧膨胀，快接近愤怒了，多亏了那些电视广告，使她有事可干，又不必往心里装进什么，她只需要多一点耐心，等他出来。

"是你妈吧，她又说什么了？"王小丁刚一露头，她就发问了，不过还在控制着语调。

"没说什么，还是那些鸡毛蒜皮的事，还问你怎么样了。"他坐下来，重新抓起摇控器，眼睛盯着电视，不停地换频道。

韦娜露出了火气。"我就不明白，你接你妈的电话，怎么还得躲着我，有什么是我这儿媳妇不能听的？"

"你别想多了，真的没什么，我要看我的电视剧了。"王小丁找到了他的频道。

"不行，今晚你必须跟我说清楚了，到底怎么回事，你妈跟你到底说了什么？"她夺下摇控器，关掉了电视。

他愣眼看了她几秒钟，又夺回摇控器。她说："好吧，你不说，我自己打电话问。"她拿起他放在茶几上的手机，准备翻婆婆的电话号码。他一把夺了回去。

"好吧，我告诉你。"他盯着她的脸说："我妈在老家给咱们找到一个孩子，快一周岁了，男孩，让咱们回去看看，办收养手续。"

"什么？"她猛地站起来。"你妈怎么这样！不是告诉她我可以生了吗？谁同意抱养孩子啦，她凭什么自作主张？原来，她这段时间一直没闲着，太过分了！"

"韦娜，请你注意用词。"

"王小丁，你在挑我的不是？我现在不想跟你计较那么多，我只问你，你是怎么答复你妈的？"

他又用摇控器打开了电视。"我说等跟你商量了再给她回电话。"

"商量，你还想跟我商量？这么说，你没有回绝，是吧？你明知道我的态度，还要跟我商量？这么说，你也不相信我，想要那个孩子，是吧？你……"

韦娜再次夺过摇控器，摔在地板上，人奔去了卧室，"砰"地锁上了门。她听到王小丁来开门，打不开又不断地敲门。后来，就剩下电视机里的声音：男人的喊叫、汽车的轰鸣、机关枪的突突突……他竟然还在看那个电视剧。

她倚在床头上，感到后背发凉，突然想起从新疆来的那股冷空气了，多么巧合的配合。接着，她突然产生了虚空感，卧室空荡荡，客厅里的男人在一点点离她远去，她整个身心都感到空茫。好在，这不是突然的事，没什么受不了的。因此，她想起自己看完电视还没有洗脸刷牙，就起身去了洗手间。路过客厅，她不看王小丁，洗漱完毕回到卧室，又锁死了门。

一切真的跟从前不一样了，形势越来越清晰明朗，他偏离了夫妻共同体所应具有的一致性。这不是她想要的，可她阻止得了吗？从未有过的孤单绳索一样捆紧了她，但她比自己想象得要坚强，没掉一滴眼泪，郁闷了一阵子，竟然睡着了。

11

韦娜在那张虚空的床上睡得并不好。早晨醒来，她知道自己做过很多梦，但若让她复述，她一句也讲不清楚，只是脑子里残留着一些印象式的碎片，荒诞，毫无意义。她想起心理学家说过的话，大意是人的梦境总是包含着性，再努力回想一下，有的梦表面上的确跟性有关，似乎还有一个梦境是，她赤身裸体的时候，屋子里闯进一个男人。

她心里很不舒服，身体也感到疲惫，躺在那里胡思乱想了一阵子。十一二岁开始发育的时候，她开始为自己的身体害羞，她羡慕男孩子平平的胸脯，可是她一天天长大，乳房发育越来越完善，不管男人女人，有意无意的总是朝她的胸部瞥上一眼。等她成为一个成人，慢慢习惯了自己的身体，忘记别人的目光，乳房又出了问题，又成了人们闲谈和想象的焦点。现在，问题已经延伸到她的腹部，她俨然成了一个废人，她连曾经那么爱她的丈夫都怀疑。她讨厌自己的身体总是处于被动关注之中，这使她有一种被看裸体的感觉，局促，不安，甚至还有羞恼。

因此，起床后，她到阳台的柜子里找出短期旅行用的提包，装进了睡衣和一套换穿的衣服，塞了一本正在看的书，然后出了卧室，洗漱，做早餐。她知道王小丁在另一间小卧室里，那里放了一张小号的双人床，供双方父母偶尔来小住时用，他们刚搬进来的时候，还站在那小屋里设计过将来的儿童床放哪里，小课桌放哪里呢。

王小丁走出那间屋时，韦娜已经坐在餐桌前。她当然做了两人吃的饭，但她不想叫他，听其自然。他去了一趟洗手间，就走来餐桌前坐下了。他看了她一眼。她不理他，自顾端着一碗蛋炒饭在吃。他端起另一碗蛋炒饭吃起来，两人一言不发。

很快，韦娜又去洗手间化妆。当他正在衣柜前换衣服时，她走到他面前伸出一只手："车钥匙！"

"干嘛？"

"我要用车。"车是她结婚时娘家给买的，但平时都是他开着，因为他上班比她远。

他只好从裤袋里摸出钥匙放进她手中。她幽怨地瞥了他一眼，转身走了出去。她给报社校检部主任打了一个电话，说今天有事不能去上班，请假一天，便发动车子，出了小区。实际上，她也不知自己要到哪里去，是被一种未知的无法控制的力量推动着，只想给自己放一天假。

她选择了去海边，是海水浴场。天出奇的好，甚至反常的有点热，这正是冷气流到来的预兆，第二天就会下雨，大风降温，今天还是不要错过好天气。坐在干爽的沙滩上，她给麦青打了电话，麦青称正在地铁上，听不见她说什么，于是，改成发短信。韦娜瞬间感到高兴，因为找到了打发时间的方式。

韦娜：你知道吗？王小丁他妈已经在老家给我们找好了一个孩子。

麦青：她还是不相信你。还是那句话，王小丁是什么态度？

韦娜：看样子想听他妈的。

麦青：他怎么这么没主意，一点男人的样子也没有！

韦娜：这说明他也不相信我能生出健康的孩子。

麦青：你也应该理解他们，医生说没事，可他们还是要担心，万一……

韦娜：他们这是在剥夺我的生育权。

麦青：你不要为此事上火，你不想领养孩子，他们也没办法，能把你怎么样？

韦娜：我感到王小丁不爱我了。

麦青：你出了这么大的事儿，他是太软弱，没有担当吧。

韦娜：也许，在他的眼里，我不是原来的我了。

"你好！能给我们拍一下照吗？"

韦娜抬起头，一个小伙子正彬彬有礼地看着她，旁边站着一个女孩，定是恋人了。她站起来，接过相机，给他们拍了好几张。"你们从哪儿来？""成都。"她坐下来，看着他们脱下鞋子，与潮水嬉戏的样子，感觉自己老了。她重新翻看手机上刚才与麦青的短信来往，看到自己最后一句话，麦青的回复是："坚持做你自己。"

麦青的话，使韦娜有了一点信心。她当然知道自己是谁，但是，从王小丁的角度看，她已经被换掉了实质。男人们一眼望去，她跟别的女人没有什么不同，一样高耸着乳房，曲线流畅优美，即使梦中那个闯进房间看见她裸体的男人，看见的也是完美，只有王小丁知道，她被一种化学物质置换了，而且他怀疑她体内其他的化学物质是否真的都排出去了，会不会殃及他的后代？这就是他犹疑冷漠的原因吧。

他们从那么远的地方来，那是多大的热情，看他们多么快乐！韦娜抓起一把金黄的沙子抚弄着，眼睛一直看着那对恋人。可是，他们的快乐是多么肤浅，当这种快乐经过婚姻的腐蚀，也会变质的，假如现在突然发生了海啸，她想那小伙子也许会救那女孩儿，可如果他们结了婚，她也得了病，将殃及到传宗接代的问题，他们还会那么快乐吗？世上的爱有多少能经得住检验？

她突然自责起自己的不善，为什么要那么想人家呢？她的目光离开那对情侣，投向海面。在蓝色大海的中心，有一艘白船在缓慢航行着。

12

中午,她开车回到Y城的娘家。娘家永远是女人的庇护所,至少在精神上是这样。父亲在单位,退了休的母亲刚学太极拳回来。"你怎么一个人回来啦,没上班?你的小朋友呢?"小朋友是韦娜在跟外人说起王小丁时的称呼,母亲有时也这样逗她。

面对母亲,韦娜绷紧的神经哗然松下来,她也不必拐弯抹角,而是直接把问题端了出来。"他们家非要让我俩抱养一个孩子,都在老家找好了。"她颓然把自己摔倒在沙发上。

母亲的运动服换了一半僵在卧室的床边,她穿着运动裤和内衣走出来,坐在女儿身边。这位因女儿的病而忧心操劳的母亲,比同龄人见老。"他们家怎么这样?看上去挺老实的一家人,处事这么固执!"

"妈,我该怎么办?"

"你自己是怎么想的?"

"我相信大夫的话,我想生自己的孩子。"

"小丁呢,他是什么意见?"

"这正是让我上火的地方,你知道,他一向是听他妈的。"

母亲叹息一声说:"当初也许我错了,要是让你跟徐闻远结婚,恐怕会不一样吧,你住院的时候,我看他对你那么上心,比小丁都着急。"

韦娜坐起来,脸色严肃。"妈,那是两回事。我跟他没有婚姻关系,没有利害得失,他当然很放松,会表现得那么好,如果他是我老公,也面临着现在这些问题,也难说他会是什么态度,他不是也在听他妈的吗?"

"行啊,闺女,你真的不是小孩儿了。"母亲用惊讶的目光看着女儿。

瞬间,韦娜觉得自己的想法亵渎了徐闻远对她的感情,但生活就是这么残酷,它教会人去怀疑,教会人不是光看水上明晃晃的风景,也要看水下的暗流。

母女俩又讨论起王小丁。母亲认为王小丁是没想到生活会发生这么大的意外，这意外毁灭了他心目中的美好生活，而他又是一个承担不起责任的人。韦娜则认为，他对她的感情是肤浅的，是花架子，遇到大事就显出脆弱了，她现在心里别提有多失望。但以她现在的状况，她能怎么样呢？她希望他们之间能维持下去。最后，母女商定，坚决不抱养孩子。小两口这种关系状态，不要说是抱养孩子，就是生自己的孩子也是不合时宜的。

但是母亲告诫女儿，既然回来一趟，只准住一晚，明天必须回家，分开对他们处理夫妻关系并没有任何好处。

母亲去厨房做饭。韦娜给王小丁发了一条短信，说自己在Y城，说她绝不会去收养那个孩子。

她从提包里拿出《病患的意义》，躺下来翻到折上的一页。"病患代表着一种已被改变的生存状态，一种个人在世界中存在的本质改变。"可不是，当初她没有想过这些，现在虽然疾病已经免除，可是影响却还在强有力地延续。她总是要根据使她的生活具有意义的基本原则，来面对这场危机的。

13

早晨天空还不可思议地晴朗着，韦娜开车回R城报社的路上，还在怀疑天气预报的准确度，结果上午，她从校样上一抬头，看见乌云已经塞满窗口，并且风声也阵阵响起了，这使她本就不痛快的心更沉重了。

昨天，王小丁对她短信的回复是："知道了。"她明显感到一种冷淡，一种听其自然的漠然。这使她开始犹豫，要不要回到那个虚空的家里去，回去有什么意思？沉默地看电视，或者各在各的屋干各自的事？躺在那张她出嫁前睡过的床上，她又忽然想起不久前他们还做过爱的，有多少是出于爱的成分，有多少是出于情欲的成分？

这样一想，她又想起当时她一时感情用事，扯下了王小丁刚上好的避孕套，她会不会真的怀上了呢？如果真的有了，可能会是好事呢，他和母亲总不会逼着她去打掉吧？毕竟是真正的王家的血肉，到时候他们自然会改变原来的想法。算起来，有上十天了吧？如果那个胚胎已经形成，那么现在该吃她的肉，喝她的血，在她子宫壁上奋力地挖坑，准备安营扎寨了。

韦娜没有任何感觉，但她假装这已是事实，并且产生了希望。因而，她对烟雾更加敏感了。她一向讨厌烟味，幸好王小丁不吸烟。办公室里有个不自觉的烟瘾极大的家伙，动不动就在那里抽烟，由于排班不同，韦娜有时碰不上他，有时遇上他又在那里抽烟，她会出去躲一会儿，总能忍耐过去。这会儿，那家伙又在那里吞烟吐雾了。

"老江，不是有吸烟室吗，你为什么不去？"

"我喜欢一边干活，一边抽烟。"

"可你在影响别人。"

"是吗？我不是一直这样吗，没人说不好嘛。"

实际上，女同事们都讨厌他，只是不愿说罢了。韦娜感到她在代表她们伸张正义。"没人说是大家顾及面子，你也该自觉些嘛。"

老江瞪起眼睛说："谁说我不自觉？我本来可以抽更多。"

"五十步与一百步有什么不同？"

"那可不一样，我至少损失了百分之五十的享受。"

韦娜有些生气了。"你只顾自己享受，不管别人的感受吗？你太自私了。"

"啊，我想起来了，你是病人，不是说已经好了，没事了吗？"

"这跟病不病有什么关系？你也该讲究一下公德吧。"

"算啦，我不跟有病的人计较。"

老江揣起香烟盒和打火机出去了。他说的"有病"，明显透出双关的意味，韦娜有些愤怒了。

"谁有病？你才有病呢！"

几个同事劝韦娜不必跟这样的人较真，不值得。韦娜听一些养生讲座也说，曾患癌症的人要避免生气，不然很容易病情复发。但她总是控制不住自己，整整一天都郁郁不乐。她明白了，虽然医生宣布她的病已经彻底治愈，但疾病给旁观者留下的印迹是不能免除的，老江那居高临下的口气让她很不舒服，正如苏珊·桑塔格所分析的那样，结核病是一种优雅富贵病，是灵魂病，象征着病人或许可能是一个反叛者或是一个不适应社会的人，而癌症是不体面的身体病，人们带着居高临下的怜悯意味看待这样的病人，将其视为生活的一个失败者。

韦娜的希望在于，她才三十岁，还有种种积极的可能。

14

无论如何，没有哪个女人喜欢自己的生活出现麻烦，都希望保持正常的生活秩序，做妻子，做母亲，平安终老。所以，韦娜傍晚下班后，先去超市买了一大包蔬菜和各种吃食，像平常一样回家。她知道王小丁挤公交车下班回家肯定比她晚，她可以做几个菜，开一瓶红酒，让他一进门感到惊讶，接着就猜想今天是什么日子。

可是王小丁晚上快十点了才回来，韦娜一直在看书等他。这期间她几次想给他打电话可一想到他到现在也没给她打个电话，问问她回来没有，自尊心和矜持使她打消了念头，继续等下去。

有一阵子，强烈的孤独感攫住了她，这所虚空的房子静得喧嚣，她似乎听到金属鸣叫的声音，什么东西的小零件落地的声音，家具或地板开裂的声音，也许还有各种无形小生灵的吵闹声。难道这屋子不是他们的爱巢吗？她放下书，回想心理学家的话：爱情是避免孤独的尝试，可这一尝试迟早要失败，任何手段都不能使它摆脱失败的命运。她心里感到寒凉，看到自己的遭际，正在一步步阐释这个论调，生活正在摧毁她从前信奉的一切美好的东西，她开始相信，没有比永恒的爱情更短暂的东西了，无论它曾轰轰烈烈，还是甜蜜缠绵。

王小丁进门换鞋的时候，差点摔倒了，韦娜听到突然的扑楞声，跑出卧室来，闻到丈夫一身的酒气，她不由地皱起眉头。"怎么喝这么多？"她扶住他的胳膊。

"没有，我没喝多。"好像为了证明自己的话似的，他摆脱了她。他的眼神已经滞涩了，在她脸上停留了几秒钟，然后身体摇晃着，扑向沙发，歪在那里。

"在哪儿喝这么多？"她去厨房冲了一杯蜂蜜水放在茶几上。"起来，喝了，解酒。"

他稍稍坐起来些，水喝了一半，把水杯放在茶几上，又躺下去了，闭上眼睛，没有回答她的问题。

她在沙发的拐角处坐下来，看着他说："这可不像你，你原来不这样喝酒的，今天是怎么回事？"她本来以为他下班回来，他们一边吃饭，她一边跟他说说在单位发生的事，用倾诉来减缓一下心头的郁结，但他这样子回来，她还得想办法安慰他呢。

"你也不像你了。"他仍闭着眼睛。

"我怎么不像啦？我没觉得自己跟以前有什么不同。"

他长长吐了口气，没说话。

"你好像心情不好，出什么事了？"

"别问，没什么。"

"肯定有事，告诉我，是不是你妈又催咱们回去收养那个孩子？"

"别跟我提这事！"他的声音很不耐烦。

韦娜明白，眼下最好不要碰这个问题，否则又得吵架。她又小心地问："那你说说，我怎么不像原来的我了？"

"我的老婆不是原来的那个老婆了。"

韦娜心里一震，他到底说出了心里话。

"你是说我的身体，还是说我的灵魂？"

王小丁那里没有声音，她过去推推他："你说话呀。"

"别动我，我要睡了。"

她站在那里，呆呆地看着他坠入酒醉的酣睡。她对他没有办法，便去拿了条被子盖在他身上，继续看着他发呆，想着他的话。她一直没弄清楚，醉酒的人是否知道自己在说什么？酒话是可以相信的吗？都说酒后吐真言，可第二天他们又往往不承认，就让人弄不清真假了。但她看得出来，她的"小朋友"很忧伤，很脆弱，应该说，他很无辜，想到这一点，她忽然对他产生了同情。

15

生活似乎又正常起来，接连四五天，他们过着按部就班的日子。晚上，无论王小丁回来得早晚，他都是到床上与韦娜一起睡觉，只不过他们像老夫老妻似的，没有当初的激情了。他们都小心地维护着这种平静，回避问题，多挨一天是一天似的。

韦娜没有问那天晚上王小丁醉酒后说的那句话，她害怕面对尴尬，不知道他是承认还是否认，但她也不想明确地求证什么了，糊涂一些，平静就会多一天。

这天晚上，王小丁洗澡的时候，放在茶几上的手机响了。韦娜拿起手机，本想给他送进卫生间的，但她忽然好奇起来。平日里她不愿多想的问题突然蹦出来：他到底有没有外遇？婚后他们遭受的打击是共同的，但心理期望是不同的，她希望他能为她痛苦的同时，更加关爱她，希望他忘记她身体的残缺，陪她度过漫长的一生；而他呢，被吓着了，美好生活的希望破灭了，日益显出要摆脱她的意味。

于是，她接听了他的电话。婆婆那浓重的鲁西北口音，唤着她亲爱的儿子的小名。她说："妈，是我。"她说的是普通话，如果她用Y城方言说话，婆婆也是不懂的。

婆婆便将她的语速慢下来，尽量使她听得懂。"是韦娜噢，你怎么样？"

"我很好，妈，你怎么样？"

婆婆不由地又回到老习惯上了，说了一大串，韦娜没听懂几句，她只好打断婆婆："妈，你等一下，我把手机给小丁。"

"韦娜，别忙，你听我说句话。"婆婆又放慢速度，还别扭地夹杂进普通话。"这边有个孩子，可好呢，我想，你们两个还是抱回去养着吧，孩子还小，长大了跟亲生的一样……"

韦娜的头轰地响起来，她打断婆婆："妈，小丁没跟你说吗？我们自己生，我现在可以生了……"她的话没说完，婆婆那边又忘记她的听力，又用土话说起来，她没听懂，只得又强调自己的话："妈你放心，医生说了，孩子绝不会有问题，难道您不想有个亲孙子吗？"她的话再次被婆婆打断，她仍是多半听不懂，只凭着几句听懂的话判断，婆婆是说哪个亲戚家就是抱养的孩子，现在过得如何好。她突然失去耐性，满腔怒火："妈，你怎么就不信我的话呢！我能生，为什么要养别人的孩子，我要生自己的孩子！"

她把手机摔进沙发里，一抬头，见王小丁腰围浴巾站在卫生间门口看着她。"你怎么这样对我妈说话？"他比她先发作了。

她没心思纠结他的指责，而是质问他："你到底跟家里说清了没有？要生自己的孩子！你到底站在你妈一边，还是站在我这一边？"

他却还揪着刚才的问题不放。"你对老人是什么态度？"他分明在回避她的提问，她更生气了。

"王小丁，你回答我的问题！"

"你先回答我的问题！"

"要回答你的问题，就必须先讨论我的问题。你妈为什么就不相信我呢？你为什么就不能积极地去说服她呢？要么就是你也不相信我，你在害怕，在逃避！"

"我怕什么，我有什么可怕的，摊上你这样的老婆，是我的命！"他坐到沙发上，拿起自己的手机。

韦娜惊讶地看着王小丁。"你……你后悔了是吧？你怕我生出一个问题孩子，成为你的负担是吧？你是不是希望我早点死掉才好！"最后一句话她是喊出来的。

他刚想回应她，他拨出的手机通了，只得先顾那一头："妈……"

韦娜的优势在于她是穿戴完整的，所以，不只是在气势上要比半裸体的王小丁强足，行动起来也方便。怒气推动着她向门口冲去，她早就看到车钥匙在鞋柜上，便一把抓起冲出门，蹬蹬蹬下了楼。等王小丁穿上衣服下楼来拦截，她已开车出了小区大门，拐上马路。她看到他只穿着秋衣秋裤，披了一件夹克衫，在小区门外气急败坏地踢了一下门柱,她心里产生一种满足的快感。

16

　　为了避免孤独,人需要爱,这是人类难以抑制的强迫性的需要,但是,当爱情失败,人还到哪里去寻求这种爱呢?答案是母亲。
　　因此,韦娜在娘家住了下来。
　　那天晚上,她在九点多钟突然出现在父母面前,着实把他们吓了一跳。他们意识到问题的严重性,当晚就商量,等父亲忙过这一段时间,父母一起去一趟鲁西北,与亲家好好讨论一下儿女的事。自然,他们是站在女儿一边的,相信医生的结论,希望女儿生自己的孩子。可他们的孩子是女儿,是给王家生孩子,传统习俗和女儿的现状,都使他们的心理处于劣势,他们老实善良的性格也致使他们尽力忍耐着,况且这种事,也不是那么简单就能一下子了结的。
　　韦娜每天开车一个小时去上班,她暂时不回家,也是想看看王小丁到底有什么反应。那天晚上,当她回到娘家十分钟后,他打来一个电话,是打到座机上,问岳母韦娜到家没有?岳母没有为难他,他得到肯定的答复后,就再也没有消息了。
　　她总是想起那天晚上他醉酒回来说的话:"我的老婆不是原来的那个老婆了。"有时候,她想,掏空了乳房,与摘掉一个胆,切除一部分胃,有什么不同呢?塞进一些硅胶,与心脏搭进一个"桥"有什么不同呢?但人们可以淡化那些隐蔽的伤害,却不能承受明面的变化。方迪在他的书中写道:"我在神经外科当助手时,有一次亲眼看见主治医生在给患者穿颅后,一边和没有麻醉的患者说话,一边用勺从患者大脑里取出东西扔进一个桶里,我当时看得目瞪口呆。这是给骄傲的人类一个多么响亮的耳光!"韦娜看到这里也很吃惊,甚至头皮发麻,人类那样珍贵至高无上的大脑都不是永恒的,女人的乳房又算得了什么。医学常识告诉人们,癌细胞人人体内都有,像个潘多拉盒子,只不过有人的盒子不知怎么打开了,有人的盒子安然未动。凭什么有人要抱着自己那个随时会突然打开的盒子,那样优越地审视别人,歧视别人?

小夫妻俩就这样僵持着,第三天的时候,韦娜曾在白天回家去取了一些换洗的衣服、几本书、化妆品和其他零碎东西。她看到家里已经很乱了,沙发上扔着王小丁的衣服,厨房的灶台上堆满了没洗的盘子和碗筷,还有蔫了的蔬菜和快餐面包装,磁砖地上满是污渍。她想,现在的男人真是退化了,该男人做的事顶不起来,女人的事又做不好,或者懒于做。她看不下去这种乱糟糟的场面,但她想也没想就不留痕迹地走了,她不想让他误以为她妥协了,她要看他准备怎么办。

然而,她等来的是法院的传票!

王小丁起诉离婚。

她的惊讶,不亚于当初医生告诉她乳腺癌的事实。当初他那么追着她,一副"海可枯,石可烂,我们肩并肩手挽手"的架势,这两年的生活变故损害了他们的情感,她也能理解,但以这样的方式被他弃如敝履,她绝没想到,也不能接受。她觉得自己被狠狠地伤害了。

韦娜的父母也一直担心王家会退回他们的女儿,但以这样令人羞辱的方式,他们也没想到。为什么不能协议呢?怕他们不同意而拖延了时间,增加了麻烦?他们也很生气,决定不去鲁西北了,在这种情况下,去会亲家也没有什么意义了。他们倒要看看,王小丁以什么理由起诉,法院会如何裁决。

至于韦娜,每天都沉浸在郁闷的情绪中。报社在搞竞聘上岗,她要保住这份工作,就不能总是请假,两种烦恼搅得她头晕,嗓子疼,舌头发热,下了班,开上一个小时的车回到娘家,她就把自己关在屋里,再也不想说话。她感到自己早已赤身裸体,没有衣服可剥了,他们却要狠心地剥她的皮,割她的心,她无法向他们解释清楚她是谁。她开始明白一位医学哲学专家的话,生病的躯体在本质上是他人的,而不是自己的,它只是一个物质的生理的客体,自己对它最多只有非常有限的支配。他们要把她抛弃到他们的命运之外,她到哪里去找到自我呢?

17

　　按照计划，韦娜在中午下班后，再次回家去取些衣物。

　　昨晚，她看中央电视台的天气预报，新一轮冷空气正以强劲的势头袭来，渤海、黄海将有六点五米的巨浪，这意味着沿海的R城和Y城都会受到大风的席卷。果然，上床就寝的时候，窗外还是平静的，夜里就响起嗖嗖的风声，不牢靠的窗子咕咚咕咚地响，她醒来，半天睡不着，听到初冬的脚步近了。

　　街边的法桐树和芙蓉树，叶子掉了一半了，而小区内的栾树花却开得鲜润火红，花坛里的月季花还会开得更久。风很大，树头方向不定地舞动着，如同火焰的跳跃。她在楼门口停住脚步多看了几眼。植物界的事多么奇妙，像玉兰树、樱树、桃和杏，春天没长叶就开花了，芙蓉树整整一个夏季都举着粉嫩漂亮的华盖，最近她才知道，冬天将临才如夕阳般开放的叫栾树，它们各自荣枯有时，人也一样，各自有命吧，倘若真有上帝在空中望着人类世界，他的感觉大概也是很奇妙的。

　　一步步走在楼梯上，韦娜心里有点怪怪的，中午楼内一般都很安静，她感到如出差很久后回来的一种淡淡的陌生，又感到些微的莫名紧张。她当然不是担心遇到王小丁，他中午一向不回家，她是害怕她站在空荡荡的屋子中的感受吧，她是主是客？房子虚空地等在那里，却越来越空了，她怕在镜中看到自己的尴尬。

　　她在二楼时就掏出了钥匙，喘息着一步步攀上去，终于在四楼自家房门口站定。那一串钥匙有办公室的、办公桌抽屉的、娘家的，她准确地挑出正确的一把，插入锁孔，向右扭转，却转不动，向左转也不动，她抽出钥匙，仔细看过，没错呀，再试，还是不行。她这才认真察看了锁孔，终于明白，王小丁换锁了。

　　愣眼盯着陌生的锁孔，她一动不动。这房子是王小丁家买的，他以为他这样做理直气壮吧。这表明了他的一种态度，无论怎样，他不许她再回到这所房子里来了。他这是绝情，还是不想再面对她？他可能以为这样有利于事情的解决，不会见了面又犹犹豫豫，弄得拖泥带水。他选择起诉的方式而不是协议的方式离婚，也是内心虚软，不好意思面对她吧？

做了这么多的猜测，她都无法理解他，无论如何，他们还是夫妻，他怎么就这么急着把锁换了呢？她不认识他了。

她的心比她整个身体都要沉重，她努力挺着，才不至坠下楼去。她机械地挪动着双腿，木偶一般，鞋跟一下一下在楼道里发出空洞的回响。

18

他们的离婚案，是在 R 城法院以不公开的方式审理的。除了双方当事人，两人都请了律师。旁听的只有韦娜的父母，事情本身就像在走一个过场。

韦娜时不时地看一眼王小丁，目光冷峻。王小丁只是开庭落坐时看了她一眼，目光就赶快闪开了，此后再也没有看过来。她看得清楚，他没刮胡子，头发也该理了，衣服也穿得草草的，日子的狼狈相，尽显无遗。

她差不多要同情他了，这说明他心里并不好受，他不是坏人，他内心也有挣扎，他有他的无奈。但是，当他提到财产划分，韦娜这两年治病的费用，她自己要承担一半时，她张着嘴巴忘记呼吸，再次看不懂他了。他们的问题很简单，没有孩子抚养权的争夺，就是房子车子各归各人，存款各人有各人的工资账户，亏他算得仔细，还想到了治病这笔费用！难道那时候他不爱她吗？他追求她的时候，每次一起吃饭他都毫不犹豫抢先去付账的，看不出有什么勉强，为她治病的时候，他心疼钱了？大多数夫妻的爱，是由生儿育女决定的，当她的身体遭到怀疑，能否优秀地完成传宗接代的使命成为未知数时，爱也就不存了，他小气到把原来那点爱也要抽离？

他的诉讼理由是，夫妻感情不合。他罗列的证据是，她对他母亲不尊重，打电话时态度不好；她动不动就跟他吵架，然后回娘家，对他的生活起居不闻不问；她总是一个人看电视或看书，对他不理不睬。他们之间经常处于冷战状态，生活毫无趣味，这样的婚姻没有维持下去的必要。

必然地，韦娜这边要提到她的病，她的现状，婆婆的要求，也提到他们争吵的原由，她不用再说别的什么，法官很容易就看到他们问题的焦点。在双方律师经过几个回合的辩论后，法官当庭宣判，不予离婚。

法律也是一个相对的尝试，人内心的公正也是相对的，就这件事来说，法官也是在维护伦理道德。但是爱与伦理道德是一回事吗？中国有多少家庭，因为伦理道德而表面完好无损，内里却在互相耗着、折磨着，特别是上一代以上的家庭。年轻一代，有不同的价值观。

站起来时，韦娜看到王小丁仍坐着，就像配在一起的几件丧气的衣服堆在那里，根本看不到人是主体。她明白，这个判决，把他想摆脱她、重新开始美好生活的幻想击碎了，他若坚持这样做，就得半年后法院重新审理。对他来说，这是多么漫长的时间，这段尴尬的时间又该如何度过！

她转身跟父母离去，却没有一丝成功的感觉。所谓成功，是一个尝试与另一个预先存在的条件处于心理物质交流的状态，而在离婚这件事上，她是被动的，她没有做什么尝试，她只是等待判决。她与王小丁一样进入到生活的一个尴尬区域，即使法官也明白，他们会因为不予离婚的判决而和好如初吗？他连房门钥匙都换了，她没有机会了。她所知道的是，她被狠狠地伤害，再也恢复不过来了。

19

近来韦娜特别犯困，在报社等校样时，她都能趴在办公桌上睡着了。离婚案闹得她情绪低落，每天又要花两个小时开车往返于 R 城和 Y 城，也很疲惫。

星期日，她在她婚前的床上睡了懒觉。但是她睡得一点也不踏实，做着乱七八糟、荒诞至极的梦，一个接一个。后来她起床吃了点东西。家里空寂寂的，父亲没休息，母亲把饭给她留在锅里，去学太极拳了。她突然惶惑起来。娘家是安全的避难所，况且父母只她一个宝贝女儿，他们愿意接纳她住在这里，但他们也要面对一种压力，小区里已经有人委婉地问他们，怎么没看见女婿回来？这只不过是暂时的生活状态，以后怎么办？她很想离开几天，换个环境，换个心情。

于是，她收拾好行李，出了门，打车去了火车站。这个季节，车票非常好买，她在窗口买了张去往北京的卧铺票，随着喧闹的人群上了火车。为什么是北京，而不是别的地方呢？第一，她熟悉，知道路怎么走，不会因为陌生而心理不安；第二，麦青和徐闻远在那里，她可以和他们尽情倾诉自己的生活变故和心情；第三，就在那里，她失去她的本真，她的乳房被置换成无生命的东西，她像是要寻找被遗弃的部分生命；第四，北京足够大，她每次去都觉得自己变成一粒尘埃，当她小到这个份上，还有什么痛苦呢？

就在她寻找自己的铺位时，她看到王小丁坐在 6 号下铺靠窗的位置，正望着窗外奔来跑去寻找车厢的人。她顿了一下，不知该不该打招呼。怎么会这么巧，碰在一个车厢里？他是出差？去北京，还是沿线别的地方？这回他穿得很整洁，头发理得很利索，整个人显得干净透亮，像个未婚的小伙子。看来他过得不错，一旦离婚，他仍可以找个小姑娘，放心地结婚生子，过正常幸福的生活，而她呢，是离婚的女人，有早期癌症病史，是假乳房，哪个未婚男人愿意娶她呢？那些离婚的男人，都混油了，不可靠。这样一想，她不免悲愤起来，想装作没见他，过去算了。正在这时，他偶然扭过头来，看见了她，也愣住了。他们默默地盯住对方看了一会儿，韦娜继续往前走了，她在 10 号下铺。

大半个白天，他们没有再见到对方，他去厕所一定去的是另一头，吃饭嘛，要么是泡面，要么是买的车厢里流动车上的盒饭。反正韦娜不会去他那头上厕所，吃饭也是买的盒饭。她除了睡觉，就是看着窗外。风景有美有丑,山上是五颜六色的,像是醉了,有时窗口会哗地掠过一片红叶;庄稼地空了,灰了,有时却突然闪现一块鲜亮的绿菜地;生在高岗上的树,叶子只剩枝顶上十片八片的了,有种空疏的美,而水洼边的树,还茂盛着,如人的好命。

她不跟任何人说话,脸色沉郁。多么戏剧性的旅行,她感觉坐在这趟火车上,跟坐在 R 城的家里没有什么不同,曾经爱过的夫妻,各怀心事,隔着陌生的旅人,扮演着陌生旅人的角色。

有时她也看车厢里的人。对面铺上一个体态厚实的中年女人,不停地吃着东西,韦娜扫一眼她那轮廓不怎么清晰的大乳房,知道那是绝对真实的,没有人愿意这样做假。她几次友好地看韦娜,试图说点什么,被她的表情挡住,终没开口。过道那边弹力座椅上坐着一个三十来岁的女子,长相一般,乳房却高耸着,形状美好,韦娜想那未必是真的,至少是胸罩帮了大忙的。从她们的角度看过来,韦娜的乳房也不错呢,可她们知道什么呢?可能只有她一个人这样,对女人的乳房如此敏感,暗自在这里想三想四。

过道上的少妇对面还坐了一个三十多岁的男子,不知什么时候开始,他们聊得热烈起来。韦娜渐渐听得明白,男子在什么公司工作,女子的老公也是做生意的,她来这边陪老公住了一段时间,再回去陪孩子。她提到每次跟老公出去吃饭,桌上坐的都是老板,都带着女人,却都不是自己的老婆,她的结论是:"男人没一个好东西。"

韦娜看那女子一眼,心想她的老公是不是也有问题,所以她得出如此的结论?至少,她也是怀着担忧的。

那男子不乐意了。"你打击面太大了,男人在外面其实很不容易。"

"容不容易是你们男人的事,这个社会就是你们男人的,你们有特权就为所欲为。"

"你们女人怎么这样看问题?我自己有体验,为了生意东奔西跑,哪有什么时间找女人,在外面又累又孤独,只想早点回家见到老婆孩子。"看起来这是个认真的男人,认真地工作生活,也认真地辩论。

女子又说:"你承不承认？从整体上说,我们女人要比你们男人好。"她转过头来,看看韦娜和她对面的中年女人,以寻求支持似的。韦娜和中年女人都对她微笑了一下,她们之间也互相对笑了一下。

"你这话也没错,但是,你刚才说的那句话不对。男人找女人就不好,可是你别忘了,男人找的是女人,女人也有一半责任,这是一个数学问题。"男子也转过头看着韦娜和中年女人。

女子眨眨眼,"不对不对,让我想想问题出在哪里。"

男子乘胜追击:"没有什么不对,如果这世上有什么不对,也要男女共同承担。"

"你们男人做下的事,凭什么女人承担,一个女人在家相夫教子,男人在外寻花问柳,还要女人承担责任？这是什么逻辑！男人就是那么一种动物……"女子的声调有些不悦。

男子急红了脸:"抗议,抗议,不要搞人身攻击……"

这时,火车呼地进入一个涵洞,车厢里一片黑暗,立刻都沉默了,仅仅一两分钟的时间,却显得很漫长,韦娜感到世上的一切都远离了,也安心了。当火车重新驶入光天里,那两个人不再说话了,成了仇人似的。

韦娜想,男人女人永远是两大相互依存而又对立的阵营,相互理解是多么困难。

入夜,大多数人都爬上铺位,有人玩弄着手机,有人打起了呼噜。韦娜正迷糊着,一个陌生男人,面目模糊,来到她的铺位前,弯下腰,伸手来摸她的乳房。这乳房质地柔软,手感逼真,他不会知道是假的。她惊恐地大喊大叫,却听不到自己的声音,车厢里的人都没听到她的喊声,奇怪的是,王小丁就在过道的小凳上坐着,却漠然无视,袖手旁观。她拼尽全力阻挡着那人的手,却因为恐惧没有力量,她害怕这陌生男人,也害怕他的粗鲁把她的乳房毁坏了。绝望中,她又大喊着:"徐闻远,徐闻远！"

"韦娜,韦娜！"

从梦中挣扎出来,韦娜看到母亲坐在床边,忧虑地看着她。

"妈，你打完太极拳了？我睡了这么长时间啊？"

"你总这样睡，不对劲呀，明天你请天假，我带你去医院看看吧。"

20

听完医生的话，母女俩都很吃惊，轮流看着化验单，互相望着对方，无语。

韦娜怀孕了！

这段时间，离婚成为生活的主题，抱养孩子的问题不存在了，她完全忘记自己和王小丁的那次做爱，也没有心思做那些怀孕、生育的幻想，没想到，那个胚胎已经悄然挖好坑，将自己栽植下来了。

她们又在门诊人流穿梭的走廊里停下来。母亲脸色忧虑："这孩子来的真不是时候。"

韦娜感到腹部一股热流在循环，她知道这完全是精神作用，但她听任这作用影响着自己。热流慢慢扩散到她的全身，她觉得身体暖烘烘的，同时一种奇怪的甜蜜的东西，从内心深远的地方涓涓涌出。

"你们俩这样，怎么要孩子，万一真的离了婚，怎么办？"母亲看着女儿的脸。

妇女儿童医院里，自然妇女儿童要多些，韦娜松散的目光撒在一个年轻妈妈怀抱中的孩子脸上，那孩子圆而黑的眼睛蒙着亮闪闪的泪花，可能是刚打完针，因为哭泣，白嫩的额头都红了。她心里某个部位疼了一下，整个心都变得柔软了。

母亲口吻小心地说："要不……直接在这做掉吧？"

"不！"她终于开口说话了。"我舍不得。"

"那你以后……"

她不想再听母亲说什么，向外面走去。她想起微精神分析的那一套，人为生存而做的努力在子宫中就开始了，胎儿用尽一切本能要在子宫内留下来，但它随时处于被置于死地的危险，这危险往往就来自母亲本身，她的性活动，她的不慎摔跤，她的不情愿，她的无奈。但韦娜想与这本能对抗，她想保护它，她不能不做一次尝试。

在医院阳光如春的院子里，她的手机响了。"韦娜！"徐闻远说："你和王小丁的事，我听麦青说了。你……还好吧？"

"我很好。"她发现自己的语调很平静。她发现，徐闻远的消息永远是滞后的。她在花坛边一个长条木椅上坐下来。

徐闻远说："别怕，不管发生什么事，我都在关注着你，有什么需要我帮助的，一定告诉我。"

她差一点把怀孕的消息告诉他，但她马上意识到他的遥远，就改了口："谢谢你。放心吧，我没你想象的那么软弱。"

但是这个电话，还是使她高兴。她让母亲也在椅子上坐会儿，享受阳光。花坛里粉红的月季花，似乎比别的季节颜色更加光鲜，枝干上叶片不多了，而土中也没有绿草了，所以，她看到有一枝独立的花，那样惊艳，那样孤独。总的来说，眼前的美好让她心情愉悦。她也为她身体的变化而激动。说不清是什么原因，从小到大，到她生病前，她的生活很平静，什么都不缺，但她就是不开心，她用笑脸将抑郁藏了起来，而现在，生活想让她焦头烂额，她却发自内心地高兴，真正感觉到了世间的美好。

于是，她拨通了麦青的手机。

麦青听到她怀孕的消息，惊呼起来，唧唧喳喳提出一连串的问题。她说什么韦娜并不在意，韦娜只是想让她知道这件事，想让人分享她的喜悦。听到她说要把孩子生下来，麦青顿了半天说："那我给孩子当教母。"韦娜知道，不定什么时候，徐闻远也许会来电话说："我给孩子当教父。"想到生活的这种戏剧性，她不由地微笑起来。

21

朱蕊是对的。韦娜的睡眠变得宁静，一天早晨心怀喜悦地醒来，因为她梦见了朱蕊的女儿，因为她听说梦见小女孩儿是好的。她想起最后一面朱蕊说的那些话,她开始理解朱蕊为什么会因为孩子而视死如归。的确,这个世界因为孩子而使人依恋,而产生希望,而考虑生活的未来,参与其中,那些微不足道的琐事,都变得重要起来,那些苦痛都有了意义。更重要的是,她找回了自己。

这可愁坏了母亲,她要去找那个名存实亡的女婿谈话,希望他撤诉,希望他看在孩子的份上,回心转意,与韦娜生活下去,孩子要有父亲。

韦娜拉住了母亲。她想起有天晚上与王小丁曾讨论过朱蕊的话,他不以为然。她现在把他看作一个大孩子,女人因为有孕育生命的体验而比男人成熟,更能面对现实。何况,她现在没法证明自己能生出健康的孩子,那只是医生的肯定,王小丁和他母亲的担忧也是人之常情,她有她的选择,而他们也有他们的选择。

冷空气又来了,气势更强,季节就是这样在冷冷暖暖的交替中,深了。她必须回一趟那个曾经的爱巢,把她的棉衣和冬季用得着的衣服都取出来。于是,她第一次给他发了短信,两人像办公事一样约定了时间。

事前,她还考虑着见到王小丁,该以什么样的态度对他,该如何拿捏自己的表情和说话的语调,但这成了多余的,王小丁根本就没露面,打发一个朋友来开的门。韦娜极为不快,但如果不把这想作是对她的轻慢,而是胆怯,不敢面对,她也就释然了。韦娜也见过几次那小伙儿,她去哪个房间找东西,他就跟到哪个房间。她说:"王小丁叫你看着我?怕我拿了不属于自己的东西吗?"他尴尬地退到厨房,等着她离去。

衣物塞满了一个大旅行包,韦娜弯下腰,将事先打印好签了字的离婚协议书,端正地摆放在茶几上,使王小丁坐在沙发上一眼就能看到。犹豫了一下,她把复印好的怀孕报告单也并排放好。

在她起身的时候,阴暗的客厅里忽然辉煌起来。她走到西窗口,呆望着,心里有些激动。远处,庞大的蓝黑色的云团堆积在山峦上,在离山顶有一道门那么高的地方,云层裂开了一扇门那么宽的缝隙,金色阳光直板一样铺泻下来,真像打开的一扇门。

那小伙子走出厨房问道:"好了吗?"

韦娜侧转头瞥了他一眼,又看了看那道奇特的景观,才不慌不忙走到茶几边,拎上那个大包,真不轻呢。她再次犹豫了一下,弯下腰,收起了怀孕报告单。地板上响起她沉着坚实的脚步声。

三　不

　　雨是忽然的，噼噼啪啪打下来。海风挥着鞭，挟着腥气，在小城的街道上，一阵接一阵扇腾。风呛得杏生透不过来气，像一块透明的塑料布，兜着她和自行车，将她从车子上掀下来。她只好推着车子，用力去顶风，大口喘着气，进一步，退一步，忽然，心生委屈，眼泪跟着雨水凑热闹，弄花了她的脸。生活怎么这么难呀，她甚至惧怕活着。就是这一刻，她的心，接受了那个叫仇成时的男人。她正在午后上班的路上，等转过一个弯，风向变顺，她横下心，跨上车，直冲到仇成时公司的办公室，伏在他的胸前无声地哭。他锁上门，抱紧她，任由请示工作的下属在外面敲门，由着桌上的电话，一阵阵不懈地响。

　　这是八年前杏生认识仇成时很久后的一个情景。他们就是从这一天开始，正式相好。到现在，杏生有时还在回味那具有分水岭意义的一幕，有甜蜜，有忧愁。

　　一个致命的问题是，仇成时是个已婚男人。就为这，杏生当初，一直回避着这日积月累来的感情。

　　杏生是在表妹一平的婚礼上认识仇成时的，当时她离婚有一段时间了，因而对所有的男人都很上心。当时，他们在婚宴的同一张桌边，座位紧挨着，就多聊了几句，彼此印象不错，互留了手机号。

　　仇成时是一平的丈夫小徐的朋友，杏生很容易就了解了他：有老婆，有孩子，在一个国有企业做业务部门的头头，但夫妻不和，不过为了女儿，他仍维系着婚姻。哦，一个不轻松的男人。杏生只是这样一想，就忘记了他。每天都是匆忙的，她骑着自行车，去小城最大最好的金海螺幼儿园上班，车后架上带着自己的儿子小炜。忽然有一天，仇成时来电话了，说他女儿上的那个幼儿园条件不好，想转到"金海螺"来。杏生自然很愿意帮这个忙，并且成功了，仇成时的女儿淘淘，就成了她班上的孩子。

淘淘有时是妈妈接送，有时是爸爸接送，不论是爸爸，还是妈妈，都开着自己的车。杏生不懂车，只是从外观上看到，仇成时的车是黑色的，他老婆那台是白色的。不论是谁来，淘淘都高兴地喊着"爸爸"或"妈妈"，高兴地奔过去。难道，这是一个婚姻不合的家庭吗？杏生实在看不出。男的瘦高个，五官俊雅；女的不漂亮，但打扮时髦，有几分妩媚之气，听说她在机关工作。他们如何到了一起？又如何不合？是个谜。

杏生是个漂亮女人，大眼睛，宽宽的双眼皮儿，浓黑的眉毛，若眉心点一个朱砂圆点，就跟印度女郎差不多，有点遗憾的是，她的肤色黑，不过，这让她有一种现代城市女人难得的健康之美。赶上仇成时来接孩子时，他总是盯着杏生的眼睛，看上几秒钟，慢慢地，他的眼神儿里就渗透出内容，杏生的目光接上火儿，心里便有什么东西跳一下。杏生明白那心灵窗口的流露，但她可没想过要去蹚这混水。只是，她正在生活的低处，这高处的混水也自有其苦，兀自涓涓地向她流。她投桃报李，对淘淘，如同照顾自己的孩子，以求心安。有天傍晚，淘淘的爸爸妈妈谁都没来，杏生等了一刻钟，想了想，还是先给淘淘妈打了电话，那女人说，她在外地开会，说好了爸爸接孩子，杏生只好给仇成时打电话。仇成时匆匆赶来，说自己忘了，为了补过，他要请杏生母子吃饭，淘淘嚷着要去吃肯德基，小炜也同样嚷着，这让杏生很尴尬，一男一女，带着孩子共同出现在肯德基的餐桌上，不让人误会才怪。她生生地骑上自行车，带着小炜回家了，一路上都是儿子的哭声。第二天要下班的时候，仇成时来了，带来一包还热着的肯德基食品，硬塞到杏生的车前筐里。

两年后，淘淘上了小学，仇成时没有机会再来幼儿园了，但他没断了跟杏生的电话和短信联系。这种联系方式倒让杏生没有了压力,有时甚至还有期盼。

那一哭后,杏生真正成了仇成时的女人。当然,暗的。因此,他们都不好意思跟表妹一家来往了。

从那时起,杏生就盼着仇成时离婚,他仍是强调,为了女儿,不能离。以前只是听说,这回,她亲自证实了他不离婚的理由。都是女人为了孩子,再难受也扛着不离婚,男人为孩子这样着想的,不多。他确实是个好父亲,忙完了工作的事,大部分时间,都扑在女儿身上。淘淘数学不好,他就耐心陪她做题;淘淘看别人有钢琴,也要,他赶快张罗回来,淘淘却没学下去。他也不勉强不责备孩子,带淘淘去逛街,下饭店。杏生觉得,男人能做到这样,算是好男人呢,这也是她爱他的原因。她可以等,愿意等下去,不急不躁地等。

可谁知道,一晃就八年了呢。

他们的关系,要说有什么进展,就是暗变为半明半暗。能到这个份上,也是因为仇成时的老婆,这奇怪的女人,从未来找过杏生的麻烦,这么久,她不可能不知丈夫另外有女人吧,只是,她也是为着物质生活和一个名分,而佯装不知吧。仇成时已经成了他那个单位的副总,而她,仍是机关里一个小职员。淘淘离开幼儿园后,杏生只见过她一次,是一个夏日的傍晚,在政府广场的纳凉晚会上,杏生带着小炜,与仇成时一家三口,迎面撞上,杏生发愣,小炜亲热地喊一声"仇叔叔",上去拉他的手。杏生赶忙拉着淘淘的手说:"长这么高了?"离去的时候,杏生感到,仇成时的老婆看她的目光,意味深长,隐而不露,嘴角挂着一丝笑,跟蒙娜丽莎的差不多,怎么想怎么是。杏生自然不往好了想,自此戒备着她哪天突然找上门来,却一直无事。仇成时也不去猜忌老婆的私生活,他们各取所需,互不干涉。因而,杏生与仇成时的胆子大起来。慢慢地,亲近的人都知道了。

表妹一平是极力反对的。她告诉杏生,她朋友的姐姐,爱上一个有妇之夫,很多年欲嫁不成,闹得要死要活,有一天,在自己的住处被人谋杀了,案子一直没破。

杏生对表妹说:"一平,你不用吓唬我,我又没去闹。"

"可你得了什么好处？你也不年轻了，孩子也快长大了，你不为以后考虑？"

这话杏生倒是觉得有点道理。细一想，这么多年，她得到了什么？仇成时不过是给孩子买点吃的和玩具什么的，有时也给她买件衣服，这连一个没钱的男人都能做到，可仇成时是有钱的男人，这一点算什么付出？不过，杏生没计较这些。她从不开口向他要什么，她的工资还够过日子。她时常提醒自己，别再犯从前的错误。她的前夫叫李恒前，当初她跟他结婚，就是看上他的钱。结婚后才发现，李恒前是个吃喝嫖赌全占的男人，公然地在别的女人那里过夜，成夜地赌博，她无法忍受，提出离婚。除了在一个面积小的房子住着，她没得到什么，小炜是她坚持要的，因为是儿子，她怕孩子跟父亲学成那种鬼样子。仇成时一个星期来一次她的住处，像丈夫出差回来一样，享受她的服务，对房子不加评论，对他们的未来也没有展望。其实，到后边这几年，差不多都是杏生在主动亲近仇成时了，像妻子一样关心他，打电话问候他，有时特意做点他喜欢吃的饭菜，叫他过来，他都觉得理所应当了。再细想，杏生觉得她也不是什么都没得到，她的生活有了支撑，她不再觉得生活可怕，他充实了她的精神。

这使杏生的等待成了一种生活惯性，这背德的生活慢慢成了死水。

是热心的一平搅起了波澜。

一平要给杏生另外介绍一个男人。"你可千万别错过，这可是个热门人选，彻底离了婚，自己当老板，钱不比仇成时的少。"杏生不动心，她已经习惯了仇成时，他们情投意合，她希望等到奇迹发生。可是家里的人，父母、亲戚的劝导，蜜蜂一样包围了她。

她躲开这些"蜜蜂"，躲进仇时成的怀抱中。"我表妹一平要给我介绍一个对象。"

"是吗。"他躺在杏生的床上，心满意足，闭眼微笑。

"你说我要去见见吗？"

"随便你。"

杏生失望地捶了一下他的胸骨。"你什么意思，想摆脱我？"

"不是，你总不能让一平白忙活吧，去见见也无妨。"

"你不怕我跟他成了？"

"不怕，我是世界上最好的男人，你再也找不到像我这么好的人了，你舍不得离开我。"仇成时睁眼瞅了杏生一下，闭上眼，故意打起呼噜。

人在某些方面还保持着一些虚假的谦虚，但在男女关系上，可都是当仁不让，都认为自己是最好的，都觉得是对方讨了便宜。杏生这样想了一下，再看身边的男人，假呼噜已经变成真的。她看看床头柜上的静音小表，狠狠心推醒了他。"都半夜了，你该回家了。"

那个男人姓马，杏生和一平议论起他来，就叫他老马。

杏生下决心见老马，是一平开导有方。双休日，一平把杏生约到家里，拖她到电脑前，打开一个网站。"杏生，你好好看看，男女过招儿，'三不'原则。"杏生移动鼠标，看起来。

三不男人：不主动，不拒绝，不承诺。

三不女人：不善良，不等待，不言败。

一平说："你好好对照一下，仇成时现在不那么主动吧？不拒绝你吧？他也没给过你承诺吧？典型的'三不'男人。从现在开始，你要做'三不'女人。就这么做，仇成时保证有结果。"

"三不？"杏生还在思量着，恍惚着，一平已把她推到大街上，伸手拦下一辆出租，去见老马，老马在一个不错的酒店订了桌。

杏生觉得一平跟老马的关系不一般，互做介绍后，一平要走，老马拉她坐下，那个动作，有些亲昵。所以，再见面的时候，杏生问表妹，跟小徐的关系好不好？一平说："你知道七年之痒的说法吧？真对，我现在已经痒了一年了。"杏生肃起脸问："你跟老马没什么吧？要是你剩的，我可不要。"一平自嘲地笑笑。"你放心，人家不喜欢我这类型的，喜欢你这贤妻良母型的。"一平在小城一家旅行社当导游，春天时，她带了一个团儿去苏杭，老马就是那个团儿的人，当时，他情绪低落，与美丽的风景格格不入，与众不同，引起一平的注意。一平就跟他聊了几句，老马是个直人，告诉一平，他老婆给他戴了绿帽子，绿帽子还是他的好朋友送的，他知道后，一分钟也没耽误，离了。一平觉得老马也挺可怜的，回来后，就约他见过几次面，可是老马不主动、不拒绝，也没有将关系推进一步的任何行动，一平无望，想到了杏生。杏生听母亲和姨妈，谈论过表妹的家庭生活，小徐看不惯她不做家务就喜欢上网的作派，而她也嫌丈夫，蹲在一个事业单位里，没钱没车，没发展。杏生觉得表妹倒显得挺轻松，看不出婚姻中有什么不适。

老马的确看好了杏生，频繁地约会。第一面，他就被杏生抓走了心，这么漂亮的女人，看上去也柔顺，带个孩子，不容易，惹人怜惜。杏生也发现，自己运气不错，老马虽然年纪大了点儿，可身体还好，甚至可以说很棒，对她和孩子也不错，出手大方。她原以为，她的爱都给了仇成时，不可能再有新的爱分给别人，她承认，她错了。显然，仇成时也错了。谁都不能说，自己是世上最好的男人，离了他还去找谁？好与不好，都是从对方的需要来判断的。老马的条件对于杏生，是绰绰有余，凭什么她要在仇成时这一棵树上吊死？可是，杏生仍是犹豫，不能一下子舍弃。杏生是念旧，八年，八年啊，女人最好的年华，也就那么两三个八年，何况，这一个八年，她寄予了太多的希望，付出的是自己的全部，若要弃"仇"换"马"，八年的时光，就白白地流了。

所以，杏生与老马交往，半推半就。大半个心还攥在仇成时手里，她在等待他的反应。她时常想起女人的"三不"：不善良，不等待，不言败。自己成了这样的女人吗？可如果她对仇时成继续迁就和顺受下去，又有什么希望呢？于是，她大摇大摆地跟着老马，去这，去那，希望仇成时看见吃醋。有一次，他们在酒店吃饭，真的让仇时成看见了。老马不知道仇成时的存在，当然没有察觉，杏生去看仇成时的反应，这男人瞟了她一眼，像不认识，淡然地走过去了。

杏生的心，凉了下去。难道仇时成对她厌烦了，巴不得她找个另外的男人？或者他是有意冷落她，吊她的胃口？不管哪种情况，都让杏生生气。看不到他吃醋的样子，就是她的失败。她赌气不接他的电话，不回他的短信。她的心，从仇成时的手心里，又拉出来一部分，交给老马，节假日，老马开车来接她和小炜，母子俩就高高兴兴地去了他的大房子。

但这把年纪谈恋爱，孩子真是绊脚石，他们因为孩子吵了一架。这天，老马的女儿又从妈妈那里过来，横着眼睛看杏生。杏生本没在意，她不指望有妈的孩子，再接受一个后妈。可孩子仿佛受了亲妈的挑拨，一来父亲这里就极为放肆，这孩子快初中毕业了，个子赶上杏生高了，她看到杏生的新连衣裙很时髦，猜是父亲买的，就一声不吭，套在自己身上了。杏生心里不悦，嘴上忍住了，她去看老马，老马也没说孩子一句，她心里有点郁闷，起身去厨房做饭。老马有点讪讪地凑过来打下手。他用心找些话头，来分散杏生不悦的心一直在集中想着的问题。"一平这段时间在忙什么？怎么没音儿了？""谁知道她在忙什么。""小徐那人挺老实的，掐不住她的。""你怎么知道？""嘿嘿……"这时，客厅里的两个孩子打起来了。杏生和老马都奔了过去，两个孩子扭在了一起，脚踢着对方的腿。杏生母性的本能反应迅速，冲上去拉开老马的女儿，用身体护住儿子。"你是姐姐，怎么欺负弟弟？"老马过来，搂着女儿，对杏生的儿子说："你是男子汉，不能打女生的，明白吗？"

男孩说："她不让我看电视。"

女孩说："他骂我。"

两个大人对视着。杏生对儿子说："你非得看电视吗？不看能死啊，在沙发上坐一会儿，看会儿书吧。"她板着脸，转身回到厨房，女性的责任感，使她要去完成这顿饭。

老马站在厨房门口，看着杏生，似有话说，又不知从何说起。杏生哗哗放水洗菜，瞟了一眼老马。"你该教教那孩子，懂点礼貌。"

"她还小，你跟孩子计较什么？"老马说。

"是我计较吗？尊重大人是她应该做的，她做不到，你就该管管。"

"你就不能放低心态跟她做朋友吗？"

"你应该教育的是孩子，而不是我！"

杏生真的生气了，把从水里捞出的一把油菜，又摔进水里。她冲到客厅，命令儿子快穿鞋，她背上包，也换掉拖鞋，拉上儿子，出了老马的门。老马没有追出来，来了一个电话，杏生没接。

母子俩在街边小店吃了一碗拉面。天黑下来，杏生满心的黑暗，跟小炜说去海边的公园走走。小炜看到母亲因为自己跟马伯伯吵了架，不敢说什么，默默地陪着。回到家里，安顿小炜睡下，杏生坐在沙发上，打开电视，却看不进眼里，眼睛在垂泪。自然，她想到了仇成时。她觉得，与这个男人之间，还是有些相印的东西，丝丝缕缕地连着，而跟老马，可能时间短的缘故，两人之间的连线还没有形成弹性，随时就能绷断，她开始想念仇成时。他是一个亲人，一个可让她随意倾诉的人。她拨通了他的手机。里面的声音很杂乱，主人像是在歌厅里。杏生只哭不说话，仇成时说："我现在有事，你去'迪欧'等我。"

迪欧咖啡厅是近两年他们常见面的地方。仇时成的老婆虽然没给他找麻烦，但在公众面前，还是要顾及脸面的，约会总是换地方，这两年就固定在'迪欧'了，这家咖啡厅因为太豪华，来的人少，清静。杏生等了半个多小时，仇成时才来，他们要了烛光。杏生发现仇成时瘦了。他原来是白净的方脸，现在，有点黑，下巴有点尖了。

"这段时间忙吧？"杏生没有急于展示自己的悲伤。

"我哪天不是在忙啊，什么时候有时间，和你到一个没人的地方，好好放松一下。"仇成时望着杏生，杏生不难看出那眼里的情义。她张了下嘴，却没找到一句合适的话，便把嘴闭上了。

"怎么，跟老马处得不顺？"

杏生的委屈放任起来，透过眼泪和鼻涕的讲述，仇成时知道了情况的大概。他笑笑。"我早就告诉你，男人没有好东西，除了我。"

杏生看着仇时成，希望能听到一句类似于承诺的话，他对她的承诺。仇时成把杏生的目光当成了征求意见。"问题很简单，处不好就不处，没必要勉强自己。"看杏生不说话，他又补了一句："你要觉得还有希望，那你就再处处看。"烛光，熄灭了，杏生眼里的光亮，也熄了。

发泄也好，倾诉也好，都结束了，杏生觉得心里空了。仇成时的空话，那种类似宽容的态度，让她空得没力气了。她叹息一声。"走吧，孩子一个人在家，我不放心。"

仇时成开车送杏生回家，一路上，他专心开车，眼望着路面，杏生也望着夜晚的街景，表情却发呆，谁也没再说话。要下车的时候，杏生才又望着仇时成，希望他能说点什么，但他只给了她一吻。"晚安，做个好梦。"

一平说请杏生吃饭，到了饭店才知道，是老马请她们吃饭。杏生在桌下踢一脚表妹，白了她一眼，但"多事"这句话没说出口。

老马要开车，不敢喝酒，叫了一瓶红酒给两位女士。大家先吃了一会儿菜，垫垫底儿，老马说："来，两位美女，干杯！"

杏生端坐不动。两天前的怨气，虽然通过仇成实倒掉了一些，见到老马，又返回了一些。所以，一见到老马，话也没说一句。一平端起杏生的高脚杯递给她："拿着，给老马哥个面子，也给我个面子。"杏生似乎赌气给老马看，接过杯子，仰起下巴，酒全喝下去了。

"唉呀，喝一口就行了，干吗都喝了呀。快吃口菜压一压。"老马赶快夹了一块鱼肉，送到杏生面下的小碟子里，投给杏生的目光满是关爱。

一平对杏生笑笑。"看你，又不是小孩子。你看老马哥对你多好，我都嫉妒了。"

杏生那一杯酒下肚，立刻腿软了，脸也发热，红了，精神兴奋起来。她接着表妹的话说："是吗？那我敬老马哥一杯，表示感谢。一平，其实这是我们最后的晚餐了。"她站起来，头脑里一阵眩晕，坐回椅子上。她又努力站起来，却把一杯酒洒在乳白色的连衣裙上，裙子的前摆红了一片。

一平连忙打岔儿。"幸亏是前面，要是后面，杏生你说不清了。"

"去你的。"杏生短促地笑了一声，又回到醉态里。"给我倒酒，满上，我要敬酒。"

老马把住酒瓶不放。"杏生，你不能喝了。赶快吃东西。听话。"

"快给我倒酒！"杏生的音高已经不为她所控制了。一平只好要过酒瓶，给她倒了半杯。杏生晃晃悠悠地站着，说一句话，酒杯在桌上的玻璃转盘上墩一下，再说一句，又墩一下。"一平，这是我和老马最后的晚餐。"

"啪！"酒杯碎成几瓣。

红酒，在玻璃转盘上，在那些盘子之间，蚯蚓一样，蜿蜒着。杏生的手心也开出了红色的花，她愣住，手还停在举杯的动作上。表妹惊叫一声，喊来服务员收拾。老马慌忙奔到杏生身边，抓住那只开花的手，用餐巾纸小心擦拭。血仍是涓涓而出，杏生的眼泪也涓涓而出。不是因为疼，是心里有说不清、道不明的委屈。

"不行，得去包扎一下。"老马说。

老马果断地拥着杏生往外走，杏生还在负气挣扎，老马力气大，像对一个孩子，半抱半推，强行把她弄出餐厅，弄上车，一平在后面提着杏生的包。他们就近找到一家诊所，杏生那只殷红的手，很快就裹上白纱布了。

这个插曲，给杏生与老马之间的连线，增加了弹力和韧性。杏生感觉到，老马有种现实性的可亲。遭了蛇咬，也不畏首畏脚，仍对女人投以亲好。以后，杏生与老马又相处下去了。看得出，老马对她，是全心全意。杏生常在心里，拿老马比仇成时，她想，老马是因为离婚了，没有精神负担，所以才对她全力以赴，仇成时毕竟还有个名义上的老婆，想对她好也有诸多不便。到这时，她还在尽心尽力去理解仇成时。

老马盯准了杏生，开始下本钱了。一个星期天，杏生觉得累，多睡了一会儿，一家电脑公司的电话打上门来，说一个姓马的人订了一台联想电脑，让送到这儿来。没多久，两个年轻人来了，一人一个箱子扛进来，麻利地忙了一阵，主机和显示器都安好了，离去。老马电话里说，电脑让她上网解闷儿，也让小炜学习方便，查个资料什么的。其实，杏生在幼儿园里也能上网，怕小炜迷上网，就没在家里备一台。不过，老马的举动，还是让她心里温暖。更让她没想到的是，老马又给她买了一辆丰田轿车，让她开车上班，不要再那么辛苦地去挤公交车（她现在不骑自行车了）。男人对女人的爱，最终要体现在物质上，老马做到这个份上，杏生还能说什么呢？她开始考虑，老马关于结婚的提议了。

杏生学车期间，遇到过一次仇成时，是在小城最大的超市，他正陪女儿淘淘买酸奶。淘淘长成十几岁的少女，已经上初一了，仇成时说："这是你上幼儿园时的阿姨，还记得吗？"淘淘摇摇头，不爱说话，早忘了小时候这阿姨对她的好。八年来，仇成时在女儿的心目中，一直是个好父亲，淘淘不知父亲有这么一个女人，他让淘淘去别的货架前逛逛，跟杏生聊了几句。

"你怎么晒黑了？"

"挤公交车太热，我又改骑车上班了。"

仇成时向淘淘走去的方向望了一眼，又问："跟老马处得怎么样？"

"还不错"，杏生故意做出开心的样子，"他对我挺好的。"她看出仇成时有些心神不定。她以为他是在担心淘淘会怀疑他。她随口问了一句："你还好吧？怎么又瘦了？"

"生意忙。"仇成时又向女儿闲逛的方向看一眼。

杏生觉得与这男人之间生分了，都要找话说了，可这男人的气息，她是多么熟悉亲切啊，已经渗入她自己的毛孔，又发出来似的。只要他做出选择，选择了她，老马她是很容易舍弃的。可看起来，他的心思仍在女儿身上，那孩子既不是神童，也不是天仙，他为什么要宝贝成那样？他仅仅是这一个顾忌吗？他和老婆之间到底怎么回事？杏生这些年，几次想跟他探讨这一点，都被他躲过了。杏生仍抱着希望，希望听到他说句什么，可他只担心着，淘淘会发现爸爸跟这女人的秘密。杏生苦怨的目光盯了他一眼，先走了。

拿到驾照后，杏生很开心，每天驾车去上班，送孩子上学，到哪里办事也方便了，上下班高峰期，路上堵车，到了目的地，停车的地方难找，这些麻烦事，都没有影响到她的心情，终究还是利多于弊。杏生在老马营造的幸福气氛中，平静地过着日子。

他们开始认真地准备结婚。若是两个没钱的人梅开二度，一般都是悄悄搬到一起了事，顶多小范围的亲戚朋友聚在一起闹腾一下，老马有点钱,与前妻又有点仇,所以这次结婚想张扬一番,为自己打气,也想在前妻的耳闻中挣点面子。所以,他把自己当成崭新的新郎来准备了。他正在重新装修房子,忙得热火朝天。

杏生却开始心神不宁了,老马催她做什么,她说不急。有时,还要发会儿呆。自己真的死心要跟老马结婚吗?这个男人当然也不错的,可她爱仇成时已经八年了呀。八年的时间,就这样一下子滑过去,实在不甘,将来会不会后悔?或者,即使决定了跟老马结婚,是不是也要给仇成时一个交待?于是,双休日的时候,杏生躲开老马,主动约仇成时见了一面。

"你不用开车,我开车去拉你。"杏生不等仇成时做出反应,就挂断了电话。

仇成时上了杏生的车,恍然明白。"怪不得你晒黑了,原来学车去了,长本事了。哪来的车子?"

"老马送的。"杏生手把着方向盘,眼望着前方,语气淡然。但她的余光对仇成时的表情已经明了,他惊讶的目光,在她的脸上停留了几秒,整个人颓丧下去,沉默了。他不问杏生,要把他拉到哪里去,装作漫不经心的样子,看着街景。

"你是我的第一个乘客,怕不怕?"杏生想调节一下车里的气氛。

"你敢开,我有什么不敢坐的?能坐在你开的车上,也是幸福。"

这回倒是杏生哑口了,心里又起了轻微的波澜。她把车子开到了城区北山后面的环山路,在一个观景处停下来。他们扶在水泥材质的仿木栅栏上,看山下的大海。这一带风景美丽,但交通不便,鲜有人来,所以,他们能专心看着海面,各想自己的心事。

还是杏生先开了口:"我准备跟老马结婚了。"

仇成时站直了身体,看着杏生。"这二次结婚,也不是闹着玩的,你可得想好了。"

"想好不想好,你会跟我结婚吗?"

杏生保持原来的姿势不动,她没有听到回答,她听到仇成时走到另一边去了。他重新伏在硬邦邦的栅栏上,望着海面,眉头纠结在一起,仍是没有一句承诺。这个态度,杏生失望透了。不过,八年的关系，已成死水，这个态度，也不难接受，杏生只是深深地失落，感觉自己正向着山下那深海里坠去。

想不到，两天后，仇成时来电话了，要求晚上在迪欧见面。杏生心里狐疑，两天前，面对大海，她已经跟他道别了，她和他，那些粗粗细细的筋脉，已经让她挥斧砍断了，那些神经，有的已麻木，有的还有痛感，但都过去了。仇成时想干什么？这个由熟悉而陌生、由亲近而远去的男人，还能有什么表现呢？她不知道，她没底。所以，她找表妹来，帮忙拿主意。当然，一平是在外面广场的花坛边上，坐着等的。

他们没有要烛光，也没要咖啡，饮料是随便点的，不管是什么名字。她发现他脸色灰暗，睡眠不足，胡子也没刮。她明白了他的消瘦。这个男人，到底还是认真的。她便有了期盼。

"杏生，不要跟老马结婚，我原以为可以对你放手，现在明白，我做不到。"

仇成时盯着桌面。杏生盯着他的嘴唇，等待下文。

"老马买的车，你要喜欢，可以留下，我把车钱给他。"

杏生转动一下眼珠，准备对仇成时刮目相看。

"这个双休，我陪你去看房子，你喜欢哪，就买在哪儿，我搬来跟你和小炜一起住。"

"那……淘淘呢？"

仇成时没有回答问题，继续说自己的。"我给你准备了一个三十万的存折，给你以后养老的。"他从公文包里掏出一个暗红色的存折，放在杏生的眼皮下。至此，他才敢看杏生的眼睛，仿佛刚才开出的这些条件，给他撑了腰。

杏生对眼前这男人，真的是刮目相看了。没想到，他也有如此大方的一天。更想不到，他以如此的方式，来缝合那些已断了的筋脉，却比断时疼痛百倍。杏生小心的，怕割了手似的，慢慢打开那本存折。三十万。她的心被扎了一下，刺痛着。她坐不下去了，将存折推给仇成时，站起身。

"杏生，你考虑考虑。"仇成时的话追上来。

广场上极热闹，灯光煌煌的。跳舞的，做操的，扭秧歌的，打羽毛球的，这些浸在短暂快乐中的人们，可知道选择的艰难？一平看一眼热闹，看一眼迪欧的大门，终于，表姐杏生从那扇门出来了。

"怎么样？他找你说什么？"一平等不及杏生走近就问。

杏生在一平身边坐下，向咖啡厅的门口张望着。

好一会儿，仇时成也从那扇门里走出来了。他站在那里，像地下工作者刚接头完毕，向路两边各望一眼，道貌岸然地走向停车处，上了他的车。

一平急于知道结果。"他说要离婚了吗？"

"没有。"

"那他想怎么样？"

"他想得挺美，要给我买个房子，搬来和我一起住，再给我30万存款，将来养老。"

一平瞪大眼睛。"杏生，你成功了。"

"这算什么成功？"杏生没有一点兴奋。

"这不是有结果了吗？你跟仇成时更有感情，现在，他提出的这些条件，不就等于你们结婚了吗？你要那些形式有什么意义？"一平已经忘记她当初的反对。

"不是那么回事。"

杏生失眠了。她也在想，仇成时这一夜会怎么过？八年。这个数字又蹦出来。多数情况下，这的确是个吉利数字，八年，往往是事情有好结果的年头，中国八年抗战胜利，而她呢，跟仇成时八年了，他终于有了付出，有了决定，虽然还拖着一个尾巴。可这个尾巴不是老鼠的小尾巴，是松鼠大大的尾巴，太重了。再说，如果不是要跟老马结婚了，仇成时还不是要维持原来的状态？如此得来的一切，细细咀嚼，好没意思。她突然想起了"三不"。她起床打开电脑，挂上网，盯着"三不"看，男人的"三不"，她管不了，女人的"三不"，她觉得扎眼，关于善良，以及不善良，如何界定？这八年，她是善良的吗？离开仇成时，她就不善良吗？或者，倒过来呢？不等待，不言败，倒是令人舒心的说法。她想起了老马。不管怎样，上天到底照顾了她，让她有这样一个善果。她真为自己庆幸。

杏生拨通老马的电话。她听到老马睡意正浓的声音："出什么事了，杏生？这么晚了。"

"没事，我想你。"

"让我去陪你吗？"

"今晚不，我马上就是你老婆了，怕以后烦死，今晚要享受孤独。"

"臭丫头，到时我饶不了你。"

听到老马亲昵的话，杏生心里踏实了。

他们的婚礼近了，忙得不可开交，这天晚上，都在老马装修好的房子里，商量婚宴的名单，一平来帮忙写请谏。她叹："唉，里面的人出来了，外面的人又进去了。"杏生不解地看着表妹。一平出言平淡："我和小徐离了。"一时，都无话。老马淡声说："记着，给仇成时也发一张请帖吧。"杏生和一平，两人的目光惊慌对撞，又弹开，奔向老马。老马补充道："我是真心的。"老马向一平眨眨眼。

婚礼的安排

呼啦一下子，夏天了。尤海萍很是疑惑，屋子里还有些许的凉意呢。可是外面所有的树，都茂盛得有些慵懒了，在大太阳下绿得有些沧桑，有些干渴。都怪自己这破旧的身体，精神和注意力日益迟钝，外面的变化都忽略了。

不过，水蓝的天，习习的风，的确是一个举行婚礼的好天气。

尤海萍坐在前夫老潘派来的接她去酒店的车子里，不由得又思忖起女儿婚礼的事情。她盼女儿的婚礼盼了很久了。树叶绿了，春花谢了，就这么的，婚礼就来了，想到女儿会穿着洁白的婚纱，明净而美丽，她的心，因激动颤抖而碎了，每一分钟都显得漫长。

为了这一天，尤海萍专门去买了一套豆沙红的套装，还染了头发，烫了卷儿。打扮好了，站在镜子前，她突然心里发慌。她有很多的理由发慌。实际上，这是一个令她增添新忧虑的夏天，镜子里的脸与新套装难以协调，让她产生了强烈的尴尬和淡淡的失落，她极不愿相信，自己今年已经48岁了，明年单位的计划生育就不会再管她了，不必再统计她生了几胎，节育措施是结扎、上环还是避孕套，不用防备她计划外怀孕了。关于这一点，她一直在心里耿耿于怀，她已经跟老潘离婚八九年了，上哪儿怀孕？跟谁怀孕？主管计生的干部当然是按工作程序来的，可她总觉得受到侮辱一般。

女儿的婚礼过后，一切都会改变，女儿完完全全是别人的了。这一点，尤海萍早已有所准备，打离婚的那天起，女儿就随了父亲，前两年，老潘又结了婚，女儿又有了一个继母，在她的奇怪的感觉里，女儿又远离了一些。她稍可安慰的是，不管怎么样，女儿大了，婚礼一结束，她这个亲妈也可以轻松了。只是女儿的婚礼将是一道分水岭，婚礼结束，尤海萍是一个有女婿的人了，一两年后她又会成为外祖母，一个老尤海萍了。想起这些，婚礼前的尤海萍有点气恼。因为想到从前的尤海萍，其实是一个活得失败的女人。

她后悔自己那时太霸道了。她讨厌前夫老潘总是喝得醉醺醺的，很晚才回家。她让他站到墙角去，像小学生一样反省，再不就逼着他写保证书。老潘经常是迷迷糊糊地站不住，总想爬到床上去睡觉，她就把他推回到墙角去。老潘完全可以把她扒拉到一边去，我行我素——那样的话，尤海萍就会闹得这一夜都不得安宁，为了省心省麻烦，老潘就老老实实站上一会儿，以求解脱。尤海萍没有想到，老潘终于有一天彻底解脱，带着女儿走了。

要说前夫老潘，除了喝大酒，人还不坏，离婚后，尤海萍得了一场大病，从此身体就不好了，有一段时间她病得很重，起不了床，老潘还回来侍候了她一阵子。朋友们都说，老潘算是个有情有义的人。现在，老潘又专门找了一辆车来接她去酒店参加婚礼，是应该的，也是费了心思的。因而老潘的这个前妻在女儿婚礼前的一个小时还在想，老潘会如何安排她？

这是个大问题，已经困扰尤海萍好几天了。

准备女儿的婚礼，她因为身体不好，插不上手。好像不光如此，她感觉自己是局外人似的，老潘和他的新老婆才是主人，他们自会好好地筹划准备。现在经济危机不假，可听说男方家在另一地办的婚礼还是很像样的，尤海萍因为身体不好，没有赶上二百里路去参加。这女方家的回门礼，老潘也不会办得很差吧，他正当着不大不小的官儿，也是有头有脸的人物。所以，尤海萍一点也不担心，她只是上心、挂心，她打电话让女儿回来见个面，说说婚礼准备的情况，可女儿说忙死了，让她什么也别管，到时只管来就是了。自从老潘又结婚，尤海萍和老潘再也没有联系了，所以，关于婚礼的情况，她一点也不知道。

尤海萍参加过不少的婚礼，熟知时下婚礼的程序，她知道有一个程序是必不可少的，就是新人的父母会到台上去，为新人祝福，也接受新人的叩拜。她和那个女人，谁应该上去？

想起那个女人，尤海萍本来对她一直没有什么感觉，那女人的出现是在他们离婚后几年的事，跟她尤海萍没关系。可是婚礼临近的日子，尤海萍开始嫉妒那个女人了，想起来，心里就一跳一跳的。因为她是老潘现在的妻子，是他们夫妻在准备一场婚礼，风头是她的。尤海萍从没想到她的生命里会遇到这样一个尴尬而又难解的问题。听说那女人保养得挺年轻，跟老潘形影不离，老潘赴宴，一般都带着她。尤海萍有些气恼，她做老潘的老婆时，老潘什么时候带过她？男人就是这样，也不知是新欢真的强于旧人，还是男人经历了一个女人，懂得了什么，改变了什么，旧人死了，活着的人替她不公，旧人活着的，一如尤海萍，只有她自己郁闷了。

车子急转弯儿，拐上了宽阔笔直的海滨大道。尤海萍被甩得歪向车窗边，直到离心力消失，她才重新恢复正姿。司机是个沉默的年轻人，尤海萍想问问他知不知道婚礼是怎么安排的，但嘴巴像有强力胶水粘着，没有张开。也许这年轻人和这车是婚礼雇来的，指哪儿打哪儿，他怎么能知道婚礼是怎么安排的呢？这年轻人从前上方的镜子里瞥了几次这满腹心事的女人，也决心沉默到底似的，紧闭着嘴，盯着前方。

尤海萍便扭头去看大海了。女儿的婚礼就在海边的抱月大酒店举行。蓝绿的海面上，闪着碎银的波光，忽明忽暗，荡来荡去。她紧锁的眉头展开了一些。当然海的作用远不止这一点，她的心里也随着海平面的延展宽阔起来。她早就知道，老潘会给女儿找一个好酒店举办婚礼。那婚礼虽然是女方的回门礼，一定也够喜庆、够热闹的。在她的想象中，也应该像别人家的婚礼一样，舞台上空布满鲜亮闪光的纸花，舞台的边缘暗藏了焰火礼花，当口若悬河的司仪宣布新人结为夫妻，互换戒指，礼花便突然喷泉一样向上哧哧地喷，让人眼花缭乱，心里激动。那该是女儿多么幸福的时刻，也是父母多么幸福的时刻！

为了这个时刻，真该准备一副好心情、一副开心愉悦的表情来配合。于是，尤海萍暂时放下心事，脸上的皮肤进一步舒展，将嘴角也小心地端平了。

这时，那年轻司机的手机响了，他左手把着方向盘，右手将手机贴在耳上。只听他说："接到了，马上就到。"

尤海萍明白，那边的什么人在为她的到来挂心呢，也许是老潘，也许是女儿，也许是帮忙的亲戚，都不重要，重要的是，她感觉得出，自己是受到重视的。但她什么也没问，只是将坐姿进一步放松了。

抱月大酒店宽敞的院子里，停满了各种颜色各种型号的车辆。尤海萍就知道今天来参加婚礼的宾客一定很多。她心里又增添了一分愉悦，这愉悦推动了她的表情，嘴角向两边拉开，脚步变得郑重其事，一向前倾略弯的身体也尽力挺直了。

酒店正门的上方，拉着一条大红的横幅，专为祝贺女儿女婿新婚的。尤海萍仰起头，目光郑重地从左到右捋过一遍，然后收起下巴，骄傲地走进酒店大厅。

一个颜面已见出老相的女人早已等候在门口，笑眯眯迎上来。这些年没见，尤海萍还是一下子就认出来了，那是老潘的嫂子。前妯娌热情地拉起她的手。"海萍，你可来了，等你半天了。咱们在一个桌上，我带你去。"

尤海萍准备了一副充分的笑脸，跟着前妯娌慢慢向前走。她已经觉察出婚礼安排的意味。她的到来，潘家的人不能视而不见，谁来接待她最合适呢？当然是从前的嫂子。嫂子从里处说是潘家的人，从外处说，与从前的尤海萍是一样的。所以，尤海萍对这个安排并不反感。

她迅速地扫了一眼大厅，各种影像和信息都收在脑子里了。

大厅里的人很多，都是来参加婚礼的，晃来晃去，有点乱，也有点吵嚷。和时下流行的婚礼一样，大厅里设了一张礼账桌子，上面立了一个红色的投票箱一样的小盒子。不断地有来宾将红包塞进那个小盒子，然后在红色的账本上签上名，再走到一面墙边看张贴在墙上的座位排名表，寻找自己的位子。尤海萍注意到，负责收礼的是老潘的侄子，她瞥了一眼，就将目光挪开了，她不需要到那个盒子跟前去，早在女儿准备婚礼的时候，她就把多年来为女儿准备的存折交给了女儿。她的目光弯弯曲曲，在人际间穿行，然后她看见前夫老潘正在大厅的中央和人握手，忙得晕头转向的样子。他也染了头发，吹了发型，精神气十足，但是肚子更突出了。尤海萍感到奇怪的是，自己的内心竟然波澜不惊，像在看一个陌生人了。她的目光跳过这一幕，继续搜寻，很快，她就看到她想看到的女人了。那女人穿了粉色的一步裙套装，白净的脸，发卷儿像花朵一样盛开在肩上，营造出些许的韵味，她正穿过大厅，向另一头的走廊走去。尤海萍从没见过这女人，但现在，通过那隆重而突出的打扮，她一看就知道，那就是老潘现在的老婆。

尤海萍感觉头有点胀，有点晕，脚跟飘摇。她再次感到奇怪，为什么这女人一出现就钻到她心里来，她的心底就翻起细微的波澜？幸好有前妯娌拉着手，她的脚步还保持着方寸。

她们要穿过走廊，才能走进摆满酒席的大餐厅。在幽暗的走廊里，尤海萍还在想着那女人，也是穿过大厅，走向这走廊了，但只这一会儿，就没有她的踪影了。她往前看了一眼，又往后看了一眼，这走廊挺长的，老潘的新妻能这么快就走完了吗？她忽然想近距离地看看那女人，看看她的生活。她瞟到右侧的一个门上写着洗手间，就想，那女人是不是进了这里？

尤海萍对前妯娌说："嫂子，你先去餐厅，我上趟洗手间。"

嫂子说："我陪你去。"

"不不不，我自己去。你先走。"

尤海萍拦下前妯娌，推开洗手间的门，闪了进去。洗手间的外间空无一人，里间的一个隔断里有衣服的窸窣声。直觉告诉她，那个女人就在里面，已经整理好衣服，就要出来了。她急忙进了另一个隔断，当然她没有什么要方便的，只是装模作样地整整衣服罢了。只听隔壁的女人踩响了冲水器，随着哐当的一声门响，脚步声走了出去，外间的洗手池里又响起了哗哗的水声。

她马上出了隔断，不慌不忙地向另一个洗手池走过去。

只向镜子里瞥了一眼，尤海萍的心就倏地沉下去了，因为镜子里的两个女人那明显的差别。那女人的紫粉色套裙，亮度上压过了她的豆沙色套裙；那女人保养得白亮的脸，衬托出她的脸灰黄暗淡。她皱起了眉，心口窝有什么东西在涌动着，冲撞着。不想，那女人脸上溢着微笑，手上搓着洗手液的泡沫，扭头对她说："你是来参加婚礼的吧？"

尤海萍慌忙挤出一丝笑。"啊，是。你是新娘的妈？"

"啊。"女人含糊一声，收了笑伸手去冲手上的泡沫。不过，还是能让人以为，她就是新娘的妈。

尤海萍心里冷笑，我才是新娘的妈！她在心底喊了一声。这女人端着一副女主人的架子，到处走着，忙碌着，让尤海萍觉得她是一个摘桃子的人。她一时火起，狠狠地把水笼头开到极限，水替她泄愤似的，溅到自己的身上，也溅到女主人的身上。

女人跳了一下，拉出一张纸擦裙子上的水珠。

"对不起啊。"尤海萍冷冷地关上了水笼头。

"没关系。"女人似乎因为今天是大喜的日子，心情不错，也无心计较，只低着头擦水，没有注意到这客人的表情。

尤海萍也拉出一张纸，狠狠地擦自己的手。她心上的肉一跳一跳的。她瞟着那女人。知道她死了丈夫，在机关里有份不错的工作，她也有个女儿，和今天的新娘是同学，她和老潘能结缘，是这两个女儿做的媒。为此，尤海萍很长一段时间不愿理女儿，死丫头，到底是向着她爸的，把原来亲妈的位置拱手送给别的女人。她想象女儿一定和同窗好友的妈处得很亲密吧。想到这一点，幽怨之气和妒火又漫上头顶，她的头又晕起来。她闭上眼睛，等待这股晕眩的气流过去。

"你怎么啦？你没事吧？"

她睁开眼睛，见老潘的女人正诧异地看着她。女主人自然要对客人表示一下关心，可在尤海萍的感觉里，这女人一举一动表现出的是一种优越感。她心里极不舒服。不过，今天的尤海萍是非常清醒的，不管以前跟老潘怎么闹，今天为了女儿，一切要忍。她不是女主人，但她可以找到一个平衡点——她是新娘的母亲。

"没事，我没事。"她避开女人的目光，将一团纸扔进纸篓。

女主人转身要离去了，尤海萍突然冲着那个苗条的背影问道："老潘……还好吧？"她所以要这样问，是想起老潘的嗜酒，听说在这女人以前，老潘还找过一个女人，那女人管他管得厉害，跟着出去吃饭，竟在酒桌上抢他的杯子，在众人面前不给他面子，幸好没结婚，老潘给她点钱就打发了。现在的老潘，糖尿病很危险，仍是在饭局上，背过身去往肚子上打胰岛素，转过身来就端起酒杯海喝，量这女人也没办法吧。

那背影突然停住，转过身来。"噢，他挺好的。"她讶异地问："你是老潘的什么人？"

尤海萍浅笑了一下。"亲戚。"她清了清嗓子，走到水池边吐了口痰。

女人满脸的莫名其妙，用诧异的目光再次看了一眼女客人，转身离去了。

尤海萍松了口气。心想，差点没拿捏好，把事情搞砸了。不过，她觉得仿佛经历了一场女人之间的战争，她是隐在暗处的狙击手，占到了一点便宜似的。有这样的感觉，她的心情又好点儿了，又多了点信心。想老潘离婚之初能来照顾重病的她，在女儿的婚礼上总会给她一个合适的安排吧。她是新娘的亲生母亲呀，她和孩子的亲生父亲一起上台，祝福女儿，这合情合理。她带着这合理的幻想，重整表情，平静地走出洗手间的门。她看见女主人的背影已经到了走廊的尽头，就要进入大餐厅了。

前妯娌还忠实地站在洗手间门口，惊讶地看看那个背影，再用惊讶加疑问的目光看着尤海萍，满脸的紧张。尤海萍平静地说："走吧，嫂子，去找咱的桌子。"

尤海萍的座位在一号桌，宽敞的大餐厅里已经坐满了宾客，一片吵嚷声，一片热闹。她的第一感觉是，来的人真不少，这是一个盛大的婚礼。前妯娌带着她穿过很多的桌隙、很多的陌生人，终于来到一号桌,它在餐厅的最里面,在餐厅四角之一的角落里。

一落座,尤海萍就发现了,这桌上人员的安排,老潘是动了脑筋的,都是过去跟她还不错的几个亲戚,还有她的同事,还有她最好的女友。在这里,她脸上的笑是发自内心的,她用高兴的心情跟他们寒暄,问答的间隙,她不时扭头观察大厅。意外的是,她没有发现台子,这里也没有彩色的拉花,能体现喜庆气氛的,只是桌上果盘里的喜糖。这与她的想象落差很大。她对身边的女友耳语:"老潘是怎么回事?不想搞仪式了吗?"

女友轻声说:"别着急,一会儿就知道了。"

"我以为他能搞得热闹些,怎么没动静?"

"这不来了这么多人嘛,挺热闹的。"

尤海萍觉得女友的安慰隔靴搔痒,一点也入不到她心里去。过去的一段时间里,她和这女友没少谈论女儿即将到来的婚礼,一见面她就扯到这个话题,她让女友帮忙分析,她和那女人谁应该上台,女友一直无法帮她解答这个难题。每次只好强调:"孩子永远是你的,你永远是她妈。你怕什么。"尤海萍真的不满足这个正确却是敷衍的回答。她甚至在心里对女友产生了不满,你不是也离婚了吗?你不是也有一个女儿吗?你很快也有这一天的,看你怎么办。

她充了电的目光又满餐厅去搜寻,她没有看到穿紫粉色套裙的女人,也没有看到老潘。不知他们在哪里,在忙什么。女儿女婿也不见踪影。这一对新人,会打扮成什么样子呢?她能想象女儿的样子,因为是自己的孩子。至于那个小子,她已经想不起来他的模样了,他们确定关系的时候,女儿带他来给她看过,她没有什么特殊的感觉,也不觉得多好,也没有觉得多差。好也罢,差也罢,她这个没有尽责的母亲,都没有底气赞成和反对。一切随女儿的愿就好。女儿今天一定很开心吧?

酒店的服务员们来往穿梭,已经开始给各桌上菜。但是,关于婚礼的仪式仍是没有任何动静。客人们大声交谈着,在这大餐厅的上空形成一种喧哗的气氛。尤海萍听到邻桌的男人们谈起经济危机,谈起韩国前总统的自杀和朝鲜的核试验。后两条消息她觉得新鲜,因为她身体不好，很少看那累人的电视。可是快要老去的尤海萍已经不关注世界，外部的消息，好也罢，坏也罢，都会穿过她的左耳，不留痕迹地出离右耳。她现在只想婚礼的事。亲戚们怕冷落了她，不时与她没话找话说。

突然，餐厅里响起了麦克风刺耳的声音。人们的谈论声骤然停了，男主人老潘不知什么时候已站在餐厅的正前方。婚礼的仪式就这样开始了吗？没有新人，没有司仪，只他一个人。虽然他一手持话筒，另一手捏着一张纸，仍是让人觉得这仪式的简陋。

尤海萍先是一愣，她在视野中寻找女主人，但是除了服务员是站立走动的，大家都坐着，想找一个人很困难，也不见女儿女婿在哪里。看来这婚礼的仪式就是这么简陋了，只老潘一个人讲讲话，他是照着提前准备好的讲稿念的，内容也只是女儿某某与某某结为良缘，感谢大家祝贺捧场云云。他念讲稿的声音很大，很用劲，每一句都铿锵有力，仿佛要以此来弥补这仪式的简陋。尤海萍还是不免深深地失望了。怎么会这么简单！她和女友对视了一眼，女友传递给她的表情也有"意外"的意思。也许女儿在另一地的正式婚礼是很庄严很繁华的，但今天的来宾没有见到啊。她的心空了大半。

婚宴已经开始，餐厅里又是一片吵嚷，夹杂着饭菜的气味和烟气、酒气。尤海萍不断地接受桌上人的祝贺，从深度的失望中又回到平衡状态。她想这样也好，说明老潘是考虑过的，不搞那一套，谁也不上去，这很公平，也免去尴尬。于是，她很放松地享受女儿的婚宴了。老潘讲完话，又融进人海中不见了。完全是因为女儿，她才在人生的路上再次看到他。她想这是她和老潘最后的联系了，婚礼后，从前的一家三口，在三方各过各的日子，谁都没有负担了，他们的生活进入另外一种格局。她站起来，给桌上的人敬酒，感谢他们来祝贺她女儿的婚礼。这些年她的身体一直不好，参加所有的饭局都不喝酒，但今天，为了女儿，她破例喝了红酒。有两个多年不见的老潘的朋友又过来敬酒，她又多喝了半杯。

酒桌上有人谈起同事的婚礼，谈司仪如何给新人出难题，新人如何出笑话。这类事，每一个婚礼大体差不多的，但笑过多少次，仍是可笑，尤海萍也跟着笑起来。不好笑的时候也笑。她知道自己喝多了，晕乎乎的，头脑兴奋，总想嘻嘻地笑。放弃关于婚礼的那些复杂想法，她现在变得轻松了。

然而，十分钟后，尤海萍看见了刚刚开始不知要持续多久的一幕，惊呆了。穿紫粉色套裙的女人和穿着水粉色婚纱的新娘，不知从哪儿冒了出来，两人的胳膊亲热地挽在一起，幸福地笑着，开始挨桌敬酒了，新郎拿着酒瓶跟在后边。新娘的确很漂亮，但尤海萍没想到女儿穿的是水粉色婚纱，似乎刻意为了与后妈的套裙颜色相配。携手敬酒，和谐呼应的衣服，一切都好像是精心策划好的。她的头嗡的一声乱了，里面挤满了找不到出口的蜜蜂。隔了七八张桌子，她觉得一把尖刀"嗖"地飞了过来，残忍地落在她的心上，产生了尖利的痛。

身体的气流和血液突然向头部涌去，尤海萍又眩晕起来，身体摇晃了一下。女友同情地看了她一眼。桌上的人都知道新人开始敬酒了，都看到那一幕开始了，都装作没看见，继续吃喝说笑。

尤海萍也继续说笑，她脸色通红，不停地嘻嘻发笑。她越是想笑，越是要偷眼看那边敬酒的人，他们开始敬第二桌了。她分析判断那排序，要不了多久就到这边来了。能接受女儿作为新娘的敬酒，是多么开心的事，可是她看到的是一个多么奇怪的组合啊，新人的父亲不知在哪张桌上，亲生母亲在这个角落里，继母在那里唱主角儿。她突然对女儿心生愧疚，却又不愿面对那个替代了她的女人。她感到自己被他们合谋排除了，仅仅作为一个符号被安插在这张桌上。

她突然站了起来，对女友嘻笑着说："我去趟洗手间。"

"我陪你去。"

女友不放心，起身跟着她，两人一前一后，艰难地穿过很多桌子的空隙，向餐厅门口走去。在尤海萍离开桌子的时候，她已经瞥见一些熟人同情的目光。她很想改变方向，向女儿和那女人走去，想抱着女儿大哭一场。可是，这段路是那样遥远，也很难走，地上都是椅子腿和酒瓶子，况且前妯娌侦探一样在后边跟上来了。她突然明白了老潘的安排和用意，费尽心机把她安排在角落里，就算她受刺激失了态，也不过一个角落里的事。于是，伤感愤懑充满了她的胸间。庞大的餐厅在旋转，那些大圆桌在旋转。但是，今天是女儿的好日子，她看到女儿在远处幸福地笑着，便忍受着刀割的剧痛，脸上带着嘻笑，以强大的意志，逼迫自己不改方向，尽力不引人注目地向这旋转世界的门口走去。大厅里所有的人都沉浸在喜宴的气氛中，没有人注意这一处奇怪的小浪花。

嘻嘻！嘻嘻……

她的身体有点摇晃。这段路怎么这么难走啊，餐厅里烟气罩罩的。老潘在哪张桌上？原来他们夫妻有分工啊，一个讲话，一个带着新人敬酒，这个婚礼不需要她尤海萍，女儿也不需要亲妈了。这孩子早就习惯没有亲妈的日子。当然女儿幸福就好，可为什么亲妈的心里要痛？她踉跄的脚踢倒了一个啤酒瓶子，咣啷一声惊了附近的人，她对他们嘻笑："我喝多了。嘻嘻！"女友上来扶着她走。"海萍，你小心点儿，别摔了。"

嘻嘻！餐厅里真热闹啊，真吵啊，很多人的脸都红得像大红喜字。老潘在哪儿呢？又喝高了吧？她要让他站墙角，写保证书。哦，那是从前了，老潘不是她的老潘了，又有了别的女人。老潘没有那么疵毛，她生病的时候，他还来侍候呢。可是，有了女人的老潘当然就不一样了。她晕眩着，摇晃着，又回望了一眼那女人，还有沉浸在欢乐中的女儿，她们忙着敬酒，忙着接受客人的祝福，没有注意到有人离去了。她们那样和谐也是多么难得的事啊，女儿，只要你幸福，妈妈应该为你高兴。高兴。

嘻嘻！嘻嘻！

终于，到了走廊上。

尤海萍蹲在地毯上。"老潘，你……你……"她双手捂住脸，抽泣从指缝间漏了出来。

"海萍，你想开点。"女友拉她起来，她的手被迫离开了她的脸，她抬眼在泪光中看了一眼女友，发现女友感同身受，也已双泪成行。

前妯娌说："老潘也是没办法呀！海萍，你要保重身体。"

"送我回家。"尤海萍无力地说。

于是，在酒店院落里经过的人们，看见一个憔悴瘦弱的女人，穿得像婚礼上一个重要的人物,却哭得直不起腰,被两个女人搀扶着,向一辆车子走去。正午的阳光,刺目,匕首一样刺着一切。

就要上车的时候,隔着泪水,尤海萍又留恋地望了一眼酒店正门上方的条幅,红彤彤的,连那一片天也喜洋洋地红了,而不远处,是静海深流。

和尚的灵魂

　　葬礼结束，宋修枝在家里睡了整整一下午。傍晚醒来，眼神定在墙上一方金黄的余晖中，久久不想动。这张床，这所房子，这个世界，一下子都成为巨大的虚空，她感到深深的疲惫，却无所支撑。

　　就这么结束了吗？鲁根见真的死了吗？

　　原以为，她与他，只余对峙，以及法律名义下的那张纸，只有疏离和沉默，万没想到，当他的骨灰从国外运回来，她却扑上去，抱住盒子号啕大哭。她原不知道自己不仅有真正的悲痛，还有太多的委屈，憋了太久，这一哭，就是与鲁根见真正的交流了。原来，她和他需要交流。她骂他。她捶打着骨灰盒。她哭得悲天怆地，突然就昏过去了。醒来，宋修枝发现自己在医院里，母亲和妹妹修桃守着她。她想起那个骨灰盒了，荒诞却是真实的存在，又哀哀地哭。她不知为什么，就是想哭。修桃说："姐，你哭什么呀，他值得你哭吗？"母亲吼道："哭什么哭，该把他的灰扬了去！"宋修枝哭得更凶。

　　想起这些，她的眼睛又湿了。那方余晖暗了。她动了一下，又动了一下，觉得该起来做点什么。可是没有什么可做的。什么都不想做。她抓起手机，看到一下午来了十几条短信，同事的，亲戚的，无非是"与你同悲，节哀"之类的话。没什么感觉，不，是怪怪的感觉。可能连那些发信人自己也不能确定，他们安慰她的是什么，谁不知道那个死了的人已经背叛她十几年，谁知道她为什么而哭，真哭假哭？三点十四分时有个未接电话，是凯风的。他是鲁根见的哥们，葬礼他出了很多力,她的状态无法开车,是他开车来接她去的殡仪馆,中午,也是他开车送她女儿悦悦去火车站,悦悦要赶回大学准备期末考试,最后他又把她送回家,她的样子使他更加谨慎,什么也没敢说就走了。她盯着凯风的号码看了好一会儿,终于按下拨号键。

"喂,你以前说过你爱我的,是吗?"

凯风说:"是,我现在还想这样说。"

"那你马上过来,马上。"

不到半小时,门铃就响了,宋修枝已经洗过澡,她穿着睡衣开了门。凯风一手拎着一袋超市买来的熟食和小菜,一手抱着一瓶红酒,她一眼就认出是"和尚的灵魂",俄罗斯的,是他和鲁根见生意上的合作项目之一。

"把东西放下。"她扭身进了卧室。

等凯风小心地走进卧室,她已经全裸陈列在床上,像一件孤世展品。凯风一愣,眼睛看直了。宋修枝用挑衅的目光示意他,直到他迟疑着动手脱自己的衣服。

这时,她听到外面又沙沙下起了雨,这个夏天,雨真是多,动不动就洒上一阵子。之后,她什么都听不见了,她自己久旱的土地苏醒了,每一条缝隙都在贪吸着甘露,然后自己变得大汗淋淋,变得丰满饱胀,变得甜蜜而疲惫。当他们渐渐平息,天已经黑透,路灯的光亮偷照进来,屋内的一应物件虽模糊,却轮廓分明。

凯风不敢说什么,也不敢动。两个人连呼吸都控制着音频和节奏,静默难挨。终于,宋修枝问道:"菲克拉怎么样了?"

"什么?"

"你知道我说什么。"

"……我不明白你确切的意思……"

宋修枝的声音满是愤恨。

"你还是要敷衍我是吧。你走,你给我走!"

于是,凯风的轮廓坐起来,影影绰绰运动着,衣服窸窸窣窣,腰带丁当一响,整个一个人型站直了,在床前默立了一会儿,走了出去。宋修枝的话追到客厅:"把你的酒带走,我不想看见它!"

门只轻轻一响，宋修枝却抖了一下，刚才似乎放空了的内心，又有什么东西爬进去了，是个小动物，啃噬着她。菲克拉暴露之前，凯风每次回国替鲁根见捎东西，都强调他和鲁根见在国外像和尚，那时候，她已经相信菲克拉的存在，只是不知道她的名字，她问凯风是不是有这回事，凯风说："嫂子，你别多心，没有的事。"当人人都知道菲克拉的存在，她再也没问过凯风一个字，而凯风开始向她示爱。那时，凯风的老婆在小城市场卖皮夹克，有天凯风从国外回来，发现老婆卷款跟人跑了，一年后，他在国外的一个中国市场看到了她和她的姘头，他带她回到国内小城离了婚。那以后，他每次来看宋修枝，都给她带一瓶"和尚的灵魂"。她冷漠以对。他说："你何必苦自己呢。"

这一次，凯风定也不打算说实话了。也许是哥们之间的袒护，也许他不想带给她新的烦恼。但她不领这个情。无论怎样，男人没个好东西。顿时，她有些后悔叫凯风来这一遭，自己到底什么目的嘛。她的眼泪又涌出来了，奇怪，自己怎么又哭了呢？鲁根见死了，她是怀念他，还是觉得自己的抵抗失衡了？他就这么突然死了，她就这么稀里糊涂地失败了，好没意思。

楼下有孩子们疯闹的尖叫，不远处的小广场上，一个业余民乐队在演奏《敖包相会》，乐声飘进她的黑暗里，她没被打动，慢慢竟又睡着了，忘记外面那个混蛋世界。

这地方紧靠中俄边境，是陆路口岸，山脉绵延相联，草丛中，一段铁丝网，一块白石界桩，或一条防火带，就是分界线了。早年，两边的卫兵甚至能互相换吃的，那边甩个大列巴过来，这边扔两张大煎饼过去。二十世纪五十年代到九十年代初，不足万人的小镇，历经了友好的热烈，冷战的不安与阴郁，解冻复苏的艰难与初暖。可是，炊烟袅袅，居民的生活稳而不变。除了货运火车，每天有一列客运火车往返内地，稀稀拉拉的旅客下来，默默地走。上班的人吃的是供应粮，工资里还有边境补贴一项。种地的人欠收了，国家会拨来返销粮。没有人多富，也没有人多穷。

只是，过于寂寞了。弹丸之地，谁家死一只鸡，能被谈论整整一上午，一户人家的儿子被另一户人家的儿子杀了，人们谈论了很多年。

　　这二十年，又过于喧嚣了。国内旅客列车又加开了一列，往返俄罗斯的客运列车也开通了，建起气派的国门，通往俄罗斯滨海边区的公路就打国门穿过，货车和旅游大巴往来络绎。小镇固定人口五六万了，流动人口一度也有上十万，高楼林立森密，颇有港澳那种狭小、紧凑而繁华的意味。高楼里，有通宵的灯影，有欢笑，有泪哭，不像早年，天一黑就是黑蒙蒙一片，只有夏日的蛙鸣，以及冬夜里的风号。楼里多少男人女人空在那里，他们的另一半去了对面，海参崴、乌苏里，或者是纳霍德卡，办公司，开餐馆，要么摆摊床卖中国货。这些地方都不远，除去漫长的过关时间，路上汽车跑起来也就一两个或两三个小时，最远的海参崴也就五六个小时。那也是异国他乡啊，何况又有办护照的不易，过关安检的拥挤与繁琐。出外难，法律和风俗隔了一道国境线，便模糊起来，时间一久，不管家里是否有老婆，是否有丈夫，那些人男女相互搭起了伴儿，一起做生意，一起过日子。

　　小镇的人，经历太多了。

　　很多人的遭遇在小镇流传。某某带了一百万去那边，没几天被抛尸海边，或者，某某挣了几百万，却在赌场又成了穷光蛋。没多久，又有新的故事盖上来。某某的货在那边被抢了，某某在那边的住处，半夜里闯进俄罗斯黑社会的人。

　　宋修枝怎么也没想到，自己也成了故事中的人，并且一再地被亲戚朋友和同事谈论，而且是持续地谈论。

　　她是最后一个知道的，丈夫鲁根见在纳霍德卡做生意，跟一个俄罗斯女子同居了。

　　这种事情并不多见。"搭伴儿"仅限于中国人之间，他这种情况不属于"搭伴儿"，可能是男人的一种小小的梦想吧。中国男人对外国女人多少都有点想法，但机会个少，因为外国女人少有对中国男人有想法的，这些年来，镇上也只有两个男人，成功娶到俄罗斯姑娘，一个是做翻译的,一个是做经理的。鲁根见的情况又不同,他家里有老婆,同居的却是个年轻姑娘,他要娶她,得先跟宋修枝离婚。

当然,没那么快走到这一步。这也是男人做这种事的规律,先偷偷做下再说,离婚的话说不出口,不离婚两边跑,应付起来会很麻烦,可是男人喜欢这种冒险与隐秘的刺激。

宋修枝到底是知道了。她信,因为她感觉到了,想到了。鲁根见本来可以安生地上班,可他看到别人疯狂"倒包",钱多得来不及数,便执意辞职,加入"倒包"大军,往那边倒腾运动服和旅游鞋,挣下第一桶金,又转去做别的生意。头几年他还经常回来,每次都会带一瓶俄罗斯红酒,两人对饮,半甜,他说:"我在那边都成和尚了。"她说:"难道我在这边不是尼姑吗?"偏偏那红酒的俄文名字叫"和尚的灵魂",后来鲁根见也跟朋友凯风合伙往回倒腾这种红酒卖,因为它被黄色麻袋片包裹着,所以小镇的人都叫它"麻袋片儿"。宋修枝宁愿叫它"和尚的灵魂",好好的红酒叫成"麻袋片儿",俗了,虽然叫成"和尚的灵魂"也让人费解。后来,跟事物发展的规律一样,鲁根见回来得少了,回来并不是因为想念老婆,而是生意上的事必须处理。他照样会带一瓶红酒,却待不上一天两天,又走了。红酒还剩大半瓶,她夜里独自慢慢饮,有点涩。

妹妹修桃实在看不过眼。"姐,你就叫姐夫在外面野吗?钱挣多少是多少,差不多就叫他回来做点事吧。"

做姐姐的没吭声。

"姐你知道吗?我姐夫……"

"别多嘴!"

"谁不知道啊,有人都看到了……"

"叫你别说了!"

宋修枝心里发抖。哪有人眼看着钱不去抓的,何况鲁根见钱挣得容易,不会罢手回来的。她跟鲁根见可是小学和初中的同学,算得上青梅竹马,结婚也没多少年,孩子还小,怎么说也不是出这种事的时候啊。钱像醮了蜜糖的刀子,割裂了小镇上一切人的关系,每个家庭都插上了一把刀,伤的是谁就不一定了。单位里一位叫陆莹的女同事，丈夫最早做边贸，挣了上千万的资产，却跟女儿的同学恋得火热，而且又勾上那女孩的母亲，母女通吃，陆莹只好离婚，家产只得了百万。看上去都好好的家庭，说完就完了。以前是看别人的热闹，怎么就轮到自己了呢。宋修枝头一次明白，一切感情中，夫妻感情是最脆弱，也是最捉摸不定的，一旦弄破了，也最残酷。

鲁根见再回来，若无其事，仍带了"和尚的灵魂"。宋修枝也若无其事，打定主意装傻，不问，不过多喝了一杯，最后露出一句："和尚的灵魂到底在哪里？"丈夫愣住，夫妻互相盯着对方的眼睛，最后心虚的一方败下来，但一个不问，另一个也没说，气氛含混。窗外，红的绿的灯火，熟透的果子一般，滴着欲望。这一晚，他们各睡各的被窝，很久都能听到对方的呼吸。第二天，鲁根见一早就闷头走了。男人总要去那边继续生意，人不在家，有孩子陪着，忙着，日子总可以对付下去。

其实，这不叫对付，就是一种幻想。鲁根见有什么好，抽烟喝酒打麻将，都在行，个头不高，人也不帅，那俄罗斯姑娘看他有钱吧。那边的姑娘大胆、开放、热烈，随便跟他玩玩而已，他也是图个新鲜和刺激吧。他定会有玩腻的一天，老婆孩子才是根。

也是一种抵抗。她绝不给他进一步推动事态向前的机会，绝不向外国女人让步。年龄、生活习惯、民族风俗等的差异，早晚要让他们生出枝蔓，生烦生厌，直至分崩离析。因此鲁根见再回来，宋修枝仍是什么也不问，一味地让女儿悦悦陪爸爸，她在厨房里忙着煲汤炒菜做饭，然后一家三口在餐桌上，倒也乐融融的，亲情浓厚。鲁根见却没有带"和尚的灵魂"回来。

鲁根见回来的更少了。

宋修枝明白，鲁根见以为她什么都不知道的时候，还能自然地摆着丈夫的架子回来，一切都按旧日的程序走，亲热、喝酒、吃饭、上床、陪孩子玩儿、一起去看望老人，是演戏也不是演戏。知道她心里的明白后，就是演戏了，便没法儿自然了。她呢，别的事都可照做，床上的事，万般不想。她不想，他不缺。她没有明示或暗示，他不敢尽义务。若不是怕悦悦看出来，他们中肯定有个会去睡沙发。他们不得不睡在一张床上，但是各把一边，就是完成睡眠任务而已。

日子这样软中带梗地对峙着。

有一阵子，宋修枝又听到一阵雨声，她眼皮沉重，模糊觉得眼前已是一片灰白。她不想弄清时间，时间现在对她无所谓。等她不想再躺下去，外面已是一个明晃晃的早晨，天比秋天还蓝。她的世界，悲哀，灰暗。真是岂有此理，生活处处这样不搭调。她在床下发现了凯风落下的打火机，她想起自己昨晚对他发泄得酣畅淋漓，今天该做点什么了。她要把这个家彻底清理一下，把鲁根见所有的东西都清除掉。

她先是踩上沙发，伸手扯下当年的结婚照，摔碎玻璃，将照片一撕两片，可随即，她就坐在沙发上，望着当年的自己走神了。这些年，她其实经常这样走神。说她有多么爱鲁根见，也难说。高中的时候，他们分开了，一个在铁路中学，另一个在市直中学，再没有联系。之后，宋修枝去省城大学上了俄语班，谈过一场徒劳的恋爱，毕业回来在市直中学当了俄语教师。有次宋修枝跟学校里几个老师去饭店，为一个调离的同事饯行，竟然碰到了鲁根见，他们几个哥们儿在喝酒。普普通通的鲁根见，高中毕业后，什么都没考上，家里在火车站给他找了份工作，尚未婚娶。自此两人又接上了头。宋修枝最终嫁给鲁根见，大半是看重他工作的稳定，而她自己也是平凡的女人。镇上的老辈人说：铁路是铁饭碗，银行是银饭碗，海关是金饭碗。好歹他们端的是铁饭碗呢。又是打小就熟悉的伙伴，知根知底。日子就实实在在过起来，过成了一棵树，根连根，感情渗入一个有机的系统。这也是小镇女人过日子的特点，太实，太投入，犹如一个猛子扎下去，一时半会儿浮不上来。

事情出来后，修桃劝她去一趟纳霍德卡。"不去。"她一直保持着绝然的态度。去做什么呢？看看那个俄罗斯小女人什么样？像泼妇那样去跟她打一架？宋修枝觉得，她即使什么也不做，只要出现在那里，就降低了自己。她不想见到那个女人，也不想让那女人见到她，更不想看到那里的中国人，小镇的熟人，那种复杂的眼神儿，一想就觉得脸皮被活脱惨烈地揭掉了。她要保持一种东西,许是冷静,不,准确地说,是优雅。冷战时期,俄罗斯来的货物,都得在小镇火车站换装,那里有他们的工作人员,有男有女。他们闲时,会到街面上来走动,但不能越过"外国人止步"的牌子。宋修枝牢牢记得,俄罗斯女人的裙子,优雅地摆动,春寒秋冻时,也露着白壮的小腿,步伐从容。哪怕是冬季,小镇女人的腿全裹着厚棉裤,笨重地走,俄罗斯女人皮靴上的裙摆,照样荡得稳健而妖娆。鲁根见出国做生意后,有一次宋修枝跟了去,路过几个俄边境小镇,最终到达海参崴。她奇怪,他们没有土木建设,街上静静的,过马路那才叫舒服,汽车耐心地停在那里,司机摆着手让你过。卖东西的地方,哪怕三两个人,也要排着队。饭店、商店里,公交车上,人们只窃窃私语,有人会怒着脸制止中国人无节制的大声喧哗。戈尔巴乔夫让这个国家乱过,但这一切没有改变。宋修枝回来,跟那些没出去过的同事多次慨叹。当修桃劝她为这女人走一趟时,她又想起这一切,也暗想,有这样一个底子,那个女人也不会少了这些标志吧?她不能输给她。一切交给时间,时间是解决问题最好的工具。

只是,她无论如何也没想到,问题是这样解决的。

她打开衣柜,只要是鲁根见的衣服,她就一件件甩出来,管它新的旧的,薄的厚的。有一件羊毛衫还没拆封,那是有一年春节的时候她为他买的,但是他只象征性地来坐了一会儿,她没有拿出来。

没一会儿,地上已是一片狼藉,鸭绒衣、皮衣、成套的西服、休闲夹克、牛仔裤、秋衣秋裤、内裤、袜子、棉手套、棉帽、旅游帽……都呈现着男性的粗糙与邋遢。淡淡的霉味熏得她鼻子发痒,嗓子发紧。于是,她踩着这些降为垃圾的东西,去客厅的饮水机前接了一杯水,咕噜咕噜喝下。

这时,门铃声大作,刺得她烦躁,铁下心不理会。看到茶几下边的横隔板上有一只鲁根见的白瓷茶杯,她奔过去一把抓起摔在地上。瓷片飞溅。外面的人在喊:"姐,是我呀!"她只好去开门。第一道是木门,有一个阶段,门把手坏了,还是鲁根见回来修好的。那次他想说什么来着,她没给他机会。他给她和孩子带回那边的酸奶、奶酪、香肠，也把家里坏掉的地方修好了，比如卫生间关不严实的水笼头，时亮时灭的灯，悦悦作业桌拉不动的抽屉。他是亲人，很多的筋脉联系着，切不断的。孩子也需要亲爹。她配合着做该做的事情，就是不跟他交流眼神，不让他的话说出口。她不确定他会说出什么，反正不会是跟那个女人拉倒了。那种意思不用说，他会做得不一样，她会感觉得到。于是，他又像兄弟，而不是像一个丈夫那样离开了。

修桃提着两个餐盒。"你还没吃饭吧，我给你带来点吃的。"

宋修枝一扭头，又在客厅里继续寻找鲁根见的东西，动作生硬。半盒香烟，一个打火机，一个旧手机，一打他专用的牙签，衣帽挂上还有他的一个休闲背包，统统扔在地上。"一会儿你走的时候，帮我把这些都扔到垃圾箱去。"她一边说着，又冲到卧室去，找出一沓平日留存的大号塑料袋，将地上的东西往里胡乱塞。

修桃将餐盒放进厨房，站在卧室门口看着姐姐。然后，她走进来，将那个没拆封的羊毛衫拿起。"这个我要了，孩子他爸能穿。"

宋修枝头也不抬。"拿走，想要什么就拿走，不想要的都扔掉！"

"你身上的枷锁是不是也该扔掉了？"

宋修枝心头一震，手上的动作停了一下，接着塑料袋又哗哗响起来。她知道，修桃一直不愿意看着她苦熬。

"姐，你何苦的呢，也找个人过吧，这也公平。"说这话时，是几年前的一个星期天，姐妹俩在宋修枝的厨房包饺子。"我是那样随便的人吗？"当时，宋修枝眼皮也没抬一下。"什么叫随便，这叫自由。现在这样过日子的人多了。"宋修枝当然也听到很多例子，从前的邻居老梁家，二儿子在那边开了个中餐馆，跟哈尔滨去的一个女人"搭伴儿"了，老婆在镇上只好也找了个男人过日子，那男人也像丈夫那样，去她的娘家走动，还帮忙照看生病的老人。还有个老熟人，是老婆在那边出摊床，跟延吉来的一个朝鲜族男人搭了伙，他在家里这边，三天两头换女人，类似的事多了去。从前的亲切的房子，都变作不认识的高楼广厦，从前的邻居、朋友、熟人，早都四散了，你看不到他们的人、他们的生活，但总能听到他们的故事。"我不想那样。"宋修枝说。"因为你是老师？老师就该守活寡？"

"跟这没关系。"有时宋修枝也想，可能有一点关系，教师这职业像警察，受到许多的制约，多少也影响了她的行为，但这不是主要的，不管身上贴着什么样的职业标签，都是人嘛。宋修枝是想坚守一种东西，社会上的那些乱象令人无措，就该随波逐流？有些基本的东西应该守住。"死心眼儿！"那天修桃接了一个电话，没等饺子煮熟就走了。宋修枝把饺子煮濡到锅里了，心情就像跑出了馅儿糟烂了的饺子皮，一种特殊的疲惫，使她扔下勺子，啜泣了。

　　此刻，她打了个喷嚏，急忙奔到洗手间，擤出一把鼻涕，开了水龙头，洗起了脸，眼泪都在手掌里。修桃又站在洗手间门口。"该自由了，你早就该自由！"

　　"麻烦你把那些东西帮我扔出去！"她盯着洗面盆说完这句话，开始清理鲁根见的剃须刀、牙缸牙刷、男式洗面奶和护肤霜，一件件噼噼啪啪扔进垃圾筒。修桃默默地把地上的碎片扫了。最后，随着一声门响，屋里静得人心慌。宋修枝突然觉得，这半天的行为举动消耗了太多的心力，几乎要虚脱，她从洗衣手间飘着步子出来，躺倒在沙发上，让自己融进死寂。

　　若不是手机铃声突然响起，宋修枝会真的以为自己变成了沙发的一部分，她挣扎着坐起，感觉是从沙发内部挣脱出来的。

　　凯风的声音在说："喂，晚上去马克西姆餐厅聊聊吧。"

　　"我不想出门。"她的声音冰冷。

　　"……那……我去你那？"

　　"不要。有什么话现在说吧。"

　　凯风犹豫了一下，还是说道："我想跟你谈谈老鲁留下的股份怎么处理。"

　　宋修枝不答，却突然问道："鲁根见到底是怎么死的？"

　　亲戚们、送鲁根见回来的朋友们，都在谈论他的死。

　　这些年，鲁根见在那边瓜葛上当地的黑社会组织，菲克拉就是头子的妹妹。鲁根见挣了大笔的钱，圈下不少土地。他在一天夜里跳楼自杀，俄警方和法医鉴定，他有严重的心脏病，他还吸毒。但国内的家人和朋友认为，他是被黑社会的人害死的，因为他最近刚卖掉一块地，几百万美元，这么有钱，不可能自杀。关键是，在他和菲克拉的住处，找不到任何土地交易的文件。他的遗体很快被草草火化，怀疑也只能是永远的怀疑了。

"修枝，"凯风再不会管她叫嫂子了，"他出事时，我在国内，等我得了信赶过去，他已经变成灰了，我知道的不比你多。"

"那……菲克拉真是黑社会头子的妹妹？你是不是见到她了？"

"我不知道，修枝，我也没见着她，骨灰是警方交给我们的。"

宋修枝沉默着，心里在判断凯风这话的真假。

"喂，喂，你在听吗？"

她猛地掐断了通话。

那天，她在学校里接到妯娌的电话，让她速回婆婆家，出大事了。她开着车，胡乱猜着，至多想到是公公或者婆婆暴病死了，又不敢真的这样大不敬地想。一进鲁家，客厅里很多人，脸色悲戚，有红着眼的，有流着泪的，都望着她。她一时还弄不清都是谁，只听到婆婆在哪个房间里哀哀地哭。她差点以为是公公死了。可是不对，客厅的家具变动了，贴墙多了一张桌子，上面一个骨灰盒，再看倚墙的遗像，分明是鲁根见。她弄不清是一种什么力量猛力推了她一下，扑到那个盒子上。

是时，她已经好几年没进鲁家这个门了，而悦悦几年前在此受到伤害后，几年间也不再来了，初中毕业上了高中，又备战高考，学习太忙是个很好的借口。大前年春节，鲁根见一个人回到小城的父母家，可是宋修枝和悦悦没去鲁家吃年夜饭，鲁根见只好硬撑着来见妻女。

此刻，宋修枝扭动了一下身体，让自己重新感觉到沙发的存在，听到皮革吱吱地响，她知道自己也存在着。她和鲁根见那最后一面，就是在这沙发上对峙着。他一进门，悦悦盯他一眼，一扭身，进她自己的屋去了。夫妻先是没说话，鲁根见各处转了转，无事可干，就在这沙发上坐下了，在茶几前抽烟。他在思量着，怎样把话说出来。宋修枝先开口了。"等孩子大学毕业后，再办离婚手续吧。"她说服自己,这是为悦悦考虑,总不能让孩子将来在大学里被问及父母时,感到尴尬吧,鲁根见也应该将为父的责任担负到底。他当时怔一下,没说话。屋子里只有暖气管道里的水流声。外面,谁家的孩子在放炮仗。烟抽完了,鲁根见起身喊道:"悦悦!爸爸走了。"悦悦没出来,鲁根见闷下头走出门。宋修枝一直坐着没动,周身发冷,冷得站不起来。

现在是盛夏,她不冷,她从沙发上站起来了,整个人钝钝的。她瞥见沙发腿处还躲着一角白瓷片,便蹲下身体拾起,在手腕上慢慢轻轻划过,微小尖锐的疼痛一闪,横纹处现出一道白印。够了,她还有感知。

宋修枝开始去上班。

今夏的雨实在多情,每天必来,出着太阳也会欷簌洒上一阵。不过,气候比从前暖多了,她每天出门都要穿上裙子。同事们看到的宋修枝一如往日,平静、优雅,一时不知该如何寒暄,便点头而过。只有那个被一夜暴富的丈夫抛弃的陆莹,认真看了一眼宋修枝的棉麻连衣裙,拍了一下她的肩膀。陆莹身边一直虚位以待,不是不想,哪是容易的事。她匆忙去上课了,宋修枝没看清她的表情,但相似的故事使两人的心早就是邻居,她冲着那个不幸而孤独的背影微微一笑。她明白,自己优雅背后的窟窿,从未逃过陆莹的洞见,虽然她们并没有互诉心曲。

那些年,鲁根见从国外回来过春节,必然要一起去婆家吃年夜饭,几个重要的节日,鲁根见不回来,她也会买上东西,带悦悦去看爷爷奶奶。双休日,她就不去了,不然就真像演戏了。鲁根见不在,她与公婆的相处,彼此都累。悦悦功课不忙时自己去。孩子是各种关系的润滑剂。就有这么一天,悦悦从爷爷奶奶家阴着脸回来,乒乒乓乓进了自己的房间。宋修枝拍着门问:"咋的啦?"里面毫无动静。女儿性格内向,从不叽叽喳喳主动说什么,问她也很少说。这样子回来,是遇上大事了。她不断地拍门。"悦悦!悦悦!"悦悦突然拉开门,脸涨得通红。"你是全世界头号大傻瓜!"她迅速又插上门,再也没有声息了。宋修枝愣神儿那会儿，想过是跟鲁根见有关，悦悦知道了那个俄罗斯女人？几分钟后，她开始到处打电话，给修桃，给公婆，给妯娌，都支支吾吾的，最后是从8岁侄儿那哄到了消息："二大大带媳妇儿和弟弟回来了。"轰隆一声，宋修枝的内心世界坍塌了。后来，她是在亲戚和熟人们的谈论中，一点点掌握了丰富了那个事件。

俄罗斯姑娘叫菲克拉，黄头发，蓝眼睛，年轻漂亮，她给鲁根见生的儿子叫卡佳，中文乳名叫鲁鲁，都5岁了。鲁根见带他们来小城玩，直接去了父母家。老人本也立场分明，不认那个传说中的女人，她怎么样，真的跟他们没什么关系，但是看到卡佳，不，他们还是喜欢叫他鲁鲁，那种喜爱便模糊了是非。鲁鲁更多地继承了父亲的基因，乍看，是很英俊的中国小男孩，细看，眼睛有点凹，即使血统明显有异，那里面也有四分之一他们的血液，疼爱之心没法掩饰。老人甚至给了孩子五百元人民币。这说明什么？想想，宋修枝就心头颤抖。

那个女人就不必想了，反正就是那个品种，高鼻凹眼，白，是牛奶里掺进胭脂那种白，谁都没办法。很多年来，宋修枝脑子里一直有个难忘的画面，是开放之初，人声满患的火车站门前，一个俄罗斯姑娘坐在肥大的包裹上，夹着香烟，目光忧郁，望着某个地方。那印象，既优雅，又放荡。宋修枝早该想到，这个菲克拉，可以具备所有的那个民族的优雅品质，但也可以随便地跟人生个孩子，这太正常了，连国内传统的中国女人，都有愿意被包养的，生下没有名分的孩子，还有什么不可理解的呢？在这一点上，两国的女人似乎没有什么差别。

不可理解的是，鲁根见有什么好，菲克拉没有玩玩就跑掉，还愿意生下孩子。菲克拉又有什么好，鲁根见没有玩玩就收心，还弄了个小兔崽子出来。他带了这母子回来，是公开而无声的宣言了。那母子与她们这母女，很大的不同。他的态度里有决绝，事情走到头儿了。宋修枝心里的冷，渗入身体的边边角角。她不太明白，鲁根见怎么会变成这样。小学时代，一次他们一起上山采蘑菇，快到边境时，在没有哨所的路段，她忽发奇想，扯下脖子上的红领巾，要挂到树上去，要让对面的人看见，是鲁根见帮她系上去的，他们让红领巾朝着那个方向飘，表达中国小学生的友好心情。但是，不久，有关部门的人到学校里来调查了，鲁根见说是他干的，他受到老师的批评教育。多年后，在他们要结婚的时候，宋修枝想起这事，心里觉得踏实，鲁根见是可靠的。

人是如此难以理解，没有逻辑性。

整个上午，宋修枝都保持着优雅，创伤使她既轻松又沉重，但她相信自己可以开始新生活了，一种明确的没有重负的生活。

下午第二节课，她正给学生讲俄语的动词变位，放在讲台桌上的手机震动起来，她瞄了一眼号码，陌生的，没理会。下课铃响起时，手机又震动了，她按下通话键，在孩子们的吵嚷声中终于弄清，那是菲克拉。

下班回家，宋修枝就躺在了床上。一直躺到屋子里黑了，对面一户人家的窗口黄了。这期间，她耳边一直响着菲克拉平静而执着的声音。菲克拉说不好汉语，有限的几句问候语，说不定还是跟着鲁根见慢慢熏的，他们俄罗斯人大都不学汉语，许是汉语不好学，令他们畏难，许是他们的自尊自大，不屑于学习，做生意的人，无论这边还是那边，都是中国人踊跃地学俄语，交易都是用俄语完成。她后来一直跟宋修枝说俄语。宋修枝听明白了，菲克拉带着卡佳来了小城，是跟旅游团来的，先去了鲁家，两位老人还在悲伤中，相信儿子死于黑社会的谋杀，相信她是黑社会头子的妹妹，把她连推带骂轰出来了。她要去鲁根见的墓地，是鲁根见生前给了她的号码。鲁根见，他是把什么都想到了。

宋修枝什么也没说就中断了通话。

她起身走进厨房，想给自己弄点吃的。她看到凯风留下的那瓶红酒，想打开来的，可拿起又放下。女儿从爷爷奶奶家哭着回来的那天晚上，她想独自喝酒，找了半天，找到人半瓶"和尚的灵魂"，都喝了。醉了，吐了，哭了。悦悦知道为什么，十几岁的孩子，什么都懂了。爷爷奶奶家见到的，让她还很薄嫩的脸皮火烧一般，从空而降的弟弟，给她独生女那自傲的心猛烈一击。这弟弟比她可爱，比她受宠，本该她独有的，都被他分去了，将来父亲还会把家业留给他。她简直觉得自己等于被父亲抛弃了，小小的心，有了恨。但她什么也不说，替母亲收拾了，自己回屋睡了。自此，母女俩都不谈鲁根见，悦悦再不去爷爷奶奶家了。鲁家接待了菲克拉和卡佳，就不是原来的鲁家了。这回可好，她的心理稍稍平衡了一点，但没有用了。细究起来，那老两口，菲克拉母子，还有自己和女儿，谁是快乐的呢？

她突然想出去，便以极快的速度，重新换上连衣裙，步行来到附近的马克西姆餐厅。

这家餐厅的粗面包她一直喜欢，她还要了几片香肠，一碗苏泊汤。这是小城最安静的一家餐厅，光顾这里的大都是俄罗斯人。他们吃东西的动作真是文雅，交谈起来窃窃私语，哪怕一桌上好几个人也没什么动静。她猛然想到，此刻，菲克拉是不是就在这里呢？这女人在这个时候现身，是她无论如何也没想到的。她将自己视线范围内所有的角落都检索过了，却无法判断，有个带着男孩的俄罗斯女人碰巧对上她的目光，但眼神儿是平淡的。

她低下头，撕下一块面包塞进嘴里，动作很慢，说是在消磨时间，不如说是在消磨自己的情绪。她满以为自己那颗五味杂陈的心，已经释放得差不多了，菲克拉一出现，又涨满了。她甚至感到一种莫名的压力。突然，面包噎住了喉咙，她急忙喝了一口汤，好半天才顺出一口气，眼泪都出来了。这时，包里的手机闷声响起。她摸出来盯着号码看着，看着，看着，直到声音停止。又喝了一口汤，味道是酸的。声音再响起，仍是那个号码，她下决心接了。

"宋，我是菲克拉。"

"哦。"宋修枝看着餐盘中最后一片香肠。

"求你帮帮忙，我只有明天一天的时间，后天就得返回了。"

宋修枝顿了几秒钟。"你住在哪家旅店？"

"东兴酒店。"

"你在大厅等我，我一会儿就到。"话一出口，她就愣了，自己怎么做出这样的决定。

出了餐厅的门,宋修枝打了一辆出租,五分钟就到了东兴酒店。在门口,她整理了一下裙摆,烫过的披肩发刚才被风吹乱了,也捋顺了,这才推开旋转门。大厅里没几个人,她看到一面墙的长沙发上,有位年轻的外国女人和一个小男孩坐在那里,正望着门口这边。她提起一口气,慢慢向他们走去,那女人站了起来。

"你是菲克拉?"

对方点下头,手向拐角沙发伸了一下。"请坐。"

菲克拉穿着T恤和七分牛仔裤,金黄的头发随便扎成马尾,和小城女人的打扮一样,也是小城街上成群走着的俄罗斯女人寻常的装扮,宋修枝没想到,自己对这个女人一下子失去了好奇和敌对关注欲,那男孩儿倒是一个锐利的存在,她的心刺痛了一下,盯着男孩儿的目光也便锐利的。孩子坐在母亲身边一动不动,叫他卡佳也好,鲁鲁也好,该有八九岁了,一个精致的小人儿,跟悦悦完全不像,但他是悦悦的弟弟,是悦悦在这个世界上血缘最近的同代亲人,小城的人把这种混血儿叫作二毛子,五六十年代很多,政府动员他们回国,或者内迁了,如今,他们在国境线的两边又寻常可见了,将来,他们命运若何?

男孩一直看着宋修枝,菲克拉提醒他叫阿姨,他用俄语叫了一声,又一直看着这个中国阿姨,目光出奇地安静。

宋修枝望向男孩的目光,没法保持原有的硬度了。路上,宋修枝还想过,一定要问菲克拉,鲁根见是怎么死的,或许还要问一下她喜欢鲁根见哪一点,但现在,她什么也不想问了。她仍是看着男孩,却对菲克拉说:"明天上午九点,我开车来接你们。"她猛然站起来,快步走向旋转门。

母子俩表情凝重,坐在车后座上没有声息。他们带的一束鲜花,香味比颜色还热烈。宋修枝冷静地开着车,不到半个小时候就到了。

北山公墓,绿野中的松杉高到云里,树干褐红的,直直的,树顶覆着本分的绿。青草的淡香,腐殖土暗哑的气息,漫氲着。鲁根见的墓,稀薄地淡淡地绿了,才不过一周的光景啊。两个女人一个孩子,站定了,痴痴地看。远远近近的鸟鸣,一声起,一声落。

菲克拉先说话了。"宋,你说鲁根见的灵魂在哪里,这里,还是纳霍德卡?"

宋修枝愣一下,因为要来山上,她没穿裙装,但仍以优雅的风范挪动了一步。"如果他的灵魂在纳霍德卡,你为什么还要来这里看?"

菲克拉盯着墓碑,薄得快要看不出的嘴唇,紧抿着。

"爸爸会回去看我的。"男孩仰头望着宋修枝,深眼窝就是一个清水潭。

宋修枝顿一下,盯向男孩的目光软成了怜悯。"是的。灵魂不需要护照,不需要安检。他是自由的。"

再看菲克拉,已经跪下去,摆好鲜花,从包里拿出一瓶红酒,两个高脚杯。宋修枝盯着那瓶酒,土黄色的麻袋片裹着,火帽密封,多么熟悉的"和尚的灵魂"。她记得它的半甜,30-50g/dm^{3}的糖,9-11%的酒精。从前,它有愉快温柔的味道。现在,这种红酒在小城和周边地区相当普及,结婚宴席和朋友聚会都少不了,那次大醉后,她一直怕着,再未碰过。

"我是学习你们中国人的方式。"

菲克拉说着,拔出提前启好的木塞,倒了两杯酒。四周的树叶扑簌簌响了,细雨突然就来了。菲克拉将一杯酒洒给鲁根见,又端起另一杯。"根见,菲克拉和卡佳不会忘记你……"菲克拉的悲泣混进雨中。

宋修枝瞬间有些微的诧异,因为电影上,外国人在墓地是不哭的,只是撒花念祈祷文。菲克拉的哭声突然放大,在林间一波波荡去。男孩抱着母亲的手臂,嘴唇咧了几下,也终于发出了哭声,听不到鸟叫了。宋修枝本该会被惹哭的,她没哭。她不知为什么,哭不出了。她慢慢蹲下身,将红酒倒进那只空杯里,也洒给鲁根见,又倒了一杯端起来,本想自己喝下,想起还要开车,就又洒下去了。

雨下得急了,林里飒飒地响。墓边一枝火红的百合花在摇曳。杯里殷红的灵魂跳动着。

菲克拉母子仍回东兴酒店。下车时，菲克拉突然打破沉默。"宋，对不起。"

宋修枝不动。菲克拉又说："谢谢你，再见！"

车门关上后，宋修枝刚想踩下油门，菲克拉又伏在窗口对她说："鲁根见说你是好女人。"宋修枝只说了一句"一路平安"，车子猛地向前蹿去。她直接去了学校，她的课调到了上午最后一节。陆莹看着她的短袖衬衫和休闲长裤，稍微一愣。宋修枝对她笑笑："谢谢你跟我调课。"她走向教室的脚步变得轻快。

傍晚下班时，她找了个理由给凯风打电话。"喂，上次你不是问我老鲁的股份如何处理吗，一半给悦悦留下，另一半就交给菲克拉和那个孩子吧。"

"你想好了，真的要这么做吗？"

"我决定了。"

凯风停了下说："是我让菲克拉找你的，我跟她说，你会带她去的。"

宋修枝沉默了一会儿，说道："晚上……"

"修枝，我今天上午过关来格城了，明天去纳霍德卡，用不上一周就回去。你好好的，等着我，我给你带'麻袋片儿'。"

宋修枝的心陡然一沉，不过紧接着就落稳当了，踏实了。她发动了车子，决定去找修桃说说心里话，中途却改变方向，直奔城外，夕阳无限好，她想去兜兜风。

鲜花次第开

1

小街悠地一闪,周素瞥见,玉兰花开了,白的,不是那种放肆的白,是带着青意的白,花形、颜色,都深沉地收敛着,却透着矜持的劲道。这个海滨城市,玉兰花并不多见,这条街刚好有一排,高洁玉立,整条街都显得清雅起来。她目光恋恋的,直到那素白远去,不断更移的尘俗的建筑和秃树,阻隔了她。

这么说,春天算是来了?

可是,周素站在公交车里,这阵子正手脚冰凉,车厢里的把杆也冰凉。她印象里,有文章把中年女人比作玉兰花的,其实,从另一个侧面说,中年女人与玉兰花哪里堪比,单是怕冷这一条就别说了。

举目望去,无论是车厢里,还是街上的人,穿着仍是灰突突的、不见春天的亮色。只是长大衣和长款羽绒服,换成了短呢外套和短款羽绒袄。周素发现,多数人的外套都是黑色的,她刚刚发现黑色是如此泛滥,她也便厌恶起自己身上的呢外套。这是她刚从网上买回来的,是她从前酷爱的黑色,可这回穿上,却没有预期的效果,衣服没有网上的图样那么黑,料子也不太讲究,如果不找这些理由,诚实地说,她开始明白,自己的相貌已经担不起这永远经典、永恒时尚的黑色了。早晨她在镜子里发现，眼角处也长出了黄褐斑，眼袋很明显了，上面还横着两条浅纹。不过，与同龄人相比，她依然修长的身材，配上白净的脸和优雅的气质，也就是一株移动的玉兰花。

周素的目光，不由地在年轻姑娘身上逡巡，她们一律梳着流行的韩式发髻，前额披着厚重的刘海，有性子急的，竟光脚穿着敞口鞋，还要露一截白白的小腿，外套内的领口也低低的，露出锁骨下大片的白。她在心里打一个寒噤。到底年轻，抗寒，也不顾忌后果。年轻多么仗势，年轻多好。可她扫一眼她们光洁却是肤浅的脸，心里哼一声，不愿意把她们比作幽而有芳的玉兰花。她们可不配。

公交车一个急刹车，周素趔趄一下，又站住了，脸忽的一热，后背也热，额头上瞬间一层汗。她一只手仍要握住把杆，另一只手把一个鼓胀的塑料袋放在脚边，腾出手来，抹一下前额，又是一把水，夏天大热的时候，她也没这样过。这种现象，有十来天了，月事也有两个多月没来了，开始她还以为是单位和家里的暖气过于充足，或者是自己穿多了，很快就发现，如果这样的话，热是会持续下去的，直到她受不了往下减衣服，而她这种热，是一阵一阵的，且毫无规律，一天总有那么几次，不定什么时候就来了。想想自己的年龄段，想起比她年长的女友女同事们所谈论过的，她开始怀疑，自己是不是进入更年期了？四十岁那年，一次学校里的几个老师聚餐，周素有事去晚了，急急忙忙跑去的，累得脸红彤彤的，流着汗，一向说话喜欢恶心人的老陆说："你是不是更年期了？""你才更年期呢。"她气得脸更红了，这是第一次有人把"更年期"这个词，安放在她头上。更年期女人发了脾气或说错了话，多半会得到原谅，可也会受到歧视，她一直记得，上大学的时候，有个中年女老师对学生很严格，脾气很坏，学生背地里就是拿"更年期"骂她。时光流逝，不知不觉的，终于有了这一天，她自己倒把这词拎出来，像戴一顶帽子，自然地套在自己头上了。

月事不来就不来，倒省事了，她觉得发热是个大麻烦，一热起来，脸、脖子、前胸、后背，像被炙烤着，汗把纸巾都浸湿了，然后，身体又凉下来，开始发冷。最近两年，每到开春，她就头昏，情绪抑郁，烦躁，这回仍是头昏，却没觉出心情上有什么不适。难道真像听说的那样，更年期时，脾气好的变坏，脾气坏的变好？不管这个了，发热的事，像发病一样难受，不能任之发展，她决定去看看中医。她没到大医院去，是在一个药店看的坐堂老中医，这类的医生，都是在医院里退了休，被药店聘来的，有的是外地的，来海滨养老，找个事干，周素信任他们。

老中医说："你这个年纪，还不到时候，要赶快调养，不然人很快就老了。"把过脉，老中医开出了药方，用了几味名贵的药，像紫河车、太子参、阿胶什么的，五服就让周素的医保卡上少了三百多元。老中医说，这几服药吃完，差不多就来了。周素笑笑，心里便有了期待。她想起自己的初潮，从那天开始，她一个无忧无虑的女孩，一下子成了一个忧郁的女人，知道女的原来有这么多的事，便心思沉重。从此，她再也没有童少的欢乐了。她恨透了女人的特征，恨自己是女儿身。每月的那几天，她愁得要死，那时没有现在这么方便的卫生巾，就是四毛五分钱一卷的红色卫生纸，也没有人指导，硬硬的卫生纸一动就窜，走路直担心，睡觉也担心。再长大一些，添了毛病，每次都肚子胀痛得气短，腰疼得要断掉，以至于上学上班要请假，总盼着，什么时候，没这麻烦事就好了。谁知道呢，三十多年竟也很快过去，这一天终于来了，听老中医那么一说，她又多少有些恐慌起来，哪个女人不怕老呢？多么讨厌的事，却这么重要。女人这辈子就是要麻烦的，没有这麻烦，反而要老了。老天给的什么逻辑！

汗消了，周素侧下腰，伸出胳膊，把脚边的塑料袋又拎在手里，这就是那几服中药，沉甸甸的，压得她手臂有点酸麻。本来她是要叫林默生开车拉她去的，可无论哪个双休日，他都难得在家，总是开着车，这跑那跑、这事那事的，今天是双休日的第二天，该抓住他，为老婆做点什么，但早晨起来，林默生的眼袋沉沉地坠着，她知道他又没睡好，不叫他开车了，他说今天有个车展活动，他得去参加。她也就没提去看中医的事。他一向反对她吃药，说那都是毒药，以前她每次在家熬中药，他都皱起眉头，嫌家里药味重。

最近，林默生夜里尿频，怕影响一向好失眠的周素，就睡在儿子原来住的小房间，儿子在外地上大学。有时候，他在外面陪人打牌，回来晚了，也睡那屋。周素倒也乐意落得个安生，到了这个年纪，别的女人不知怎么样，她是喜欢独自占着床睡，身边多个人就觉得太拥挤。其实，这一阵子，她也发现自己尿频，而且下身发痒，睡眠更糟了，但她没好意思跟老中医说。昨晚，她吃了两粒退黑素胶囊，倒睡得安好，没听到林默生有什么动静。今早看到他一脸的倦色，就知道他还没好，就提醒他去市中心医院看看，是不是肾出了毛病，他有个熟人在那当医生。林默生轻描淡写地说，等忙过这段时间再说吧，不碍事。于是，吃完早饭，各走各的。她听到他倒车的声音，便走到窗口去，看到他三把两把，就将车轮子调正了方向，倏地滑向小区大门。以前，她经常恍惚地想，世上那么多的男人，她为什么是跟这一个男人在一起呢？不知什么时候，没这个想法了，他平淡地存在，成为熟视无睹的物件，出去就出去，回来就回来，她耳朵听着就是了，今天，她自己也不知为什么，倒走到窗前看了一眼。

公交车在一个站点停了一下，又往前开了。上来两个女郎，短衣短裤，黑色透明连裤袜。她们挤到周素的身边站着，她看着都觉得寒冷。以前，她会为这样穿的女孩子们担心，最近她才知道，她们不至于太冷，因为那黑色透明袜透出的不是皮肉，是相连的肉色绒裤。她不好直着看，用余光欣赏她们精干的青春之美，忽然想到一个词：短时代。这是一个短时代，短衣短裤短裙，短信短小说短文章，特别是短恋短婚，短到闪的地步。这一代人，本来就没个长性。她庆幸自己和林默生的婚姻大体还算平静，已经二十年了，他们曾立下誓言，不管发生什么，打死不离婚，再过五年就是银婚，如果不出意外，再熬上一个二十五年，就是金婚了。

周素胡乱地想着，又望向窗外。街边的法桐树还挂着旧果，没有丁点春意。楼房一幢幢退后，下一个，竟是男科医院，跟妇科医院一样，牌子强调性地高悬着，她扫一眼，也没入心里去，毕竟与她的生活不搭边。车却是在男科医院大门前停下来，因为前边不远处是红灯，各色的车一路堵过来。

就这样，她看到林默生的那辆灰色帕萨特，就停在医院门前。开始,她以为是别人的同款车,后来公交车往前慢慢走了,她能看见车尾的车牌号了,才百分之百地明确。忽的一下,她的脸又发热了,直热到脖子和后背,脑门上又是大汗。

2

晚上,家里每一个角落,都弥漫着浑厚的中药味。已经有一服药熬好了,泡了一下午,熬了两遍,剩了两碗,睡前喝一碗,明早再喝一碗,然后再熬第二副。本来药店要给熬的,周素说不用,人家说免费,她还是不用。这一点,她信不着他们,都是名贵的药,自己熬,放心。

上午回到家,周素的心思一直缠绕在男科医院大门口。这么说,林默生还是去看医生了,也许早就去过,正在治疗阶段。可他为什么不去医疗条件好又有熟人的中心医院,而跑到暧昧的男科医院呢?那一刻,她恨不得立马下车,去看个究竟,可当时公交车刚过了站点,终于等到下一个站点,下了车,匆匆走回来,林默生的车已经无影了。她站在那里,呆了半天,越想越觉得事情有些暧昧。她掏出手机,想问问他情况怎么样了,迟疑了一下,又收起来了。她要让林默生自己说。

中午,林默生打回电话,说跟钟教授和几个人在吃饭,不回来吃了。周素有些失望,但也习惯了,何况钟教授是她尊敬的人,她也便不多想了。她是有点盼着他早些回来,好弄清楚心里的疑虑。她自己也没做饭,胡乱找了点东西吃了,躺上床。本来想睡一会儿,让自己昏浆浆的脑子清醒一下,可怎么睡得着。想想林默生这个人,倒也不坏,但比起她来,还是有些小小的狡猾。他们都曾在省城上大学,可不在一个院校,当初谁也不认识谁,各自在学校谈着恋爱,又都轻手利脚回到这个城市,找了工作上班,然后经人介绍相识,平淡相处,隆重结婚。许是工作性质的原因,在各自的领域,经过二十年的历练、浸染,如今他们在为人方面,已经有明显的差别了。

周素是中学语文老师，林默生是机关干部，副处级。只听这身份，就知道他们之间的差别了，尽管你也说不清那差别具体是什么。

后来，周素起来洗衣服，收拾屋子。忙完这些，就傍晚了，她开始熬药。急火开，慢火煮。用纱布过滤。阿胶要最后放进干净的药汤里搅拌融化。每一步，她都很小心，也从没像现在这般郑重其事，对中药充满敬意。她想，这里面还有她自己加进的两味药，那就是诚挚和希望。再加一味，就是信心。因为那老中医很自信，告诉她，吃完这几副药，就差不多来了，她没有一点怀疑。屋子里很快就满是草药的苦香味，她喜欢这气味。

她也在等林默生。

但她并不打电话催他，这是她内心的原则。男人在外，不管干什么，都不喜欢老婆一遍遍打电话，在这方面，她给他留足了面子，也不愿意给外人留下一个把男人看得紧的小气女人印象。只是，偶尔，他迟迟不来电话，她才打过去问他是否回来吃晚饭，以决定晚饭的繁简。今晚，她绷着不问。她慢悠悠地做着晚饭，耐着性子等。看他什么时候回来，是什么表情。饭好了，等来了电话，说他正陪着组织部的人打牌，不回来吃了。她没好气，说一句"知道了"，坐下来，独自闷闷地吃。

想起林默生说过，天不怕，地不怕，最怕打电话跟老婆请假，回家晚了，门难进，脸难看。这是过去批评机关工作作风的套语，他用到家里来了，他也不想想，他一周大部分时间在外面应酬，陪老婆几次？以前有儿子，现在，周素一个人，寂寞是难免的，郁闷是经常的。想起自己的态度，周素又自责，刚才是何必呢？反正是不回来吃饭的，再不高兴也改变不了局面。以前，她没有意识到自己对林默生的态度，去年办公室新来的小尚，听到过她接林默生的电话，惊讶地说："周老师，你对你老公说话怎么这么生硬啊？""是吗？等你结了婚，过上十年二十年，你也会这样。"话是这么说，但她心里意识到，可能这不是个小问题，要注意了。

吃过饭，周素看看盛在碗里的药汤，摸一下碗，还温着，这时候喝正好，但胃里的时间不对。她打开电脑，上了百度，打上了"更年期"的词条。因特网害了一代孩子，那些迷在网吧里的就不说了，单是她教的学生，大都不喜欢在课堂上写作文，要求回家写，那样可以到网上抄。所以网也真是好东西，什么事一查就有了。潮红潮热、出汗、头晕、心悸、失眠、多疑、烦躁、激动等，是更年期常见的表现，阵发性潮红和月经紊乱，两者为更年期来临的标志，这是女性衰老中的一个生理过程。看到这些文字，她叹息一声，又翻了网页，到底找到一点新鲜的说法。科学家发现，我们这个世界，只有三种动物有更年期：人类、短肢领航鲸和虎鲸。最新研究表明，更年期是自然界的特别现象，可能与独特的社会结构有关，人类是要通过更年期的方式放弃繁殖，因为年老女性如果继续生育，有极大的风险，比如分娩死亡、婴儿夭折，而作为祖母来照顾孙辈，更有利于基因的延续。

周素心里开始升起悲凉。她打开"收藏夹"，点了梅艳芳的《女人花》，深沉幽怨的歌声响起来。她一直喜欢这首歌。女人如花，第一个把女人比作鲜花的人，的确是了不起的天才，花开的时间，比起枝叶的生长、花苞的生成，何其短促，四十多岁就要做祖母了？可不是！她的儿子还小，可林默生老家的姐姐妹妹，不就是四十多岁都做了祖母外祖母了？什么为了避免生育风险，她可不想领这个情。女人，年华如梦一样消失，生命和日子也就无趣了，她有点沮丧。

九点多了，林默生还没回来。周素用微波炉热了药汤喝了，不是很难喝，有点苦，有点腥，还有点甜。然后洗漱好了，上床看书。这是她的习惯，看困了，立刻就睡。她什么书都看，特别是看了养生书，就跟着实践，比如要早睡早起，不去赶过夜生活的那种时髦。平日里，林默生经常很晚回来，过了凌晨十二点的情况也不少，她是等不起的，她要养足精神，白天要在讲台上站一天呢。今晚，因为心里装着事，她想挺一挺。

好几次，手里的书掉下去，周素身体一抖，醒过来。看看床头的小闹钟，已近子夜，她怕再晚又睡不着了，白日里怎么去上课？便关了灯，躺下来。身体刚摆弄好，听到防盗门的锁在响，林默生放轻了声音，脱鞋脱衣服。她没关卧室的门，突然说话："怎么才回来？"

"你还没睡啊？"林默生放开脚步，走进卧室，身体伏下来。"你男人没干坏事，你闻闻。"

周素闻到一股浓重的烟味。林默生从不吸烟，这表明他打牌刚结束，而且打牌的大都是男人，都吸烟。哪天，她闻到他身上有香水味，就有问题了，因为他们两口子都不用香水。

"你……"周素要问的是，他今天是不是去医院了，去的哪个医院，确诊没有？但她想起过去的教训，晚上，尤其是深夜，是不能谈家事的，谈不好就谈崩了，就得失眠，第二天没法工作。所以，后面的话没出口，

"我还是睡小屋吧，你快睡吧。"

林默生走出去，关上了门。暗里，她看不清他的表情，只看得出他稍微发福的身影。

他不说他去医院了。他是因为太晚了不说，还是不好说，或者不是什么好病，不敢说？看他的精神状态，不会是癌症之类要命的问题。周素暂且把问题放下，重新酝酿睡眠。可是眼睛困，脑子清醒，翻了十几次，听到那边屋子传出鼾声。这声音，仿佛是为了遮掩他的秘密似的，让她有些气恼，越发胡思乱想起来。林默生一定有问题，平日里得了感冒，他都能夸张成大病似，这回倒无所谓了，不是装是什么？装，有两种情况，一种是高尚的，自己的问题既严肃又严重，不忍心让别人跟着担忧；一种就是不可告人的，不敢让人知道。她感觉林默生不属于前一种情况，那么……她不敢再猜疑下去，她不信会是那种不堪的情况。猜疑是女人更年期的标志，难道她要由着自己来验证一下吗？她不断地提醒自己，睡眠要紧，夜里，一切事，惟睡眠最大。她做了几次深呼吸，把注意力放在下丹田，数了数字，又数了羊，不知过了多久，才无知无觉了。

3

春风如刃。

周素坐在语文教研室的办公室里，看着灰色的窗口，啸叫的风声，又让她想起上班路上的感受。因为住得离学校不远，至多两站

地,她一向是步行上班。好天气里,这是很享受的事,但今天风大,这座城市的春天全靠风力一波三折地输送。风是从黄海上来的,刺刺地凉,割脸、割耳、割鼻。她眯起眼,大口喘着气,想起人们常把风比作小刀子,是这么回事。但她想说,春风如刃,这样文气些,感觉上也更贴切。这段时间,她在训练学生们写议论文,不然她会让他们写写春风,看他们还会找到什么新颖的比喻。

办公室里四个人,老陆请了事假,小尚给他代课,组长罗双红也上课去了,周素第二节才有课,所以,她可以好好享受四十五分钟的安静。毫无原由的,又发热了,她无所顾忌地翻找纸巾,擦去汗,要是老陆在,她要装作不经意的,不然,他那张破嘴又要说出难听的话来。几个女教师,小尚还在谈恋爱,罗双红与周素年纪相当,周素无法判断她是不是也"更"了,因为她一向就像个更年期女人。所以,周素对自己近来的身体反应,秘而不宣,反正她没有情绪上的反常和失控,潮汗偷偷一擦就可以了。

但周素跟林默生说了的。

林默生说:"这就'更'了?看来我以后该少麻烦你了。"

林默生指的是床上的事。他这个人,没饭吃行,没这一口不行。周素正相反,烦透了他的贪婪。年轻的时候,还能将就着他,这些年,她能躲就躲,课堂上站一天,累得疲软的,身体和心里都枯竭了似的。在这点上,她没法理解他,他简直不可理喻。她拿出一本养生书,叫林默生看,中年人要注意藏精,最多一个月一次,有利于养生,林默生鼻子哼一声。"你们当老师的,就知道照本宣科。我不在此例,我身体好着呢。"

话是这么说的,最近半年,他倒也减少了活动,有时候他要来硬的,周素奋力而坚决地挣扎着,不给面子,他便郁闷地翻过身。黑暗里,两个人的呼吸都是醒着的,不快的气氛覆盖在床上,仿佛在他们的被子上又加了一层被子,闷重。

周素只顾着自己躲过去了麻烦,就是没想想,林默生是因为岁数的原因,可以减少次数的吗?如果是不可减少的,那他多余的部分是如何解决的?不过,她不是个敏感的人,对他在外面的行踪一向是不加细究的。但是，昨天，他的车停在男科医院，深夜回家来什么也不说，倒让她学着小气了。车是林默生单位车改的时候作价买下的，一直是他开着，这跑那跑，拉的什么人，她怎么知道？以前她从不想这个问题，现在倒要想想了，有车就有自由，什么事干不出来？他林默生一不阳萎，二不用让老婆怀孕，有点反常的症状，放着大医院不去，去那里干什么？她想到了不好的事，不好的词，但她不愿再想下去，不认为有这种可能。

早饭时，周素用周周正正的目光，看了几次林默生。平日里，两人都是低头吃自己的，都是互相提醒了才正眼看对方，比如林默生说："我理发了。"周素才好好一看，老公的头发是短了。比如周素说："我穿这件衣服合适吗？"林默生才发现，老婆又买了一件新衣服。所以，这会儿周素的看，就显得令人诧异。

林默生警觉起来。"你看什么？"

周素问："你昨晚怎么样？去了几次厕所？"

"没事，昨天太累了，睡得死。"

"你们打牌非得打到那么晚吗？"

"唉，不是我想玩，是组织部的人想玩，我不得不陪。这不是又要动一批干部吗？我怎么也要在退休前弄个处级吧？"

周素不作声了。有时她想，老公的小官运可能到此为止了吧？在地级市，一个普通公务员要弄上个处级，也就到顶了，上边没人，手里没钱，那也是相当难的，而林默生，到科级的时候还算顺，弄副处级时，难多了，几次都不成。周素不知机关里那些道道，但可以想出来，也听说过那里面的复杂。她对林默生说："你弄不上正常，因为你没有付出。"林默生当然知道她指的什么，说："这不是逼良为娼吗！"后来，他学着同事们的做法，关键的时候送了一个古董，才算到了副处的位置。现在他要弄正处，她也没什么说的。她理解在一个官本位的社会，一个男人没有权或权力小了，有多难受，特别是人上了点岁数。不要说男人，就是她，没有一点权力欲，也早就觉得，在一个单位，被那些岁数小的领导使唤来、使唤去，感觉很不舒服。况且，女同事、女朋友到了一起，从穿戴、从神情上，也见出各自老公混世的水平，都在无声无息地比着，夫贵妻荣嘛。

"我上午有课，要不下午我请假，陪你上中心医院吧？"周素突然说。

"不行，今天开会，要给领导打分，得他们先动，把他们弄走了，倒出地方来，才有我们这些人的位置。"

林默生说的可能是实情，可他怎么不说昨天的事呢？周素差一点要揭穿他，想想还是忍住了。林默生嗅嗅鼻子。"你怎么又熬药了，这回治什么？"

"更年期。"

"真的'更'了吗？别乱吃药。"

周素背对着办公桌，仍望着窗外一片灰白的天，回想林默生一早晨的眼神，像平素无事，又像是若无其事。要是去年以前，她定会沉不住，直截了当问个明白。如今，倒显出定力了，也修炼出"老谋"的意思了，她要看他怎么把事情拖下去，他们的生活里暗藏着什么？

叮零零，下课铃一响，周素转过身来，在桌前做着去上课的准备。一会儿，办公室里又喧闹起来。老陆不在，几个女教师说话就放肆多了。组长罗双红急匆匆地回来，翻出一片卫生巾。"急死我了，盼着下课，铃就是不响，我这里发洪水了。"她向洗手间跑去了。这半年，她每个月都这样，有时多得躺在家里不能动。周素瞟一眼组长的后背，心想，过去大家都年轻的时候，谁会公开地说这种私事？现在有时在走廊里，有男同事经过，也照说不误，脸皮厚了是一方面，更深层的意味也是明显的，罗双红这是在告诉别人，她还有月事，还没到更年期，殊不知，更年期的另一个表现，就是过量，真是此地无银。

周素问小尚："这两天休息，你跟李老师介绍的小伙儿见面了吧？"李老师是数学组的，热衷于媒事，手里姑娘小伙儿一大把，名字、年龄、电话、工作，各种情况，都记在小本子上。上周跑来说要给小尚介绍对象时，周素正在场。

小尚说："见了，但没有感觉。"

"也许多见几次，了解了，感觉就有了。"

罗双红回来，正好听见她们的对话。"要什么感觉，差不多就行了，男人，没个好东西！"

罗双红就是这么个人。瘦骨嶙峋的，硌楞楞的，却是双重性格。在年轻的校长面前，在一切紧张郑重的场合，她都是先笑再说话，细长的眼睛眯缝着，给人温文尔雅的印象；可是在办公室里，在家里，一切放松的场合，她完全是个泼妇，没有一句好话。戴安娜出车祸那年，她很认真地愤愤不平地骂查尔斯和卡米拉，好像戴安娜是她的亲戚。学校里有个女教师嫁了一个六十岁的老头儿，她说："缺爹呀。"在办公室里谈起老公，她从来都是："我家那个二百五。"经她宣扬，学校的老师都知道，她老公阳萎很多年了，所以她感觉自己长期受到迫害一样。这会儿，她冲着周素说："周老师，你说是不是？男人没个好东西。"周素心里对她一向鄙夷，想不出她如何在两种性格之间转换的频道，要论教学水平，周素在罗双红之上，所以，罗双红这些年也没少压制她，最近几年，她才确认，周素的确没有野心，不会与她争什么，对她的态度由紧张变得舒缓起来。周素也乐得安生，尽力正眼瞧她，但刚才的话，虽然是罗双红的惯用语，可专调了头对她说，又落在她的心事上，她心里便不痛快了。于是，她幽冷地说："小尚还年轻，你得给人家点光明。"

"光明？哪个女人的日子，不是由珍珠过成了鱼眼睛？"

周素心里一动。罗双红的话，一向不中听，这一句也是抱怨，却是妙语。但她没露色，只说："小尚还是珍珠，就得当珍珠对待。"

小尚高声说："喂，你们别拿我说事儿！"

这时，周素的心事又浮起来，罗双红的男人是不是好东西，她不知道，只是听罗双红讲，有一次，她在一个大商场门前看到老公的车，感觉奇怪，走过去拉开车门，里面坐着一个女的，她老公面色紧张，没做介绍，她摔了车门就走了。那男人好歹也是一个企业的副手，工资不低，被老婆说得一钱不值。男人，没个好东西，对林默生，周素是不愿这么想的。突然，她额头上又出来一层汗，脸上灼热。幸好，上课的铃声又响了，她拿上教案，走出办公室。

4

　　林默生应该算个好人。

　　相由心生。起初，周素就是从他的脸上看出，他是个善良的人，有一定的责任感，所以虽然没有大学里谈恋爱那样的火热，那样的相吸，那样的电流奔涌，觉得这人条件也不错，差不多就行了，毕竟自己过去也曾有过滔滔激情的日子，该平静地生活了，就嫁给了他。

　　日子也曾有过磕绊，各自了却一段情，多少都有暗伤的，难免要带进婚姻里来。周素也曾想过，如果不是这个男人，换个人会怎么样？那时候，总以为自己还年轻，还有多样的可能，总是抱着不算脱离实际的幻想。可也仅此而已，日子还是得过且过了。

　　不知别的女人是什么时候结束幻想的，跟年龄有关吧，当自己红颜老去，没有资本了，还能有什么想法，没用。周素不再幻想，彻底踏下心来，是五年前，她得了一场大病，做了一个手术。那时候，母亲早不在了，父亲身体不好，哥哥和妹妹都生活在外地，儿子还要上学，多亏了林默生，白日夜里地忙，晚上就租一个折叠床，在她的病床边，合衣而卧，随时侍候。那床是塌陷的，睡得他腰疼。等她出院的时候，他瘦了十斤不止。就是这件事，使她还有些漂浮的心受到了触动，知道林默生这个男人，关键的时候，对她是全力以赴的，她看到了他的善良的具体表现，她明白了婚姻的意义，婚姻的重要，人们只想到围城对人是一种禁锢，却忽略了围城于人也是一种保护。

　　五年来，日子跟以前并无大差别，甚至因为近两年，儿子上大学走了，她显出孤独寂寞来，但她心里是踏实的，抱定生活就这样流水向东，低徊百转，但一直向东，她没有想过还有什么别的可能，自己没有，林默生也不会有。但是，现在，林默生似乎有了什么，至少是有一个秘密。夫妻间无话不说，可总有不能说的事。年轻的时候，她不这么认为，傻乎乎地什么都跟丈夫说，听到单位里的中年人说不能跟老婆说实话，她就抱不平，心里不服，过上一些年，生活经验告诉她，别人总是对的，就是不撒谎，适当保持缄默，也是生活平静的保障。在学校办公室里，她经常听到老陆在电话里跟老婆撒谎，有时候，她讨厌他那副嘴脸，那嘴脸很影响女人对男人的信心，但有时候，他的谎言性质是善意的，她也莞尔一笑，表示理解。

周素是准备理解林默生的，可丈夫到底有什么不能说的事情呢？

这几天，她勒细了心思，总在寻找蛛丝马迹。林默生仿佛在躲闪着什么，越怀疑越像，他在极力伪装内心的平静，伪装生活一如继往的平淡。他晚上有饭局回来晚的时候，她就到他睡的屋子里，翻抽屉，看他是不是在吃什么药，可里面只有儿子以前治鼻炎吃剩的药，她也留心卫生间，有关林默生的东西，除了牙具，一把塑料小梳子，一瓶大宝SOD蜜，就没什么了。一天早晨，他蹲厕所的时候，她翻了他的公文包，头一回干这事，心里一急，又发热出汗了，可包里没有药物，几张票据，没有一张来自医院。

那么，还有可能藏猫猫的地方，就是办公室和车里了。办公室她是没打算了，她从不去那里，也没有什么理由去，去了也不一定能有机会翻到抽屉，也显得没素质。车里，她是不想放弃的。林默生这台车，她一年坐几次也是有数的，有时是陪客人，有时是逛街，有时一家人去看桃花。现在要找个什么理由呢？没来客人，没时间逛街，桃花也没开呢。

刚好有了一个机会，办公室的小尚有两张剧院的票，有事去不成了，就把票给了周素。周素中午就给林默生打了电话，让他晚上不要有别的安排，陪她去看演出。难得有这样的时候，一起去影院或剧院，前几年是买碟在家看电影，现在是上网看。林默生倒也积极配合，下了班，开车来拉上老婆，先去面馆每人吃了一碗面，才慢悠悠去往剧院。路上，周素说，下车买点爆米花吧。"你想吃？""我想吃。""里面肯定有卖的。""没有，电影院有，剧院没有。"这一点，周素是清楚的。林默生就把车停在路边，到一个卖报卖饮料充话费的小亭子去了，那里当然也卖爆米花。周素迅速拉开副驾位前的工具箱，她早就把车里看遍了，没有能证明她猜疑的东西，就剩这里了，可里面塞满了乱七八糟的不相干的东西。

周素呆了一会儿，林默生就回来了。他专心开着车，她扫一眼他，把印象放在心里琢磨起来。他的表情淡淡的，越是淡，越是让她觉得掩盖了什么。是她多心，还是真的无事？或者他藏匿得太好。

剧院里上演的是本地演艺公司排练的专题节目，内容是关于援建北川的，还不错。其间，林默生去了两次洗手间。周素的心思飘忽不定，一会儿在舞台上，一会儿在林默生的问题上，一会儿在自己的心里。这个男人其实还是有他复杂的一面，有她不了解的一面，他性格不像她那样直来直去，在机关里混，总要多一分圆滑，对老婆瞒一点事，还会弄得露出马脚吗？

一个小时的演出结束了，一台说唱加小品的节目，两个人竟都没有一个整体印象，看得支离破碎，他问那个地方怎么样了，她说不清，她问另个地方怎么样了，他也说不出什么。他说："你一次也没出去，都看了，还说不清？"她说："我更年期，头昏，记性不好。""瞎说。"他瞥一眼她，也不知是指她对他的问题瞎说，还是指她自嘲更年期。

出了剧院，都一愣，外面竟然弥天大雾。这城市，除了刮风，大雾也是重要的经常重复的气象特征。有时早晨醒来，窗口白白的，像被在外面拿厚重的塑料膜封了似的，有时雾在白天，忽然从海上漂来，空气湿润润的，凉凉的，要是雾只有百分之七八十的浓度，山尖楼角露出头来，真像仙境似的，这样的时候，周素总是心情很好。可是，晚上的雾，鬼气沼沼的，令人心里没底。

车子在雾里极慢地行进。周素和林默生都睁大了眼睛，盯着路面，路灯是模糊的，十米以内的树木和楼房还看得清，再远就是一片白了。不，还染着城市的灯红，是白里透红。林默生说："我开车，我看路就行了，你那么紧张干什么？"

周素仍盯着前方，拼命想穿透大雾。

5

星期五，中午。老师们在食堂吃过午饭，都聚在办公室里，一边在网上溜着，一边七扯八扯，数学组的李老师又来找小尚。"处得怎么样了？不行的话，我这还有个小伙儿，是医院的大夫。"小尚说："是吗？学校门口的樱花要开了，我去照下来，放在博客上。"她蹬蹬往外走，李老师自然跟去了，嘴上还在说："小伙儿一表人才……"

听李老师提到医院，周素一下子又想起林默生的问题，心里有点堵了。小尚一走，剩下老陆和罗双红，两个都是不投缘的人。周素想，要是这两个人是夫妻，会是什么情形？两张讨厌的嘴巴，还不整天打架？但是这个中午，她倒是觉得，这两个人如果成为夫妻，挺般配的，夫妻有的需要互补，有的需要一致，需要共同语言。只听老陆说："你看网上新闻，又揪出一个贪官，这些贪官，像虱子似的，抓不净，越抓越多。"罗双红说："现在这些当官的，科级以上的拉出去枪毙，没有冤死的。"老陆又说："你看抓出来的这些，个个都养着情人，严重分配不均。"罗双红便说："你有本事，你也去当官儿。""谁去费那个事，累死。我有个同学当个处长，成天琢磨着怎么送礼，怎么去拍马屁……"

周素心里有点烦躁了，就别指望从这两个人嘴里听到好话，特别是罗双红的话，更让她反感。贪官是不少，可也要看什么单位，什么位置，像林默生，虽然有实职，但没有什么实权，没有人给送礼，他得到的惟一好处也就是涨了点工资。前几年买房子，还贷了款，装修的时候还借了钱。这样的人拉出去枪毙，怎么会不冤？听那两个人说得热闹，她关掉电脑，拎上包走了。

罗双红的声音追出来："快到点了，你上哪儿去？"

"我一会儿就回来。"

周素去见那老中医，药已经吃完了，她的肚子还是没有动静。潮热仍有，汗也照出。

走到校门口，她有意看了一眼，几棵樱花的确开了，是半开，玫红色，花开半妍偏好，正是一朵花最动人的时候，她想自己怎么没发现呢？到了更年期，人对春天的感知能力就差了吧。这里并没有小尚和李老师的影子，可能她们又去了别处吧。她并不怎么喜欢这种花，不过，在这个季节，这终究是最打眼的美好物景，叫人心里润润的。

从学校附近的公交站点坐车,也路过那条街,她又看到了白玉兰,已经开得洁白的了,花口都张开了,她心生欢喜,却暗暗地叹息了一声。

老中医面前有个病人还没离去,周素就站在一边没吭声。老中医抬头看见她,问:"怎么样,来了没有?"

周素摇摇头,笑笑。

"没来?应该来啊。"

等那病人走了,周素坐下来,老中医又给她把了脉,调整了方子。跟上次一样,他很自信。"吃完这几服药,就差不多了。"周素微微一笑,仍信着他。她知道对一个中医的信任很重要,你信他,投了缘,效果就好,不信,就两样了。本来,这中医是父亲发现的,父亲最先来抓中药,治他那些杂七杂八的老年病,吃了一阵子,觉得不管用,就说他医术一般,不信他了。父亲未免武断了。她相信,他治不了父亲的病,解决她的问题应该不难。

从诊所出来,周素看看天空,昨夜的大风,使目力所及的空间有些迷蒙,她有种压迫感。想了想,下午没课了,也不会有什么大事,她给罗双红打了个电话:"罗老师,我下午有点事,不回学校了。"

然后呢,再干什么?她看着忙碌杂乱的街头,听着车辆的轰鸣,脑子里也昏昏的。她很想去一个地方,找个什么人聊聊。她想到最好的女友,可去了说什么呢?连她自己都不能确定,她的生活发生了什么。女友也是机关的公务员,每次干部调整,也是一肚子闷气,告诉周素机关里有些年轻有姿色的女人,如何靠身体铺路,得到要职,年轻小伙子,如何靠当官老子的关系,刚来就升到她前面去。周素听得多了,也有点厌倦。她又想到钟教授和吴老师这对老夫妻,春节去拜年后,再也没见过面,她其实非常喜欢看见他们那和谐淡定的样子。钟教授是林默生上大学时的老师,老两口因为退休了,才来海滨买了房子养老。周素喜欢他们,可感情上毕竟还隔着一层,也不能跟他们说什么。最后,她又想起,也很久没去看父亲了,说起来,很多时候,她是因为想念母亲了,才去看父亲。她上了一辆公交车。

想不到,父亲又买了一只八哥,他早就养了好几只鸟,加上这个八哥,屋里摆了好几个鸟笼子,周素到的时候,他刚从漫长的午觉中醒来,在教八哥说"你好"。"你好,你好!"父亲说了很多遍,八哥才在嗓子眼里咕噜了一句类似"你好"的声音。她突然意识到父亲的老迈,父亲的孤独。老父亲是不是需要一个老女人呢?他自己没提出过,她便没有为他张罗这事。一个男人,一个女人,都是简单的事,走到一起就麻烦起来。年轻人,为了爱情,为了欲望,为了基因的延续,是免不了这麻烦的。中年人,为了责任,为了稳定,要将这麻烦坚持下去。老年人呢,终于落得个清静,难道因为孤独,再麻烦一次吗?

　　磁砖地上,都是鸟屎和洒落的小米,没个下脚的地方。周素将手里一袋中药放在桌上,开始拖地。"看你把这屋害的。"不知从什么时候起,她把父亲当作小孩子来训了。父亲只当没听见,问:"你买的什么药?"这是妇科的事,她觉得说不出口,犹豫一下,才说:"调理更年期的。"父亲便不再问了。继续教八哥说话。

　　周素将父亲家里所有的地面都拖了一遍,到母亲的遗像前,她停下,抬头看了看母亲。她努力回想母亲五十岁左右时的样子,没看到有什么更年期的表现,她那时只知给母亲买衣服,买染发剂,却没想过母亲生理更迭的问题。也许,母亲那个时代,人们没有现在这么大的压力,更年期的表现并不明显,人们也并不过分看重外表,所以女人能对老之将至安之若素吧。她真希望母亲还活着,跟她讨论她那时候有什么感觉,是怎么过来的。她只记得母亲年轻的时候,脾气火爆,打骂孩子是经常的,五十岁的时候,反而没脾气了,莫非这就是她更年期的表现?又过了几年,她连人都没了。父亲如今说起母亲,都是母亲脾气不好的事。他从不反思自己的事。一个男人,一个女人,凑在一起,生几个孩子,结下怨,然后,一个死去,一个孤独。这就是人生?

　　唉!

　　"你好!你好!"

　　父亲对八哥真是有耐心,周素想,他年轻时,儿女们呀呀学语时,他也没这个耐性啊。这就是生命的晚景,她有些可怜父亲了。拖完地,她给林默生打电话,说晚上在父亲这里吃饭,他能不能来?林默生说可能有饭局,来不了,不用管他。

周素又清理了厨房,擦干净灶具,做了晚饭。吃饭的时候,父亲问起林默生,怎么不来吃饭?都是谁请他吃饭?"谁知道。"她耐着性子回答父亲。父亲又说:"林默生混得还行,你就没人请。"这话让周素一下子郁闷起来,父亲这般年纪了,还那么看重名相。

饭后,洗过碗,周素没指望林默生能早些结束饭局来接她,而是打出租回了家。

她开门的时候就知道林默生回来了,因为防盗门的锁只上了一道,果然,林默生正坐在客厅的沙发上,电视开着,人却在发愣。"你这么早就回来了?"

林默生说:"我根本就没饭局,下班直接回来了,吃了点冰箱的剩饭。"

"为什么?"

"想静一静。"

"是单位里的事吧。"

"没事。"

没事,那就静一静吧,总是不着家的男人需要静一静,这世上很多人都需要静一静。周素也觉得累了,洗漱完了,上床看书,却总在听着林默生的动静。她知道他有事,至少是要升处级的事。如果这次能弄上处级,哪怕只是虚职呢,到退休的时候,有相应的待遇,也能安心些。可机关里的事,太复杂。有一次,年终评先进的时候,林默生和另一个同事评上了,可最终宣布的时候,是他的上司和那个同事,事情怎么变成这样的,他也不知道。现在的上司,过去是他的下属,比他年轻,怎么上去的,也莫名其妙。里面的奥秘都知道些,又都说不清。这一次呢,有条件跟他竞争的,至少还有两个人,年龄上下都是一两岁之差,他分析过,那两个人不会投他的票,宁可投给年轻人。她没问,他会不会给那两个人投票。她不给他压力,他身处那个明争暗斗的环境里,免不了郁闷。

想到这里,周素下床,站在卧室门口说:"你关了电视早点过来睡吧。"她有时也懂得照顾一下丈夫的情绪和生理机能。可林默生说:"你先睡吧,我还是睡小屋吧。"

也不知睡了多长时间,周素突然醒了。看到床边一个黑影,"啊"的叫了一声。"是我。"林默生正坐在床边。

"干什么你,吓死了我了。"

"有件事必须跟你说。"

"什么事非得现在说,明天吧,明天都不用上班。"

"明天你去医院检查下身体吧。"

"什么意思?"周素一下子精神了,坐起来。

"……"

"你搞什么名堂?"

"……我得了不好的病,你也要去查一下,看是不是被我传染了。"

"你……"要不是在男科医院看见林默生的车,这事真的无法相信,现在他到底承认了,她无法不信。"你出去!"她大叫了一声,音色激烈,凌厉,像一道闪电,划破了暗夜。

6

从医院出来,周素直奔林默生的车。为避免尴尬,他没陪她去检查,只在车里等。他问怎么样,她冷着脸:"回家再说。"来的时候,她一直扭着脸看车外,路过男科医院,她突然说:"你是在这家医院看的病吧?"车子猛地歪一下,差一点要冲向绿化带了,林默生一阵忙乱,才回到正路上。所以,这会儿,她决定不说什么。她也不想以更年期为由,任由火气喷发毁了自己的形象。再怎么,除了精神病人,情绪还是人自己控制的,所以,有些女人对同伴发脾气或者在大街上吵架骂人,然后说自己是更年期,是一种借口吧?

和来时一样,周素不坐林默生旁边,而是摆出厌弃的态度,坐在后面,她在林默生头上的镜子里,看得出他的忐忑不安。他从她铁硬的脸上,判断不出来结果的好坏,因为即使有一个好结果,他的错误也不能很快让她的冰冷化解,脸还得不知板到什么时候。

可是,进了家门,林默生一下子就明白了。周素用尽力气,把医疗本啪地摔在地板上,厉声说道:"你干的好事!"

林默生傻呆了一下,捡起医疗本,放到鞋柜上。最怕的结果还是来了。他无话可说,也不敢说什么。

周素从没像现在这样,竟突然变成一头母狮子。妇科诊室是她最不愿去的地方,除了学校组织的体检,别的时候有点问题,她也扛着不去。可今天,她不得不接受那些冰冷的器械,不得不做出她讨厌的姿势,将自己的中心暴露给世界。没有孕妇的自豪和甜蜜,也没有普通妇检时医生的絮絮询问,只有极度的不安和医生麻木的表情。医生越是麻木,她越是感到羞辱和尴尬,她不是那些年轻的小姐,至少还可以用年轻来减免一部分羞耻,她也不能跟医生解释和辩白,那一刻,她恨不得杀了林默生。

"林默生,我跟你过了这些年,看不出你还有这两下子,啊,你还真有胆,啊,我一直觉得你还是个老实人,没想到你也不是什么好东西!自己做下脏事,还要连累老婆,还好意思回来跟老婆上床,你太无耻了!"

"就那么一次,谁想到……再说带了套儿……"

"一次还不够吗!"周素大怒,眼睛瞪得要裂开了,脸红得发紫了。"男人简直连动物都不如,那点坏水,非得洒出来吗,憋着能死人吗!"

这话刺到了林默生。"我已经说了我错了,你还想怎么样?谁没有犯错的时候,怎么就扯上动物了?"

林默生的话,让周素简直要晕倒,脑门和后背又是大汗,她抓起茶几上的杯子,朝他身上扔去。林默生用公文包一挡,杯子掉在木地板上,滚到沙发下面。他转身冲出门,脚步声顺着楼梯渐渐弱下去。周素扑在沙发上大哭。在医院妇诊室,结果出来时,她已经默默流过一次眼泪,至此,医生才淡淡说一句:"不用怕,能治好。"她却仍是不敢抬头看医生的眼睛。

哭累了,周素猛然想起什么,跳起来直奔卧室。从春节到现在,她一直是两套床单被罩轮着换，一套正在床上，另一套上周洗了。她找出柜里的一套，床上的一套也扒下来，一古脑塞进洗衣机，又猛然想起，这几个月，这两套卧具在洗衣机里转过多少遍了，洗衣机也不干净了，便想扔掉。很快又想到，这样也不妥，让捡破烂的人翻出来，会得了宝贝似的拿回家，岂不又害了人？这是她多么心爱的东西呀，买床上用品，她一向不疼惜钱的，但必须处理掉。她找出了剪子，奋力地剪着，把它们剪得一条条的，又剪成一段段的，没有任何用处了，装进一个在塑料袋，放到了门口。

之后，她感到无边的困倦，找了个一年多没用过的床单铺上，倒下来睡了。

昨夜的失眠，是她失眠史上最严重的一次，是整夜未眠。她几次都想冲进小屋，跟林默生大吵一通，可是深夜里，房子不隔音，吵起来免不了又哭又闹，那简直像闹鬼。她胡思乱想了很多，想的都是林默生的不是，越想越气越睡不着，后来便爬起看电视，天要亮了，才眯了一会儿。早晨醒来，她的头痛得厉害，家里没有动静，她走到儿子房间，见林默生仍在蒙头大睡，她心底的火苗腾地蹿起，猛然掀开被子。"起来，你给我说清楚！"林默生蒙眬着眼睛，看了她一眼，翻过身去，声音困涩。"没什么可说的，是我不对。""这么大的事，没什么可说的？"她感到后背、脖子和脸，热得火烧一般，早就一头一身的汗了。又补了一句："我可是更年期，你不说，我跟你没完！"这话起了作用，谁跟更年期的人能耗得起？林默生自然也明白这点。他坐起来，低着头说："唉，就春节前刘局长出差，陪他去玩了一次。""你真让我恶心！"周素的声音恶狠狠的，但林默生没理她，心里的事情终于说出来了，他心里的压力释放了一半，解放了似的，去了卫生间。周素的后背转而又是冰凉的了。林默生单位的刘局长她是知道的，其实是主管人事的副局长，从外地来的，家没带过来，干上几年就要走的，听说是个吃喝玩乐都不眨眼、都精通的一个人。林默生是跟着学坏了，还是为了提拔、迎合他，同流合污了一次？接下来，她的主要感觉是恶心，一个脏污的人，同床共枕是不可能了，就连吃饭的时候，挨着他，都吃不下，她端着碗离开饭桌，坐到茶几边上。林默生一直埋头不说话，饭后，他说："走吧，我送你去医院。"周素却说："我想了一夜一早晨了，不得不违背誓言了，咱们还是离婚吧。"林默生早料到了，淡定地说："我不同意。""你怕影响升官？""不，我心里有你，有这个家。"哼。周素冷笑一下。她现在怀疑他的一切。她心里突然闪过一个想法，林默生会不会有情人呢？在学校办公室里，有一次，几个女老师也讨论过男人与情人与小姐的话题，罗双红说，男人找小姐太肮脏，不如找个情人呢。周素却认为男人找小姐，毕竟是一次性的生理行为，就像一个黄段子说的，枪杆子还在，只是损失了点子弹。可找情人呢，心都飞了，爱分离了，是更为严峻的事。想不到，这种问题纠结到她的头上来了。

周素浑身冰冷地醒来，窗外的太阳斜下去了。她叹息一声，在屋里到处走着。脚上的棉拖鞋，拖拖地响，节奏犹疑，忽停忽急。屋子里清冷的，她摸了一下暖气片，凉的，供热期结束了，这是一个难熬的季节。她无可逃遁。她得面对。难言之病要治，为了能根治，医生说下一步还要配合中药治疗。她一下子想起，老中医给她配的几副中药还没熬呢，早晨出门前就泡上了。她奔到厨房，把药罐坐到炉灶上，打着了火。大概是上一次，那些名贵的药打了底儿，这一次就不必那么猛了吧，这回，老中医减掉几味名贵的药材，她仍是不放心让药店里熬，宁可自己费点事。老医生自有考虑，她也笃定，这几副药吃完，该来的就来了。没一会儿，药罐咕咕地响起，冒着白气，整个家里又是浓郁的草药味了。

家里被周素收拾得洁净的、明亮的，她仍是感到不洁。水里兑了消毒液，又到处擦起来，到了阳台上，她看到今天的阳光很好，便坐了一会儿，又陷进如麻的思绪。试想一下，自己是不是真的要离开这个家？林默生当然是舍不得离开的，打从结婚那天起，她就不让他干一点家务，下了班，无论多累，她都是一个人做饭洗衣，有时，他过意不去，就站在一边看着她，陪着她，她把他轰到屋里去，让他做自己的事。她的观点是，男人应该干大事，在外面闯出一片天来，整天买菜洗碗拖地的男人，一定是斤斤计较、成不了大事的人，要是成不了大事，只能平庸，那就让他在家什么都干，女人去成大事。幸好，林默生混得还有点起色，慢慢的，也习惯了在家什么也不干的待遇，她也不会觉得白挨那么多累。可是，你林默生，别说只是一介芝麻小官，就是当了市长省长，也不能在家什么都不干，在外面什么都干吧。是老婆不好吗？这把年纪，她也见过一些人、一些世事，发现男人做这类事，跟老婆好不好没多大关系。

让太阳晒着后背，据说补钙，可是一会儿又昏昏的了。周素猛然想起炉灶上的药，急奔到厨房，药汁已经快干了，她只好加了点水，再熬。

林默生一直没打电话，周素根本就没想过这个人。傍晚，他少有的早回了，还从超市买了些吃的回来。他嗅一嗅仍弥留在屋内的中药味，没吭声。以往，周素会开一会儿窗子，把药味散一散，透点新鲜空气。这一次，她没考虑到他。忙完了药和卫生，她感觉很累，不想做饭，又躺上床。无论如何，她还是想离婚。这个坎太高了，不离婚，她迈不过去。听到林默生回来了，她也没动，过了一阵子，林默生站在卧室门口说："起来吃饭吧。"她中午没吃饭，这会儿是觉得饿了，但她拖延了一会儿才出来，见林默生把买回的熟食热了，自觉地坐在茶几上吃，已经快吃完了，茶几与餐桌只一排沙发隔着，她瞥见一杯白开水正凉着，杯子边是两个白色的西药瓶，还有票据，大概是治疗费的收据吧。哼，他要大大方方地吃药了。想到他们的病，她吃不下饭了。

"那女人漂亮吗？"她盯着桌上一个油渍点子问。她纯属找茬发泄，不漂亮的女人能去那个行当里混吗？

他没理她。

"比老婆好吗？"

"……"

"是你提出的，还是刘局长提出的？"

他"啪"地拍下筷子。"你闹够了没有！"

"没有，我要离婚！"

"离婚对你没有好处。"

"难道让我就这样忍受你就有好处吗？"

她站起来，去了书房，在电脑前坐下，打开了梅艳芳的《女人花》。女人如花，花似梦………花的眼泪在飞。

7

早晨醒来，周素的嗓子疼得不敢吞咽，去卫生间时，头重脚轻。她强撑着，热了药汤喝了，又把最后一副草药泡上，准备晚上再熬，迷迷糊糊又回到床上。心想这把年纪真是经不住事了，天气忽暖忽冷，她心里又存着一股火，肯定是体内邪不压正了。

这两天，她没管做饭，没管卫生，家里乱了套。她要让林默生知道，什么是手忙脚乱，看他还能不能夹着公文包，悠哉悠哉走了，悠哉悠哉回来。自然，林默生忙得扑扑楞楞的，早晨到楼下的小吃摊买小米粥和油条，晚上从超市买吃的回来。他叫周素吃饭，周素才出来。可今天早晨，周素没动静，他进去一看，她正躺在那里张着嘴呼吸，嘴唇干裂。他摸一下她的前额，叫道："你发烧了，走，上医院。""别碰我，不用你管，死掉算了。"周素不愿配合，但没有力气，到底被他弄下楼，去了医院。

周素是急火攻心，抵抗力下降，遇上天气降温，得了重感冒。打了退烧针，又拿了点药，林默生匆匆送她回来，把水和吃的放在她床头，又匆匆上班去了，单位催着他回去开会。家里空寂的，周素再睡不着，想人真是复杂的动物，一会儿一张面孔，哪一个都可能是假的，哪一个都可能是真的。这几天，她和林默生各去各的医院，各治自己的病，互不理睬，哪想到，关键的时候，他没忘记自己是丈夫呢？那着急上心的样子，仿佛他们之间根本就没有大山的阻隔。为此，她心里稍稍有了一丝暖意。

周素没想到，十点多钟的时候，罗双红和小尚来看她了。还在医院时，看上班时间快到了，林默生就替她给学校打了电话请假。因为要治疗难言之病，她已经请了好几次假，办公室老师都知道她最近身体不好。她摇晃着去开了门，愣一下。她们扶她回卧室，还让她躺到床上，她们就坐在她床边。她立刻后悔了，因为罗双红和小尚，惊奇地打量着她的卧室。罗双红粗拉拉地说："你和老公不睡一起呀？"

原来卧室里还有一点林默生的东西，出了那档子事，都让周素给清出去了，卧室成了她一个人的，一看就是她一个人在用。她这才想起，不该叫她们进卧室来的。她只得说："我这几天老失眠，他爱打呼噜，让我撵到小屋去了。"小尚说："听说发达国家的人到了这年纪，都是分房睡，有好处。"

罗双红说："我家正在装修房子，看看你家是怎么设计的。"她和小尚又站起来，到处走着，瞧着。住进这个房子后，同事还是第一次来，周素不好说什么。想到厨房还泡着中药，林默生睡的屋里，被子都没整理，她心里有点烦躁，怪起罗双红的多事。罗双红前年做了一次流产，周素当时去看过她的，这算是回报吧，可真不是时候。那没整理的床铺，更证明了夫妻分居的事实，那中药，又得引出罗双红的口舌。果然罗双红问："周素，是你在吃中药吗？治什么的？"

"没什么，就是太疲劳了，调理一下。"周素语气淡然。

"你不是更年期了吧？"罗双红追着不放。

周素硬起声音问："你'更'了吗？"

"没有。"

"我也没有。"

幸亏林默生看病的那些单子，周素收起来了，茶几上的几个小药瓶，也不显眼，就是她们看见了，问起，也只说消炎用的就可以了。至于她自己的那些单子，她都放在抽屉里，从不乱扔。

两个女人回到周素床边。罗双红又问："你家房子装修时，垃圾怎么弄出去的？"

"那时我儿子正好放假，他一袋袋背下楼的。"

"那我回去也让我老公往下背。"罗双红的孩子是女儿。

"我儿子年轻，你老公那岁数怎么受得了？雇个民工呗。"

"雇人不得花钱吗？"

小尚对罗双红说："你老公一月挣五六千，你怎么这么待人家？"

"哼，男人不能惯，你结婚后也要记住，该让他干什么，就让他干。"罗双红昂着下巴说。

周素走神了。仅那一次印象，罗双红的老公是不怎么样，上次去看她，是夏天，她老公正在家，一直坐在一间屋里上网，后来出来了，路过客厅，罗双红做了介绍，他只是点一下头，就去了一间小屋，往床上一倒，门也不关，呼呼大睡起来，还穿着短裤。即便如是，罗双红也不用这么苛刻吧。要是林默生摊上这样的老婆，他会怎么样？林默生的工资还没人家高呢。人家的日子不照样过吗？没听说要离婚。问题是，林默生玩得太大了，让人难以忍受。她在想是不是她把林默生惯坏的。可是，要她像罗双红那样，她也做不出，那是一个多么令人讨厌的女人，每天都像在更年期，还是以她为镜的好。

　　罗双红和小尚走后，周素心里没有一点温暖的感觉，倒是生出不小的气恼，一向看上去平和的家庭生活，刚出了黑洞，就叫外人给窥探去了，罗双红那张嘴，她信不着。她连自己家那点破事都掖不住，别人的更不用说了。送客走的时候，到了客厅，罗双红又往小屋探下头，仿佛要尽可能多地网罗些印象以便回去分析研究似的，周素想起这一幕，心里又烦躁起来，又发热出汗了。都是林默生闹的，本来是偶尔的暂时的分居，因为他的过错，变成了定势。

　　所以，晚上，林默生回来，周素又提起离婚的事。她觉得他们重新睡在一张床上，已没多大可能，不如彻底了结，大家都清静。中午，林默生打回一个电话，问她怎么样了，她正烦着，没好气地说："没事，死不了。"过后她意识到，这很危险，这是罗双红的句式，她要以罗为镜的，怎么不由地靠拢过去了？所以，林默生回来，走到她床边问她怎么样了，她尽力以平静的语气说，好多了。这给了林默生一种错觉，以为日子可以得过且过了。他从快餐店买了吃的回来，还热着，扶周素出来到餐桌吃饭。周素却坐在沙发上，他只好把吃的给她放到茶几上。

　　他说："我今天碰到钟教授了，想起过段时间，他该过生日了，儿女都在国外，咱们还像以前一样，去看看他吧。"

　　周素面无表情地说："我们还是分开吧，孩子大了，这婚要离，也没什么难的。"

　　林默生顿住了，半天才把思路从钟教授那换过来。"现在的当务之急是治病。治好了，不是还跟从前一样吗？"

　　"你认为会一样吗？我的感觉不一样了。"周素一直不看林默生。

"下一步治疗，要打干扰素，得花不少钱呢，又不是住院，不能用医保，分开了，你的工资够用吗？"林默生这看似体贴的话，倒又惹恼了周素。"哼，丑事做够了，倒想来做好人了，我的想法不变！"

沉默了一会儿，林默生说："你真要离？"

"难道我在闹着玩儿吗？"

"你再想想吧，一定要离，这房子你就住着，我搬走就行了，没还完的贷款算我的。"

这回轮到周素沉默了，心里起了一道波澜。林默生的话，也不能简单地理解为他是有错在身心虚，应该是他善良的体现吧，相比之下，他带回的病就是小事了，又不是绝症，就那么不可原谅吗？她迈着虚弱的步子去厨房，把药罐坐到炉灶上。林默生笨拙地洗了碗，然后钻进书房去上网了，对满屋的药味没敢说什么。周素披了一条厚实的披肩，开了电视，歪坐在沙发上。一个频道里有档节目，一个男人离家出走，带着个小女人在外鬼混，老婆求助于电视台，让老公回家。类似的节目，电视上很多，当事人坐在那里，以泪洗面，主持人冷静地，一个问题接一个问题，把人往死角里逼。以前，周素从不看这样的节目，她看不起那些人，家丑不可外扬，何况电视能把这丑扬到各个角落里去。这会儿，她看了下去，也并不认为值得看，只是觉得生活变得越来越复杂了，她有必要了解这复杂性，再说这会儿她要找个事干。这节目往往也没有解决问题，对观众也没有什么帮助，不过是又看了一段不相识的人的一桩隐私而已。

他们活得真是无力，人还是要自己解决问题。

周素关了电视，去看灶上的药。

8

早晨上班，进了教学楼，碰到几个同事，周素跟往常一样招呼，却觉得有什么不一样了，仔细回味，他们要么是招呼一下，赶快低下头，好像在回避一种情态，要么就是招呼后，看着她，眼神里有什么东西闪烁着。路过数学组办公室，李教师正走出来，拉着周素问："周老师，昨天没见到你，还好吧？没事吧？"李教师嘴巴很会说，一向是关心别人的姿态，不过周素跟她走得并不近，她这样一问，倒让周素觉得，自己身上真的发生了什么重大的事。她激灵一下，有八九分的明白了。

周素便怀着戒备心，走进办公室。几个老师都来了，老陆短促地招呼一下，躲是非似的走出去，小尚问候了一声，低头整理学生的作业本，罗双红话倒多，什么你好了吗？怎么不多休两天？什么你脸色还是不太好，吃点补品吧。倒让周素觉得她在欲盖弥彰。周素淡声说："不好意思让你们代课，大家都挺累。"她提前五分钟，就往课堂去了。

四十五钟，可真漫长，往日，周素老觉得这时间不够用，今天却屡屡走神，说话词不达意，额上的汗，擦了几次。下了课，她没回办公室，她不愿意看罗双红的样子，直接去了另一个班级，等待上课。这堂课下来，她觉得累极了，她需要回办公室喝口水，再说，她上午的课都结束了。但她有意拖延着时间，与几个语文好的学生聊了一会儿，直到下一节课的铃声又响起，才回办公室。

除了小尚，别的老师都上课去了，周素松了口气。不知为什么，这办公室里，她就觉得与小尚在一起是轻松的，这年轻姑娘，脾气不大好，但人还是善良的，没什么心计。周素想，这也许是年龄的原因，其他的几个老师，都一把年纪，资历相差无几，相互都防着，都盯着找别人的把柄，女人间说话，还要盯着对方的眼角和眼袋，心里默数着有几根皱纹。与小得多的同事相处，自然没什么可提防的。可能除了罗双红，大家都是这感觉吧。小尚在上网，瞥一下周素，笑一下问："你的病好了吗？""我没事。"周素接了一杯水，想起早晨的小尚，目光就是埋在学生作业本上，这会儿，她想从她脸上看出点什么，可小姑娘的目光，躲到电脑显示器上了。周素用热水杯子暖着手，随意地问小尚，见过李老师介绍的新对象没有，她心目中理想的对象是什么样的？小尚说，见了，感觉没有原来处的那个好，所以没换。小尚又问周素跟老公是怎么认识的，周素很认真地回答她，对自己的婚姻生活和老公基本是肯定的，当然，也略去一些事不提，包括最近发生的事。小尚到底年轻，突然问道："周老师，罗老师说你跟老公分居，肯定在闹离婚，是真的吗？"

周素心里的某根弦震颤一下，微笑道："罗老师的嘴，你又不是不知道？"她喝了杯里的水，也坐在自己的桌前上网，心里却是十分的恼，双重的恼。对林默生，对罗双红。

下课铃响过，几个老师都回来了，罗双红接了一杯热水，吹着气，嗦嗦地喝，她喝水一向要喝滚烫的，要不就得拉肚子。她一边喝水，一边盯着小尚，问她教案准备得怎么样，上边要检查了。小尚一向烦罗双红，语气生硬地说："谁看教案？就是走形式，折腾人。"她关了电脑，走了出去。

罗双红的目光从门口收回来，看着屋里的人说："找儿媳，可别找这样的。"

周素抬头瞥一眼罗双红。"找婆婆也别找你这样的。"

话一出口，周素心里惊一下，自己对这女人，到底按不住火了。这不好。脸立刻发热烧起来，汗也倏地聚上来。她急急关了电脑，也走出办公室。她不能留下来吵架。她听见罗双红还在气极败坏地骂。

从洗手间出来，上午最后一节课的铃又响起，教学楼的走廊，一阵孩子们的吵嚷和踢踢拖拖的脚步后，尘埃落定，静下来。然后，哪个教室里，老师的讲课声传来。周素定了一下，往学校的医务室走去。学校里配了一个心理咨询医生，可真正咨询心理问题的学生并不多，大都是在操场上摔破了皮，来擦点药水，或是突然感冒了，胃痛了，来拿点药。周素倒来过几次，都是跟女医生聊天儿。她看过一些心理学方面的书，喜欢探讨此类问题。其实，也不是每次聊得都愉快，女医生有时拿出心理分析那一套，一个问题接一个问题，剥洋葱似的，不，简直是剥衣服，弄得她心里不痛快。

这会儿，女医生正在看书，抬头对周素笑笑。周素也笑一下，却牵着丝丝缕缕的忧郁。"这阵子忙吧？不见你来。"女医生问。

"哦，这段时间，有点麻烦事，心里不痛快。"周素坐下来。

女医生就安静地看着周素："是不是更年期了？"

"可能吧。"周素有点窘迫。无论如何，她不能说出林默生的事，一损俱损，不能一下丢掉两张素来还算体面的脸。周素掏出纸巾，擦一把额头的汗，这个动作当然被女医生看在眼里了。

"你知道吗？微精神分析学已经证明了三个对等式，其中一个就是：更年期等于青春期。"

周素说："但却是反向的，对吧。"

"心理上和生理上所受的冲击是相当的。"

"但是心态是没法一样的。青春期生活单纯，更年期是多事之秋，想不发脾气，真是难。"

女医生说："我问你一个问题，你知道什么是最健康的心理状态吗？"

"开朗、乐观、快乐、幸福，如此之类的吧。"

"不，在心理学上，最健康的心理状态是平静。惟有平静的心，才有理智和思考能力，才能圆满解决问题。"

周素心里"啵"的一声。"你这个醒提得好。我也有这个体会，可是，遇到事的时候，怎么就忘了呢？"常见一些老人，坐看行人和闲云，脸上无波无惊，不是他们的表情懒了，实在是心里彻底安静了。周素问了一句："你碰到烦心的事，能平静吗？"

女医生摇摇头："我也做不到。"

那么，平静，就是人在情绪管理上的一个理想目标吧。多么普通的一种状态，人们却忽略了。周素决心要让自己平静下来。她不再跟女医生探讨心理学，她怕那些钻牛角尖的问题，再次使她不快。又坐了一会儿，她便离开了。

9

恢复理智，周素暂且把离婚的事搁下了，她也不想让罗双红的话这么快就成为事实，当务之急是治病。而且，她受不了家里的乱，又开始理家做饭了。

又是周六，早晨，林默生还在睡着时，周素煮好了面条。林默生一向爱睡懒觉，周素不叫他，饭好了，他听到了，自会起床。她仍是不跟林默生说话。每天中午，夫妻二人一向是见不到的，各自在单位的食堂解决肚子问题，晚上，多半是周素一个人落寞地吃，林默生没有有意减少饭局，也是不想回家看老婆的脸吧。所以，早饭就成了两个人气场的交流。

林默生以为周素气消了，日子趋于正常了，便大起胆子问："你好了没有？治到哪一步了？"

周素声音冰冷。"今天去复查。"医生说，大部分人都因为难为情，以为治好了，再不露面，结果总是复发，周素决心善待自己，把问题彻底解决。反正已经丢了脸，再多去几次医院，不过是五十与百步之差。想到事发后，光顾了恶心和愤怒，还没关心过林默生的情况呢，便又说一句："你也听医生说了吧，宁可多花钱，也不能再遭二茬罪。"

林默生连忙说："是，我今天去打干扰素，先把你送医院去吧。"

"不用。"一说起这码事，周素又觉得恶心了。她转了话题："你们处长提了吗？"

"没提没降，可能要平调走了。"

"这么说，你有机会了？"

"不一定，好几个人都候着呢，但是，处长说了，重点推荐我。刘局长也说研究的时候重点考虑我。"林默生语调平静，但还含着希望。

周素再不说话。

林默生走后，家里空下来，周素的拖鞋发着回声。窗外，天空阴沉着，要下雨的样子。她突然惆怅起来。往年这时节，她都急着收拾清洗全家人的棉服，今年她不动了，因为春天来得艰难，说不定又一场寒流，收拾好的棉服还得拖出来穿上。生活出了天大的麻烦，她也没有心思管这些了。发了一会儿呆，她才收拾自己的脸，换上衣服，硬着头皮去医院。这种时候，她的烦恼又起来了，两个人至少要打半年的干扰素，一周要跑一趟医院，得多少钱呀。孩子在大学要一大笔费用，房子的贷款还没有还完。所以她在医生面前一副忧戚的面孔，倒也多少遮掩一下羞耻。

  从医院出来，周素犹豫着，要不要再去看那老中医。她也开始像父亲那样，有点怀疑他的医术了。两批中药都喝完了，她的月事仍没有动静，老中医岂不成了吹牛大王，亦或是自己不可救药了吗？就这样认了，坐以待毙？不，她不死心，她要看老中医还有什么招术，都使出来，大家都尽力了，结果是好是坏，随它去。

  周素又上了公交车，车过男科医院，她拉长脖子看了一眼，没有找到林默生的车，这个时间，他差不多该离开了，或许先去了别处，还没到呢。条件反射似的，她像上次路过时一样，又发热出汗了。心下忽然起疑，林默生瞒着她，不知在外面做了多少事呢，说到底，男人更虚伪些，男人会同时一面做好人好事，一面做坏人坏事，而面不改色，生活如常，他会不会还有个情人呢？也许这病不是毫无感情瓜葛的小姐传染的，而是情人传染的呢？情人大多出自良家妇女，可那保险系数也不是百分百吧。

  因此，她想改变计划，去做侦探了。想来，林默生与大学里的情人，是不会有什么瓜葛了，据说那女人出国了。她把跟林默生经常来往的而她又认得的女人捋了一遍，在心里逐一排查，最后锁定一个女人。这女人做古董生意，据说这一行，十年不开张，开张吃十年，所以她显得游手好闲，动不动就约林默生去茶馆打麻将。周素为此也生气过，不是因为约林默生的是女人，而是不希望林默生黏在牌桌上，谁为这个找他都令她生气。有一次，周素跟着林默生参加了那女人做东的饭局，饭后，她悄悄邀请几个信任的人去她家看古董，周素也跟着林默生去了，她嘴里没说什么，心里大为惊讶。整整一间屋的古董，理论估算一千多万。一个女人怎么可以这样富有。可女人说自己没钱，都押在东西上了，而且还要疯狂地继续收藏，因而她老公离开了她。偏偏她还挺有姿色的，更添了一分嫌疑。周素想起，前几年，家里装修房子的时候，半途钱不凑手，林默生就是跟这女人借了一万，女人把整个存折交给他，让他连利息一并取了。女人若不是对男人有意，哪有这么慷慨？现在，周素不知自己该去那女人家找她，还是去她常去的那家茶馆，想来，平日不相往来，突然出现，总是太突兀吧，所以，她犹豫着，没有下车，这就到诊所了。

因为想这些乱七八糟的事，她没有看到那条街上的白玉兰。

小诊所这条街上，有什么东西，在低沉的天空下亮晃晃的，她停下脚步，让意识从虚妄中回到现实里来，这才发现，是迎春花开了，金黄金黄，一串串缀压着枝条，阳光一样灼眼，整条小街都节日般亮着，她的心里也亮了一下。她足足看了好大一会儿，想不明白这种植物，怎么是以秋天的色彩来迎接春天呢？春天里的黄，除这迎春花，再就是南方的油菜花吧。她管不了远方的花，又把近前的看了又看。

老中医这会儿正闲着，坐在小桌前，两手搁在桌上，见周素进来，微仰着脸问："怎么样，来了没有？"

"不好意思，您的预言没有实现。"周素的话一出口，老中医和店里卖药的小姑娘们都笑了。

"不对呀，该来了。还发热出汗吗？"

"次数减少了。"

周素坐下来，手腕放在小枕上，老中医两指搭在她的脉上，她才发现，他长了双女人的手。号完脉，老中医没开方子，而是起身到药架上，找来一瓶醋酸甲羟孕酮片和一盒逍遥丸交给她。"回去用大枣红糖水吃逍遥丸，每天再吃一片孕酮片，吃几天差不多就来了。"又是这话。周素想，这是他最后一招了吧。再不来，就认了。也怪不得人家，每个女人最后总有不来的那一天，任何医生都帮不了，不过是早一天晚一天的事。

离开那家药店，雨下起来。周素才想起，出来时忘记带上雨伞。这时，林默生来电话了，问她在哪里。她仍是冷着声音说，在药店。他说："下雨了，别动，我马上去接你。"她想说不用的，但他已挂了电话。她进了路边一个超市，在门口站着。看着湿湿的街上，行人匆忙奔走，她又乱想了。她也知道，不能因为这一件事，就认定林默生不是好东西，毕竟他还是讲夫妻情义的，怕连累她，难于启齿，也还是鼓足勇气告诉了她，让她去检查。这类的事，多数女人是被蒙在鼓里的。可如果没得这病，秘密是不是就被他永远揣在自己口袋里了？傻子才招出来。

冷气很快袭上身，周素将目光锁定在一株迎春花上，猜不透，春天里，为什么人冷得哆嗦，花却一片暖黄，再不就是团团锦簇。人实在比不了花。

10

课间休息的时候，几个老师都在办公室。周素努力放松了神经，以便忍受罗双红这女人。罗双红正在接收老公的短信，不时还穿插着她的解说。老陆不理解，老夫老妻的，什么事在家说不了，怎么还得发短信，按来按去多麻烦，就是打个电话又费多少钱？罗双红说，她老公要回老家把父母接来住些日子，在家怕她骂，没敢说，只好到单位发短信。周素瞄一眼罗双红那张得意的脸，皱一下眉头。想这女人，在大会上和校长面前，做着温文尔雅的样子，该有多么累，而松驰下来最真实的样子，实在令人惊诧。原来，这世上什么都做得了假，只人的精神做不得。小尚问："你不同意吗，只是暂时住，怕什么？"罗双红说："我坐月子的时候，他妈没给我做过一顿饭，现在倒想让我侍候他们，想得美！"这时，她老公的短信又来了，她举起手机，对着大家念："老人接过来我伺候，不用你管。"她收了手机说道："这是猪话。"小尚的目光移过来，周素接住了，两个人偷偷做个鬼脸。

一会儿的功夫，罗双红和老陆都上课去了，只周素和小尚留下来。小尚眨着眼问："周老师，你说罗老师和她老公有爱情吗？"

"开始可能有吧，现在绝对没有了，你应该问她和老公有没有感情。"依周素的判断，罗老师跟老公连感情都没有了，只剩下生活的状态和惯性。

"怎么，你不相信爱情吗？"

"相信，但是……"看到小尚那样认真的表情，周素想，到底年轻啊，怎么好对她揭穿生活的真相，可她早晚要明白的。早知道，早得定，少受伤。她便说下去，"没有比永恒的爱情更短暂的东西了，无论是温情脉脉的，还是激情似火的。"

小尚笑了，"那你和老公呢？"

"我们……"周素略一思忖，"还有感情吧。你以后就会明白，多伟大多传奇的爱情，都是失败的，想想林黛玉和贾宝玉，想想罗密欧和朱丽叶。能固守不变的感情只有亲情，所以夫妻应讲究亲，而不是爱。"周素听到自己说出的话，心下一愣，她等于在承认，自己与林默生还有感情，不只是生活的惯性。她想，自己应该没说假话。

"我父母让我秋天就结婚，我还没想这事呢，我有点怕。看到很多人结婚又离婚，何必还要折腾一番呢？"小尚脸上做出困惑的表情。

周素说："不用怕，人在生命的哪个阶段，就要做哪个阶段的事，你只要尽了自己的本分就好。"

"那你结婚后都是怎么做的？"

"这个……我也没做好，但我知道怎么能做好。"

"说说看嘛。"

周素想起，刚结婚的时候，她在另一所学校当老师，女同事们在一起，就是互相讨教怎样整治男人，怎么样让男人不要从奴隶翻身成为将军，多么愚痴的行为。小尚这女孩子倒知道讨教如何做好妻子，也是难得。于是，她打开电脑上的一篇文档说："其实，这是男女双方的事，男人有男人的要做的，至于我们女人，大体要做好五件事，就是先起、后坐、和言、敬顺、先意承旨。"

小尚问："最后一条是什么意思？"

"就是按照丈夫的旨意办事。或者说他还没开口，你已经为他办好了想办的事。"

"他的旨意是错的，我也照办？还有什么敬顺，你这是从哪儿看来的东西，好像是古人说的吧？怪不得让女人这么没地位。"

"是古人说的。古人是希望女人调和自己的心性，发挥女性温柔善良的优点，做到以柔克刚。"

周素没有说破，这其实是两千五百多年前，释迦牟尼佛说的，大多数人，宁愿相信一知半解的专家所说的，退一步说，相信某个古人，也不愿相信佛所说的。其实，她也是近来在网上看到的，她现在养成了习惯，什么事不懂的时候，就上网查，不会养的花，不会做的菜，不知道衣服上的墨水或油漆怎么洗掉，都上去查。她没想到，怎么能不厌恶丈夫，也可以上网查，一查才知道，佛陀专门说了一部《善生经》，指引男女如何相处，便下载下来了。乍一看，她也是不愿信服的，最近两天，她看了一本解读周易的书，才受了启发，周易讲乾坤，说男人是天，是乾，女人是地，是坤，这是先哲所看到的自然大道。乾代表什么，坤代表什么，很多人是知道的，可很多的时候，人们不尊天道，男人不是天，女人不是地，所以，这个世道才越来越乱吧。可让小尚这样的年轻人一下子信服，也是不容易的，周素正不知怎么才能说明白，才能让小尚信服，这女孩子倒说话了。

"我知道，大道理都是要让人学好，我会好好做，我可不想像罗老师那样……"小尚的话还没完，她的手机突然响了，她把手机捂在耳朵上，说着话，去了走廊。

周素看着小尚的背影，脸上浮起愉悦，年轻人本具的朝气和对未来的美好幻想，令人舒心。她再看一眼显示屏，心下发虚。教导年轻人怎么做，自己又怎么样呢？其实，活到这把年纪，读过一些书，又在教书育人，自己什么不明白呢？可是，人所做的，不及人所明白的一点点。教导别人容易，轮到自己是另一回事了。

这几天，她跟林默生的关系不那么僵了。僵还是缓，似乎都在她的一念之间。林默生是过错方，又是男人，自会做出外强中干的模样，以维持可怜的自尊。她只不过是略平静了一下心绪，以便想想问题如何解决，他的铠甲便收回了许多。她是知道的，自己的男人，一向吃软不吃硬，有些男人软硬都不吃，才让人绝望呢。然而，他做下的事，实在……他没有符合天道，她又如何对他产生敬顺？那个收藏古董的女人，总叫他去打牌，他们之间是不是很清爽呢？也许，还有别的她不知道的女人？

又转回这上面来了。

周素轻叹一声，自责自己的小气，明知世上的男女不可能完全被另一些男女占有，还做着占有状，自寻烦恼。接着，她心下一惊，不由想到因果报应一说，林默生所做的，是对她的现世报吗？对林默生，她其实是经过了二次选择。这些年，她忠于这选择，把那个人都忘记了。那个人就是她大学里的恋人，高干子弟，完全是因为两人门第相差悬殊，那人的母亲强行拆散了他们。但是，各自结婚，过了一些年后，他们在同学聚会时接上了茬儿。他已经坐上不小的官位，出来开会，就拐到小城来见她一面。周素呢，有几次去省里参加教育学术的会，也去见他。人真是复杂至极的物种，即便如此，他们各自的家庭生活一直很平静。前几年的那场大病，让周素明白了一件事，夫妻的义务高于一切，在强大的亲情面前，爱情是胆怯的。那一次的手术，是那个人从北京给她找来专家做的，她盼着他能来看她一眼，给她一点安慰，但直到手术后的第七天，他才打来一个电话。而这七天，以及以后的日子里，林默生给了她最细微的照顾。自此，她才与那个人彻底了断了。

她当然不会对林默生说的，林默生是不是怀疑过她，而不露声色呢？她记得在那场病之前，她倒是能够坦然面对林默生，而在病床上的那些日子里，她倒是不敢看他的眼睛了。那时，她怎么会想到，过了这些年，如今，她对这男人，又面临了第三次选择？

选择是一件艰难的事。眼下，她只是觉得，事情没有一开始那么令人恼怒了，两个人的这份账单，似乎可以两相抵掉了。

一阵铃声突然响起，周素抖一下，意识倏地回到吵嚷的现实里来。

11

周五，还没到下班时间，林默生来了电话。
"周素，下班后等我去接你，去钟教授家吃饭。"
"他的生日还没到吧？"
"等不到那时候了，他和吴老师要走了，让我们去见个面。"
坐在车上，夫妻两个开始还说一说钟教授，几句后就没话了。他们现在的关系,简直是夹生饭,想好又好不起来,又像一辆车刚启动,还没有提起速度。因此,周素本来不想去的,怕两个人的气场与钟教授家里的气场不和,还要各自装假。钟教授和师母吴老师,真是少有的和谐的一对,他们总是乐呵呵的,做起事来配合默契,两人的脸上和夫妻关系的那份平和宁静,让客人感觉很舒服,周素每次去了都舍不得离开。也是想到这点吧,她犹豫着,还是去了。

为了带一点好的气场过去,周素问林默生:"你的处级批了吗?"

"没有,我们几个年纪差不多的都没戏,鹬蚌相争,渔翁得利,一个年轻的上去了。不说这些。"

周素在后座上,心里"咚"地跳一下,瞟一眼车前镜里的林默生,他正看着高峰期忙乱的街道,表情平静。她的心里立刻涌满了难言的悲哀。林默生经历了怎样的心理波澜,她能想象得到,但他在什么地方,以怎样的方式发泄过,还是他自认倒霉,闷在心里慢慢消化,她就不知道了。此刻,她不想再给他添堵,只说了一句:"现在这样,就挺好了,不必把这种事看得太重。"

钟教授家里弥漫着饭菜的香气,林默生一进门就做出高兴的样子说:"我闻到了,锅里有粉蒸肉。"钟教授是湖北人,待客总要做一道家乡菜。看到客厅里已经贴墙立着拉杆箱和两个大包裹,周素也努力做出配合的样子说:"春天来了,天要暖和了,怎么要走了?"

"不说这个,先吃饭。"钟教授开始往饭桌上摆碗筷,又扭头对厨房里的老伴儿喊:"别烫着,我来。"吴老师是想把粉蒸肉端出锅,钟教授急奔过来。其实,他也没有更高明的方法,不过也是垫了抹布端出来,动作也并不比老伴儿利索,外表上看,他白净净,瘦瘦的,还赶不上皮肤微黑身板厚实的吴老师硬朗呢。但周素明白这里不言自明的意义。每一次来,她都看见这老两口一起在厨房里忙,饭后钟教授赶快擦桌子洗碗。老两口行动也是出双入对的,真让人羡慕。其实,这难吗?不难。可活了这把年纪,周素只见到这么一对。周素也端了一盘菜往桌上送,林默生过来接,她想不理他的,但马上想起这不是自己的家,又给他了,却是冷漠地转过身。吴老师瞄她一眼,趁两个男人在饭桌那儿开红酒,小声问:"怎么,你们吵架啦?""没什么。"周素垂下眼睛,眼圈已经湿了。她不是不信任吴老师,总觉得这毕竟是极端的隐私,还是不说的好,再说时机也不对。

大家都坐下来,林默生问:"钟教授,我和周素等着要给您过生日,怎么现在要走了?出去旅游吗?"

"哎呀,我这把老骨头,撑不了多久了,今天算跟你们告个别吧。"

周素和林默生都愣住,看一眼钟教授,又看一眼吴老师。周素话语迟疑:"这是……什么意思?"

吴老师说:"你们钟老师得了淋巴癌,要回省城住院去了。"可吴老师的口气,像在说旅游。

周素与林默生这时才对望一眼,张着嘴巴,都不知说什么好。钟教授却仍是笑呵呵的,吴老师也没露出一点悲戚。老年的两口急忙劝着中年的两口喝酒吃菜。周素说:"那我们提前祝钟教授生日快乐,祝吴老师身体健康。"她和林默生也努力想淡化这噩耗带来的语境和心境,但他们的配合却是笨拙的,甚至是生疏的,越发暴露出他们眼下的不和谐。阅透世事的老两口,怎么会看不到,但他们不去点破,只是话里暗含了针对性。

钟教授说:"我本来想在本地的几所大学和职业学校,办几场讲座,却办不成了。"

"教授要讲什么?"林默生问。

吴老师说:"你们也知道,他研究了一辈子传统文化和孔孟之道什么的,退休了也闲不住,到处宣讲。"其实,师母退休前在大学的图书馆工作,也没少看书,传统文化的底子也够深够厚。周素和林默生这代人,只是小时候在广播里听过批判孔孟之道,近年也补了点东西,却是一鳞半爪的,说不出个所以然。

钟教授接着说:"现在,社会道德滑坡,人伦关系混乱,有必要提倡孔子的'三纲''五常'。'君为臣纲,父为子纲,夫为妻纲'和'仁、义、礼、智、信'这些行为准则,对调整规范君臣、父子、兄弟、夫妇、朋友这些人伦关系,绝对有帮助。"

周素立刻想到,孔子的思想和释迦牟尼的言说何其相似,想起她跟同事小尚探讨过的问题，便问道："钟教授，我明白这是道德秩序的需要，跟男女平等没关系，但如果男人做得不好，女人凭什么以他为纲？"

"这是两方面的事，反过来，为君、为父、为夫，绝对要为臣、子、妻做出表率，行为要符合天道，才会让人信服。"钟教授说这话时，貌似不经意，瞟一眼林默生。林默生低下了头。

周素又问一句："那……男人做了不道德的事，女人看不起他，不想顺从他，怎么办？"

吴老师看着周素说道："学习颜回嘛，不迁怒，不二过。别光顾了说话，吃菜。"

大家都拿起筷子。周素心里闪过一个念头，觉得自己的迁怒也不是全占着理吧。女同事女朋友们在一起，如果自己的男人混得好，女人脸上就有光。如果不是这种虚荣，她把家务全包了支持林默生向上爬，林默生大概也不会走到这一步吧。这样想着，她便看一眼林默生，他感到了她的目光，也看过来，两人的眼神却只是刮擦了一下，又各自去看教授夫妇了。钟教授端起高脚杯。"来，我们老两口，祝你们小两口幸福美满。"四个杯子叮叮当当碰在一起。

林默生说："钟教授，您是我的老师，可我现在才知道要向您学什么。您是我的榜样。"

"噢，是吗？"钟教授和吴老师都笑起来。

这桌上的气氛，跟着周素和林默生到车里，走了一路，一点点散失，但两人的气场不再那么生硬了。想到钟教授将不久于人世，他们都陷在沉默中，而回想起他和师母的和谐淡定，想想自己的生活，他们又有些愧意。

12

星期天的早晨，周素醒迟了。昨天，阳光暖照，她把家里所有的窗玻璃都擦了。一冬的灰土都扑在窗口上，最近的雨把它们冲得条条缕缕的，她看着心口拥堵。她就是这么喜欢洁净。一时竟忘了与林默生的难题，与之相比，玻璃上的尘土更重要吗？这就是女人吧，跟孩子差不多，总是把微小的问题放大。结果呢，她睡得很沉，醒来腰酸背痛，胳膊也痛，头脑发沉。她还有些别的异样的感觉，是身下的，于是，彻底清醒起来，猛然坐起察看，白色床单上，印着古币大的一块血迹，像一枚红玫瑰花瓣儿。

呆了一下，周素弹跳下床，急奔到衣柜前，拉开门，从一个小收纳箱里翻找出卫生巾。这还是几个月前，从超市里打折买回的，她还以为再也用不上了呢。老中医不是吹牛呀，感谢他，也感谢自己，这一个星期，她认真地煮大枣水，一次药也没漏吃。就是这时，她才意识到，自己已经不发热，也不出汗了。她不禁暗自喜悦起来，原来自己是假'更'啊。

收拾完自己，她把一包卫生巾就放在卫生间的三角架上，以方便这几天用，然后开始把床单扯下来，连同睡衣内裤，都泡进水里。这时，她才听到厨房里有动静，开门一看，林默生正在炒榨菜，她还闻到了米粥的香气。他听到门响，回头看一眼。"噢，你起来了？准备吃饭。"周素仍站着发愣。林默生回一下头，赶快转回锅里。"别看我，我一紧张就不会做了。"他翻炒的频率很快，铲子嚓嚓地响。昨晚，他回来得早些，她正倚在床头看书，还没有关上卧室门，他在门口站了一下，说了一句："你今天累了，早点睡吧。"昨天上午，他帮周素擦完了一个窗子，邻近中午时，被朋友叫走了。他就是这样，不管在家里做什么，有朋友叫，立马就蹦着高走了，生怕被人遗忘了冷落了似的。周素知道，他站在那里，不只想说一句话，他似乎还有别的话要说，但她没给他机会，目光斜着从他脸上扫一下，掠过脖子、胸膛，草草从肚子上收走，又埋进书里去了。此刻，她看着他的背影，心里一直坚硬的东西，开始变软了。她走进去，把电饭锅的盖子打开。林默生关掉火，把炒好的榨菜盛在盘子里。周素说："再煎两个鸡蛋吧。""好，等一下，我憋着一泡尿呢。"林默生去了卫生间。周素从冰箱里拿出鸡蛋，又打着了火，想起钟教授与吴老师一起做饭的样子。林默生回来，站在周素身边说："祝贺你。"她明白他的意思，他看到了卫生巾。但她白他一眼，没有搭话，把两个鸡蛋打到平底锅里去。她在心里短促地笑一下。曾经是令她为难、令她受难似的月事，如今倒成了喜事了。人生啊，岁月啊。他抢过铲子。"我来，你去收拾自己，以后早饭我包了。"她走到客厅去，一时还不习惯这早晨的闲适。

吃饭的时候，林默生问："你今天干什么？"

周素说："你没看我泡了那么多要洗的东西吗？"

"今天我没事，我拉你去看桃花吧。"

周素心里一动。每年两个人都要去看一次桃花的，惰性随着年龄增长，情趣却随着衰弱，这一雅习倒留下来，今年因为两人的隔阂，没做打算了，已经有同事在博客上晒出了桃花的照片，她就当自己算是看过桃花了。

"还是看看吧。"林默生又说。

这样，他们开车到了一个桃园。这小都市里有许多个果园，都是开发村庄时留下的，也没有什么防护，随便就走进去了。却是与往次不同，他们各走各的，若即若离，不愿意挨近，又不能离得太远。林默生拿出相机。"给你照张相吧。""不照。"周素今天的情绪按说不错，但她觉得跟林默生之间还存留着一些东西，料想自己的脸色不太好看，不愿留在照片上。林默生便往桃园深处走去，去照桃花了。她看到他整个的背影，他穿着蓝色牛仔裤，白色运动鞋，她意识到，这段时间，她从没好好看一眼他腰以下的部位。

桃花夭夭，条条树枝都缀满了粉红的花瓣，来的时候就远远看见一片云霞，漫落在灰色的山坡上，视野里便鲜亮起来。周素突然想到，这些早开的花，玉兰、梅花、樱花、迎春花，包括眼下的桃花，都是没有绿叶扶衬的，但却秀色逼人，如年轻女孩，不需要锦衣华服的装扮，这早春的美，实为自然界的一个异数。

虽然腰有点酸痛，周素还是在桃园里转了几棵树。桃色灼目。她眯起眼，凑到枝头嗅几下，吸入几缕极淡的香气。然后，她向山坡下看去，高低错落的楼房笼在薄淡的烟气里，市井的嚣声，不远不近，偶有汽车的喇叭突兀地响一下，仿佛提醒她，那里才是生活所在。她深呼一口气，松下肩膀，感觉自己呼出的是一团灰色的雾。

林默生转了回来，在一片枯草上坐下。枯草像老太婆的头发，缝间露着新长出的绿色野菜。他搓把脸，眯起眼睛说："阳光真好，坐一会儿吧。"周素也在他一侧坐下来，却是隔了两米的距离。

　　周素眼睛盯在桃树灰色的树干上，突然问："你知道植物是如何感知春天的吗？"这是她昨天偶然想到的问题。特别是这些花木，如何知道春天来了，要抢着先开花呢？抢在了别的花前，甚至抢在了绿叶前。

　　"不知道。"林默生抬头看着一根枝头。

　　他当然不会知道。周素也是昨天想到这个问题时，在网上查到的。她说："靠冷量。"

　　"什么？哪两个字？"

　　"寒冷的冷，数量的量。"

　　幸好，时隔不久，周素还能说得清。植物要感知春天，当然要有升高的气温，但还需要一定的"冷量"，许多树的胚芽必须在积累了一定的冷量后，才能对气温啊、日照时间变长啊，这些春天的信息有所反应。比如，不同品种的苹果胚芽，需要在接近冰点的气温下，度过一千到一千四百个小时。科学家还发现，如果一棵丁香树上只有一个胚芽积累了足够的冷量，那么就只有这一个芽会开花。自然，还有光啊什么的别的因素，但她只对这一点印象深刻。

　　林默生"哦"了一声。"冷量，这倒是个新词。"

　　此时此刻，周素才突然想到，人与植物有什么不同吗？但她没能细想下去，桃园里出现了一对少男少女，初中生的样子，他们在拍桃花，行行停停。林默生对他们喊道："小朋友，麻烦给我们拍张合影吧。"他把手里的相机递给男孩儿。

　　周素犹豫了一下，站了起来。每年他们来拍照的时候，是要请果农或过路人给拍一张合影的，今天她没想这个问题。林默生走过来，与她站在一起，他们身后是一株桃花和枝条空隙里的城市。为了把握起见，林默生让男孩又拍了一遍。然后，两个少年男女嬉笑着，往桃园深处去了。周素想起家里要洗的那些东西，说一声："走，回家。"洗那些东西，要个别对待，先用手搓，手里会发出咕哧咕哧的声响，心里会胡思乱想着，脑子里过着电影。洗衣、做饭、上班、住在一所房子里、有个男人做伴，免去此生的寂寞。她其实已习惯了如此的生活状态。她已到了懒得折腾的年龄，害怕生活的变化。她不再幻想生活还有别样的可能。有一件事可能还没达到一定的冷量，今晚林默生若再站在她的卧室门口，她会怎么样呢？明晚呢？或者是一辈子各睡各的屋？最好，还是把问题留给时间吧。

这对夫妻，一前一后走着，有桃花花瓣落下来。没几天，桃花就得谢了，桃花落尽，风才柔了，天气才真正暖了。之后，牡丹、月季、丁香、芍药、荷花、桂花、菊花……更多的花，依次开放，如此繁复的世界，该发生什么仍旧要发生，却是花开不败。